CB014281

REINO DE FERRO

REINO DE FERRO

HOLLY BLACK

Tradução
Adriana Fidalgo

1ª edição

Galera
RIO DE JANEIRO
2022

PREPARAÇÃO
Fernanda Barreto

REVISÃO
Carlos Maurício Netto

CONSULTORIA
Edu Luckyficious

DIAGRAMAÇÃO
Abreu's System

TÍTULO ORIGINAL
Ironside

CIP-BRASIL. CATALOGAÇÃO NA PUBLICAÇÃO
SINDICATO NACIONAL DOS EDITORES DE LIVROS, RJ

B562r

Black, Holly, 1971-
Reino de ferro / Holly Black ; tradução Adriana Fidalgo. – 1. ed. – Rio de Janeiro : Galera Record, 2022.
224 p. (Contos de fadas modernos ; 3)

Tradução de: Ironside
Sequência de: Valente
ISBN 978-65-5981-137-3

1. Ficção americana. I Fidalgo, Adriana. II. Título. III. Série.

22-77248 CDD: 813
CDU: 82-3(73)

Meri Gleice Rodrigues de Souza – Bibliotecária – CRB-7/6439

Texto revisado segundo o novo Acordo Ortográfico da Língua Portuguesa.

Direitos exclusivos de publicação em língua portuguesa somente para o Brasil adquiridos pela
EDITORA GALERA RECORD LTDA.
Rua Argentina, 120 – Rio de Janeiro, RJ – 20921-380 – Tel.: (21) 2585-2000,
que se reserva a propriedade literária desta tradução.

Impresso no Brasil

ISBN 978-65-5981-137-3

Para meus pais, Rick e Judy,
por não enfiarem um ferro em brasa na minha garganta
nem tentarem me devolver às fadas

Prólogo

Entre o musgo do descampado,
Plantaram espinheiros
Aqui e acolá por prazer.
Se algum homem ousado
os desenterrasse por despeito,
Encontraria o espinho mais afiado
à noite, em seu leito.
— William Allingham, *The Fairies*

Apesar de ter sido banido para aquele lugar, apesar dos hematomas recentes na pele e do sangue sob as unhas, Roiben ainda amava Lady Silarial. Apesar dos olhos vorazes da Corte Unseelie e das tarefas indignas que a rainha Nicnevin lhe confiava. Apesar das inúmeras maneiras pelas quais ele havia sido humilhado e das coisas nas quais não se permitia pensar enquanto se postava, severo, atrás do trono.

Se ele se concentrasse bem, conseguiria se lembrar da chama no cabelo cor de cobre de *sua* rainha, os indecifráveis olhos verdes, o enigmático sorriso que ela lhe lançara ao proferir seu destino apenas três meses antes. Designá-lo a deixar a Corte Luminosa e ser um criado entre os Unseelie era uma honra, disse a si mesmo mais de uma vez. Por si só, ele a amava o suficiente para permanecer leal. Ela confiava mais nele do que nos demais súditos. Apenas o amor dele era verdadeiro o bastante para resistir.

E ele ainda a amava, lembrou a si mesmo.

— Roiben — chamou a rainha Unseelie. Ela estava jantando sobre as costas de um duende do bosque cujo cabelo verde era comprido o suficiente para fazer as vezes de toalha de mesa. Então, ergueu o olhar para Roiben com um tipo de sorriso perigoso.

— Sim, minha senhora — respondeu ele de modo automático, o tom neutro. Tentou esconder o quanto a odiava, mas não porque aquilo a desagradaria. Pelo contrário, acreditava que muito a agradaria.

— A mesa treme demais. Temo que meu vinho seja derramado.

A colina oca estava quase vazia; os poucos cortesãos que ficaram para se divertir sob as guirlandas de raízes eriçadas o faziam muito discretamente enquanto a rainha ceava. Apenas seus criados continuavam por perto, todos misteriosos como fantasmas. Seu mordomo pigarreou.

Roiben encarou a rainha, em silêncio.

— Conserte-a — ordenou ela.

Ele deu um passo à frente, sem entender o que ela queria que fizesse. O rosto enrugado do duende se ergueu para ele, pálido de terror. Roiben tentou sorrir de forma reconfortante, mas o gesto pareceu apenas fazer o homenzinho tremer ainda mais. Ele se perguntou se amarrá-lo deixaria o duende mais estável, em seguida a ideia o deixou enojado.

— Decepe os pés para que fiquem no mesmo nível das mãos — gritou uma voz, e Roiben olhou para cima. Outro cavaleiro, com o cabelo tão escuro quanto o casaco, se dirigia para o trono de Nicnevin. Um diadema fosco repousava na testa dele, que sorria de maneira ostensiva. Roiben o havia visto apenas uma vez, era o cavaleiro que a Corte Unseelie tinha enviado para a Corte Seelie como um símbolo de paz: exatamente como Roiben em termos de servidão, muito embora ele pudesse apenas supor que a condição do cavaleiro fosse mais fácil do que a dele próprio. Ao vê-lo, o coração de Roiben deu um salto com uma esperança irracional. Teria a troca terminado? Seria possível que finalmente iriam mandá-lo para casa?

— Nephamael — começou a rainha —, Silarial cansou-se de você tão rápido?

Ele bufou.

— Ela me enviou como mensageiro, mas o recado é de pouca importância. Prefiro acreditar que ela não gosta de mim, mas você parece bastante satisfeita com a troca.

— Não suportaria me afastar de meu novo cavaleiro — disse Nicnevin, e, em resposta, Roiben fez uma mesura com a cabeça. — Fará o que Nephamael sugere?

Roiben respirou fundo, lutando para aparentar uma calma que não sentia. Toda vez que abria a boca, tinha um pouco de receio de explodir e falar o que realmente pensava.

— Não tenho certeza sobre a eficácia desse plano. Permita-me tomar o lugar do duende. Não vou derramar seu vinho, senhora.

O sorriso da rainha se abriu com deleite. Ela se dirigiu a Nephamael:

— Ele pede tão lindamente, não?

Nephamael assentiu, embora demonstrasse achar menos graça do que ela. Os olhos amarelos pareciam estudar Roiben pela primeira vez.

— E sem apreço pela própria dignidade. Você deve achar isso revigorante.

Ela riu ao ouvir aquilo, uma risada que parecia estrangulada e tão fria quanto o estalar do gelo sobre um lago profundo. Em algum lugar da ampla e sombria caverna, uma harpa começou a tocar. Roiben estremeceu ao pensar com o que poderia ter sido encordoada.

— Seja minha mesa então, Roiben. Trate de não tremer. O duende vai pagar por qualquer falha sua.

Roiben tomou com facilidade o lugar do pequeno ser encantado, mal considerando a humilhação de ficar de quatro, baixar a cabeça e deixar as travessas de prata e pratos quentes serem cuidadosamente colocados em suas costas. Ele não hesitou. Permaneceu imóvel, mesmo quando Nephamael se sentou no chão ao lado do trono, pousando outro cálice na curva de sua coluna. O homem colocou a mão no traseiro de Roiben, que mordeu o lábio para reprimir um chiado de surpresa. O fedor de ferro era insuportável. Ele se perguntou como Nicnevin conseguia aguentar.

— Fiquei entediado — disse Nephamael. — Embora a Corte Seelie seja evidentemente adorável.

— E não há nada para diverti-lo por lá? Acho difícil acreditar.

— Existem algumas coisas... — Roiben imaginou um sorriso naquelas palavras. A mão deslizou pela curva de suas costas. Ele enrijeceu antes que conseguisse se conter, e ouviu os cálices tilintarem com o movimento. — Mas meu prazer está em encontrar fraquezas.

Nicnevin sequer repreendeu Roiben. Ele duvidou de que o ato se devesse a qualquer generosidade por parte da rainha.

— Por alguma razão — começou ela —, me pergunto se você está mesmo falando comigo.

— Estou falando com você — argumentou Nephamael —, mas não falo de você. Suas fraquezas não são assunto meu.

— Uma resposta eloquente e graciosa.

— Mas veja seu cavaleiro aqui. Roiben. Conheço a vulnerabilidade dele.

— Conhece? Acharia isso bastante óbvio. O amor pelos seres encantados solitários o deixa de joelhos, como pode ver.

Roiben se obrigou a ficar imóvel. Que a Rainha da Sordidez se referisse a ele como se fosse um animal não o surpreendia, mas se deu conta de que tinha mais medo do que Nephamael seria capaz de dizer. Havia algo voraz no modo como o cavaleiro falava, uma fome que Roiben não tinha certeza de como poderia ser saciada.

— Roiben ama Silarial, se declarou a ela. E a missão que a rainha lhe deu foi esta… ser seu criado em troca da paz.

A rainha da Corte Unseelie nada disse. Ele sentiu um cálice ser erguido de suas costas e depois ser pousado outra vez.

— É deliciosamente cruel, na verdade. Aqui está ele, sendo leal e corajoso por uma mulher que o usa de modo tão vil. Ela nunca o amou e já o esqueceu.

— Não é verdade — disse Roiben, virando-se, e, com o movimento, as travessas de prata se espatifaram ao seu redor. Ele se levantou de um pulo, sem se importar com os cortesãos atônitos, com o vinho derramado e com o grito assustado do duende. Não se preocupou com nada naquele momento, a não ser ferir Nephamael, que havia roubado seu lugar… seu lar… e ousava se vangloriar do feito.

— Pare! — gritou Nicnevin. — Eu ordeno, Roiben, pelo poder de sua promessa, que pare de se mover.

Contra a própria vontade, ele congelou como um manequim, a respiração ofegante. Nephamael tinha se esquivado, mas o meio sorriso que Roiben esperava ver no rosto do outro não surgiu.

— Mate o duende — ordenou a rainha Unseelie. — Você, meu cavaleiro, beberá o sangue dele como vinho, e dessa vez sem derramar uma gota.

Roiben tentou abrir a boca para impedi-la, mas o comando proibia até mesmo aquele movimento. Ele tinha sido estúpido… Nephamael o provocara justamente esperando aquele tipo de erro. Até mesmo a falta de reação da rainha mais cedo com certeza havia sido planejada. Agora, ele fizera papel de idiota, o que custara a vida de uma criatura inocente. A amargura lhe corroía as entranhas.

Nunca mais, disse a si mesmo. Não importava o que dissessem ou planejassem ou lhe obrigassem a fazer, não reagiria. Roiben se tornaria tão indiferente quanto uma pedra.

Os criados sombrios foram rápidos e eficientes. Em poucos instantes, tinham preparado um cálice morno e o erguido até seus lábios imóveis. O corpo do duende já havia sido retirado, os olhos arregalados encarando Roiben do além-morte, amaldiçoando-o por sua vaidade.

O cavaleiro não conseguiu evitar abrir a boca e engolir o líquido morno e salgado. Um segundo depois, engasgou e vomitou no altar.

O gosto daquele sangue permaneceu com Roiben pelos longos anos de sua servidão. Até mesmo quando uma pixie acidentalmente o libertou, até mesmo quando havia conquistado a coroa Unseelie. Mas, então, ele não conseguia mais se lembrar de quem era o sangue, apenas de que tinha se acostumado ao sabor.

1

Prefiro o inverno e o outono, quando você sente a estrutura óssea da paisagem — sua solidão —, a sensação de morte do inverno. Algo espera por trás disso; a história toda não mostra.

— Andrew Wyeth

Garotas humanas choram quando estão tristes e riem quando estão felizes. Têm apenas uma forma fixa, em vez de se transformar por capricho, como fumaça soprada pelo vento. Elas têm os próprios pais, a quem amam. Não saem por aí roubando a mãe de outras garotas. Pelo menos era como Kaye acreditava que as garotas humanas fossem. Na verdade, não saberia dizer... afinal, ela não era humana.

Ao enfiar o dedo no buraco no lado esquerdo da meia arrastão, Kaye cutucou a pele verde enquanto estudava seu reflexo no espelho.

— Seu rato quer ir também — disse Lutie-loo.

Kaye se virou para o aquário com tampa, onde uma fada do tamanho de uma boneca tinha pressionado os dedos pálidos e finos contra o vidro externo. Do lado de dentro, o rato marrom de Kaye, Armageddon, farejava o ar. Isaac estava encolhido como uma bola em um dos cantos.

— Ele gosta de coroações.

— Consegue mesmo entender o que ele está dizendo? — perguntou Kaye, vestindo uma saia verde-oliva pela cabeça e ajeitando-a nos quadris.

— É só um rato — respondeu Lutie, se virando na direção de Kaye. Uma de suas asas de mariposa salpicou um dos lados da gaiola com um pó pálido. — Todo mundo sabe falar ratês.

— Bem, eu não sei. Pareço muito monocromática assim?

Lutie assentiu.

— Eu gostei.

Kaye ouviu a voz da avó chamando por ela do andar de baixo.

— Onde você está? Fiz um sanduíche!

— Desço em um segundo! — gritou Kaye em resposta.

Lutie beijou a lateral de vidro da gaiola.

— Bem, o rato pode ir ou não?

— Acho que sim. Pode ser. Quero dizer, se você conseguir impedi-lo de fugir. — Kaye calçou uma bota preta de solado grosso e mancou pelo quarto, procurando pelo outro par do calçado. O antigo estrado da cama estava em pedaços no sótão, as velhas bonecas foram vestidas em trajes punk-rock e, acima do novo colchão sobre o piso, Kaye havia pintado um mural onde costumava ficar a cabeceira. Estava semiacabado: uma árvore com raízes profundas e intrincadas, com um tronco dourado. Ao contrário do que acreditava que aconteceria, a decoração ainda não havia deixado o lugar com a cara dela.

Quando viu o mural, Roiben comentara que ela podia ter usado glamour para dar ao quarto a aparência que quisesse, mas um verniz mágico, independentemente do quão adorável fosse, ainda não lhe parecia real. Ou talvez parecesse muito real, um lembrete vívido da razão pela qual seu lugar, no fim das contas, não era ali.

Depois de calçar a outra bota, ela vestiu a jaqueta. Com exceção do cabelo verde, deixou que a magia deslizasse pela pele, a colorindo e preenchendo. Sentiu um ligeiro formigamento quando o glamour restaurou seu conhecido rosto humano.

Ela se olhou por mais um segundo antes de colocar Armageddon no bolso, dar uma coçadinha atrás das orelhas de Isaac e sair pela porta. Lutie a seguiu, voando com as asas de mariposa e se mantendo fora de vista enquanto Kaye corria escada abaixo.

— Foi sua mãe quem ligou mais cedo? — perguntou a avó de Kaye. — Ouvi o telefone tocar. — Ela estava no balcão da cozinha, despejando gordura quente em uma lata. Havia dois sanduíches de bacon com manteiga de amendoim sobre pratos lascados, Kaye podia ver a carne tostada e encrespada despontando do pão branco.

Kaye mordeu seu sanduíche, feliz pela manteiga de amendoim que fechava sua boca como cola.

— Deixei uma mensagem sobre as festas de fim de ano, mas ela se incomodou em ligar de volta? Ah, não, está muito ocupada para conversar. Você vai ter que perguntar a ela amanhã à noite, apesar de eu não entender por que ela não pode vir até aqui ver você, em vez de insistir que vá visitá-la naquele apartamento imundo na cidade. Sua decisão de ficar aqui comigo, e não andar atrás dela igual a um carrapato, deve irritá-la mesmo.

Kaye mastigava, assentindo ao ouvir as reclamações da avó. No espelho lateral da porta dos fundos, ela podia ver, sob o glamour, a garota de pele verde-folha, olhos pretos sem um pingo de branco e asas tão finas quanto celofane. Um monstro parado ao lado de uma velhinha fofa, comendo a comida destinada a outra criança. Uma criança roubada por fadas.

Parasitas de ninho. Era como se chamavam os cucos que colocavam seus ovos nos ninhos de outros pássaros. Abelhas parasitas também, deixando sua prole em colmeias estranhas; Kaye tinha lido sobre eles em uma das enciclopédias mofadas do patamar da escada. Parasitas de ninho não se preocupavam em criar os próprios filhotes, os abandonavam aos cuidados de outros... pássaros que tentavam não notar quando as crias cresciam enormes e famintas, abelhas que ignoravam o fato da progenitora não colher pólen, mães e avós que não conheciam a expressão "criança trocada".

— Preciso ir — disse Kaye, de repente.

— Pensou melhor sobre a faculdade?

— Vó, fiz o supletivo — respondeu Kaye. — Você viu, eu consegui. Terminei.

A avó suspirou e olhou para a geladeira, onde a carta continuava presa por um ímã.

— Sempre há a opção de fazer algum curso técnico. Imagine só... começar a se profissionalizar antes mesmo da formatura do restante da sua turma.

— Vou ver se Corny já chegou. — Kaye se encaminhou para a porta. — Obrigada pelo sanduíche.

A senhora balançou a cabeça.

— Está muito frio lá fora, fique na varanda. Ele devia saber que não se pede a uma jovem para esperar na neve. Nossa, aquele garoto não tem educação.

Kaye sentiu a lufada de ar quando Lutie passou voando. A avó nem mesmo ergueu o olhar.

— Tudo bem, vó. Tchau.

— Não tire o casaco.

Kaye assentiu e usou a manga do agasalho para girar a maçaneta de modo a evitar tocar no ferro. Até o cheiro do metal queimava seu nariz ao se aproximar. Depois de atravessar a varanda, usou o mesmo truque na porta de tela e saiu para a neve. As árvores no gramado estavam carregadas de gelo. O granizo daquela manhã se agarrou a tudo o que havia tocado, congelando em sólidas camadas cintilantes que cobriam galhos e faiscavam contra o enevoado céu cinzento. A mais leve brisa fazia os ramos tilintar.

Corny não apareceria, mas a avó não precisava saber. Não era mentira, afinal, fadas não podiam mentir... apenas distorciam a verdade até que ela se partisse por conta própria.

Acima da soleira, uma coroa de espinhos forrada de verde marcava a casa como vigiada pela Corte Unseelie. Foi um presente de Roiben. Toda vez que Kaye olhava para os galhos, torcia para que ser protegida pela Corte Unseelie também significasse ser protegida *da* Corte Unseelie.

Ela se afastou, passando por uma casa com placas de alumínio soltas nas laterais. A mulher que morava ali criava patos que comiam todas as mudas que a vizinhança plantava. Kaye lembrou-se dos patos e sorriu. Uma lata de lixo rolou pela rua, batendo nos engradados plásticos com garrafas de cerveja para reciclagem. Kaye atravessou o estacionamento de um boliche fechado com tábuas, onde havia um sofá perto do meio-fio com almofadas duras por causa da geada.

Papais-noéis de plástico brilhavam em gramados ao lado de renas de galhos secos enfeitadas com luzes de fibra óptica. Uma loja de conveniência 24 horas tocava músicas natalinas esganiçadas que se espalhavam pelas ruas silenciosas. Um elfo robô com bochechas rosadas acenava incessantemente ao lado de vários bonecos de neve que tremulavam como fantasmas. Kaye passou por uma manjedoura sem o menino Jesus. Ela se perguntou se havia sido roubado por crianças ou se a família simplesmente o guardava durante a noite.

A meio caminho do cemitério, ela parou em um telefone público perto de uma pizzaria, colocou algumas moedas e digitou o número do celular de Corny. Ele atendeu ao primeiro toque.

— Ei — disse Kaye —, decidiu algo sobre a coroação? Estou indo encontrar Roiben antes que comece.

— Acho que não vou poder ir — respondeu Corny —, mas fico feliz que tenha ligado… preciso contar uma coisa. Eu estava dirigindo por um daqueles armazéns, você sabe, do tipo que tem aqueles outdoors de frases motivacionais, como "Apoie nossas tropas" ou "O que falta na Igreja? Você."

— Certo — encorajou Kaye, intrigada.

— Bem, esse dizia, "A vida é como lamber mel de um espinho". Que porra é essa?

— Estranho.

— Puta merda, é estranho. O que acha que quer dizer?

— Nada. Só não fique remoendo o assunto — disse Kaye.

— Ah, certo. Esse sou eu, sou ótimo em não remoer. É minha habilidade especial. Se fizesse um daqueles testes para ver para qual emprego tenho aptidão, tiraria um dez por "não remoer as merdas". E para que emprego precisamente você acha que isso me qualificaria?

— Gerente de armazém — respondeu Kaye. — Você seria o responsável por inventar os dizeres.

— Ui! Bem entre as pernas.

Ela podia ouvir o riso na voz do amigo.

— Então, você não vai mesmo essa noite? Você parecia ter tanta certeza de que era uma boa ideia encarar seus medos e tudo o mais.

Houve um longo silêncio no outro lado da linha. Quando ela estava prestes a voltar a falar, ele respondeu:

— O problema de encarar meus *medos* é que eles são meus medos. Sem mencionar que um medo de inimigos amorais e megalomaníacos é difícil de racionalizar. — Ele riu, uma gargalhada estranha e hesitante. — Para variar, gostaria que finalmente revelassem os segredos deles… me contassem como posso de fato me proteger. Como posso ficar em segurança.

Kaye pensou em Nephamael, o último rei da Corte Unseelie, engasgando com ferro, Corny o apunhalando repetidas vezes.

— Não acho que seja tão simples — admitiu ela. — Quero dizer, é quase impossível se proteger de pessoas, imagine de fadas.

— Sim, imagino. Vejo você amanhã — disse Corny, e encerrou a chamada.

— Ok. — Ela o ouviu desligar o telefone.

Kaye seguiu, apertando o casaco mais junto ao corpo. Entrou no cemitério e começou a subir a colina coberta por neve, lama e marcada pelos trenós que deslizaram por ela. Seu olhar se desviou para o túmulo onde sabia que Janet fora enterrada, embora, de onde estava, as lápides de granito polido parecessem iguais, com as coroas de plástico e os laços vermelhos úmidos. Ela não precisava ver a sepultura para que seus passos se tornassem mais lentos devido ao peso das lembranças, como as roupas molhadas deviam ter pesado no corpo afogado de Janet.

Ela imaginou o que acontecia quando o bebê cuco se dava conta de que não era igual aos irmãos e irmãs. Talvez se perguntasse de onde tinha vindo ou o que era. Talvez apenas fingisse não haver nada de errado e continuasse engolindo minhocas. Mas, independentemente dos sentimentos do pássaro, nada era o bastante para impedi-lo de jogar os outros filhotes para fora do ninho.

Cornelius Stone fechou o celular junto ao peito e ficou parado por um segundo, esperando que o arrependimento se esvaísse. Queria comparecer à coroação, queria dançar com as belas e terríveis criaturas da Corte Unseelie, queria se fartar de fruta de fada e acordar em uma colina, açoitado e satisfeito. Ele mordeu o interior da bochecha até sentir gosto de sangue, mas a dor só fez o desejo aumentar.

Cornelius se sentou no corredor da biblioteca, em cima de um carpete tão novo que exalava um odor químico de limpeza, provavelmente da evaporação de formaldeído. Ao abrir o primeiro dos livros, ele estudou as xilogravuras e os desenhos da virada do século. Viu ilustrações de pôneis com barbatanas, que não se pareciam em nada com o kelpie que havia matado sua irmã. Folheou o livro até se deparar com a figura de um grupo de minúsculas fadas angelicais com bochechas coradas e orelhas pontudas dançando em círculo. *Pixies*, leu. Nenhuma delas se parecia minimamente com Kaye.

Com cuidado, Cornelius arrancou cada página da encadernação. Eram besteira.

O livro seguinte não foi melhor.

Quando começou a rasgar o terceiro, um idoso voltou o olhar para o corredor.

— Não deveria fazer isso — disse ele, segurando um exemplar grosso em uma das mãos e semicerrando os olhos para Corny como se, mesmo de óculos, não o pudesse ver com nitidez.

— Eu trabalho aqui — mentiu Corny.

O homem estudou a jaqueta de motoqueiro surrada e o cabelo desgrenhado, quase um mullet.

— Seu trabalho é rasgar livros em perfeitas condições?

Corny deu de ombros.

— Segurança nacional.

O sujeito se afastou, resmungando. Corny enfiou o restante dos livros na mochila e saiu pela porta. Desinformação era pior que informação nenhuma. Alarmes soaram às suas costas, mas ele não se importou. Visitara outras bibliotecas: os alarmes não faziam nada, apenas um belo barulho, como um sino de igreja do futuro.

Ele seguiu para a colina da coroação. Não, não estava indo festejar com Kaye e seu namorado príncipe das trevas, mas aquilo não significava que precisasse ficar em casa. Nenhum daqueles livros ajudaria com o que havia planejado, mas ele já esperava por isso. Se queria respostas, precisava ir direto à fonte.

Os criados não gostavam de permitir a entrada de Kaye no Palácio dos Cupins. Ela percebia pelo modo como a encaravam, como se ela não fosse mais do que a poeira debaixo dos próprios sapatos, da sujeira sob as unhas, do fedor de café e cigarro que se agarrava às roupas. Eles conversavam com relutância, os olhos nunca encontrando os dela, e a guiavam pelos corredores como se os pés fossem feitos de chumbo.

Ali era o lugar onde devia se sentir acolhida, mas, em vez disso, a sombria e fabulosa corte, os salões frios e seus ferozes habitantes a deixavam inquieta. Era tudo muito adorável, mas ela se sentia constrangida e incomodada em tal cenário... Se seu lugar não era ali e não era com Ellen, então não conseguia pensar em outro lugar para chamar de seu.

Fazia quase dois meses desde que Roiben assumira o título de rei Unseelie, mas uma coroação formal só poderia acontecer no solstício de inverno. Depois daquela noite, ele seria o verdadeiro senhor da Corte Noturna, e com o título viria a retomada da guerra sem fim contra os seres encantados de Seelie. Há duas noites, ele tinha acordado Kaye ao subir em uma árvore e bater na vidraça do quarto dela, a levando para se sentar no gramado gélido.

— Fique no Reino de Ferro depois de minha coroação — havia pedido a ela. — Assim, não acabará arrastada para mais perigos.

Quando Kaye tinha tentado lhe perguntar sobre a duração ou a gravidade da situação, Roiben a havia silenciado com um beijo. Ele parecera inquieto, mas não disse o motivo. Qualquer que fosse a razão, a agitação dele havia sido contagiosa.

Kaye seguiu os passos arrastados de um criado corcunda até as portas dos aposentos de Roiben.

— Ele a encontrará em breve — disse o criado, abrindo a pesada porta e entrando no cômodo. Ele acendeu velas grossas junto ao chão antes de silenciosamente se retirar. Uma cauda com um tufo se arrastava a suas costas.

Os aposentos de Roiben eram em sua maioria desprovidos de mobiliário; as paredes, uma extensão de pedra lisa entrecortada por prateleiras de livros e por uma cama coberta com uma colcha de brocado. Havia mais algumas coisas no interior: uma jarra e uma bacia de jade para toalete, um guarda-roupa e um suporte com a armadura dele. O cômodo era formal, severo e ameaçador.

Kaye largou o casaco no pé da cama e se sentou ao lado do agasalho. Tentou imaginar como seria viver ali, com ele, e não conseguiu. A ideia de colar um pôster na parede parecia absurda.

Ela esticou o braço, pegando um bracelete de um dos bolsos do casaco e o segurando na mão: uma mecha do próprio cabelo verde, trançada com um fio de prata. Kaye esperava surpreender Roiben antes do início da cerimônia, esperava que mesmo que não pudessem se encontrar por um tempo, ele o mantivesse junto de si, como os cavaleiros dos contos de fadas faziam com as prendas de suas damas quando marchavam para a batalha. Lutie e Armageddon tinham até mesmo seguido na frente para o salão a fim de que ela pudesse ter um momento a sós para o entregar.

Porém, na grandiosidade daquele quarto, o presente parecia feio e rústico. Não digno de um rei.

Um som como o tropel de cascos ecoou no corredor, e Kaye se levantou, enfiando o bracelete de volta no bolso do casaco, mas era apenas outro criado carrancudo, dessa vez trazendo um cálice de vinho temperado, tão denso e vermelho quanto sangue.

Kaye aceitou a taça e bebericou educadamente, então a pousou no chão quando o criado se foi. Folheou alguns livros à luz bruxuleante das velas — estratégia militar, *As baladas de Peasepod* e o romance de Emma Bull que ela havia lhe emprestado — e esperou mais um pouco. Tomando outro gole de vinho, ela se deitou no pé da cama e se enrolou na colcha de brocado.

Acordou de repente, com um toque no braço e o rosto impassível de Roiben sobre ela. Fios de cabelo prateado lhe roçavam a bochecha.

Constrangida, ela se sentou, limpando a boca com o dorso da mão. Havia tido um sono agitado, e a coberta estava meio caída no chão, embebida em vinho derramado e cera de vela derretida. Kaye nem se lembrava de ter fechado os olhos.

Um criado vestido em um traje escarlate, portando um manto comprido fechado por opalas pretas, estava de pé no meio do quarto. O mordomo de Roiben, Ruddles, parado à porta, exibia a boca tão cheia de dentes que o fazia dono de um permanente sorriso desagradável.

Roiben franziu o cenho.

— Ninguém me disse que estava aqui.

Kaye não tinha certeza se aquilo significava que ele queria que alguém o tivesse avisado ou se teria preferido que ela nem estivesse ali. Ela pendurou o casaco em um dos braços e se levantou, as bochechas vermelhas de vergonha.

— É melhor eu ir.

Ele continuou sentado na bagunça da cama. A bainha em seu quadril tocava o chão.

— Não. — Ele gesticulou para Ruddles e para o criado. — Deixem-nos.

Com mesuras sutis, ambos partiram.

Kaye continuou de pé.

— Está tarde. Seu lance vai começar logo.

— Kaye, você não faz ideia de que horas são. — Ele se levantou e tocou o braço dela. — Você estava dormindo.

Ela deu um passo atrás, entrelaçando as mãos e cravando as unhas nas palmas para manter a tranquilidade.

Ele suspirou.

— Fique. Permita que eu implore perdão por qualquer crime que eu tenha cometido.

— Pare com isso. — Ela balançou a cabeça, falando mais rápido do que a velocidade com que vinham os pensamentos. — Eles não querem você comigo, querem?

A boca de Roiben se curvou em um sorriso amargo.

— Não fui proibido de nada.

— Ninguém me quer aqui. Não me querem perto de você. Por quê?

Ele pareceu surpreso, e passou a mão pelos cabelos prateados.

— Porque sou da nobreza e você... não — concluiu ele, constrangido.

— Sou da classe baixa — disse ela, em um tom monótono, lhe dando as costas. — Nenhuma novidade.

As botas de Roiben ecoaram no piso de pedra conforme ele caminhava até ela, que estava de costas, puxando-a contra o peito. A cabeça dele se encaixou na curva do pescoço de Kaye, e ela sentiu o hálito enquanto ele falava, os lábios se movendo contra sua pele.

— Tenho minhas próprias ideias sobre esse assunto. Não me importo com a opinião dos outros.

Por um segundo, ela relaxou naquele abraço. Ele era carinhoso e sua voz, muito suave. Seria fácil se esgueirar de volta para as cobertas e ficar. Apenas ficar.

Mas, em vez disso, Kaye se virou.

— Qual o problema de ser de classe baixa?

Ele bufou, uma das mãos ainda no quadril de Kaye. Ele não a encarava mais, o olhar estava fixo na pedra gelada do piso, do mesmo tom cinzento de seus olhos.

— Minha afeição por você é uma fraqueza.

Ela abriu a boca para fazer outra pergunta e então a fechou de novo, se dando conta de que ele havia respondido mais do que perguntara. Talvez fosse aquela a razão pela qual os criados não gostavam de Kaye, talvez fosse o motivo pelo qual os cortesãos a desprezavam, mas também era no que ele acreditava. Ela podia ver isso estampado na expressão de Roiben.

— É melhor eu ir — insistiu ela, se afastando. Ficou aliviada ao perceber que a voz soou firme. — Vejo você na coroação. Boa sorte.

Ele a libertou de seu abraço.

— Você não pode ficar ao lado do trono durante a cerimônia nem tomar parte no cortejo. Não quero que a confundam com um membro da minha corte. E, acima de qualquer coisa, não deve jurar lealdade. Me prometa, Kaye.

— Então devo agir como se não te conhecesse? — A porta ficava a apenas alguns passos à frente, mas ela tinha consciência de cada centímetro. — Como se você não tivesse nenhuma *fraqueza*?

— Não, óbvio que não — respondeu ele, rápido demais. — Você é a única coisa que me resta que não é nem dever, nem obrigação, a única que eu mesmo escolhi. — Ele hesitou. — A única que desejo.

Kaye deixou um ligeiro sorriso provocante surgir em seu rosto.

— Sério?

Ele bufou, balançando a cabeça.

— Você acha que estou exagerando, não acha?

— Acho que está tentando ser gentil — argumentou Kaye. — O que é um exagero.

Ele se aproximou dela, lhe dando um beijo na boca enquanto Kaye sorria. Ela se esqueceu dos criados mal-humorados, da coroação e do bracelete que não dera a Roiben. Ela se esqueceu de tudo, exceto do toque daqueles lábios contra os seus.

2

Haverá pratos fartos,
E canecas para afastar o frio
De todas as pessoas de olhos cinzentos
Que subirem a colina.

— Edna St. Vincent Millay, *Tavern*

Silarial não tinha agido abertamente contra Roiben naqueles dois longos meses entre o Samhain e a véspera do solstício de inverno, e ele começava a se perguntar qual era a intenção dela. Os meses sombrios e frios eram considerados uma época infeliz para o ataque da Corte Seelie, então talvez ela apenas estivesse à espera de que o gelo se derretesse, na primavera, quando teria toda a vantagem. Ainda assim, ocasionalmente ele conseguia acreditar que Silarial havia cogitado renovar a trégua entre a Corte Luminosa e a Corte Noturna. Mesmo com a superioridade numérica, a guerra ainda custava caro.

— O enviado da Corte Seelie está aqui, meu senhor — repetiu Dulcamara, as solas de prata das botas retinindo a cada passo. Roiben ouviu a última palavra, "senhor", ecoar repetidas vezes pelas paredes, como uma espécie de mantra.

— Mande-o entrar — disse Roiben, tocando a boca. Ele se perguntou se Kaye já estava no salão, se estava sozinha.

— Se me permite informar, o mensageiro é "ela".

Roiben ergueu os olhos com súbita esperança.

— Mande-a entrar, então.

— Sim, meu senhor.

Dulcamara saiu do caminho, deixando a mulher fada se aproximar. A emissária estava vestida com um traje branco glacial, despida de qualquer armadura. Quando o encarou, os olhos prateados cintilaram como espelhos, refletindo o rosto de Roiben.

— Bem-vinda, irmãzinha. — As palavras pareceram lhe roubar o fôlego quando pronunciadas.

A fada tinha o corte de cabelo rente, uma auréola branca ao redor do rosto. Ela fez uma mesura e não ergueu o rosto.

— Lorde Roiben, minha senhora envia seus cumprimentos. Ela está triste, pois deve lutar contra um dos próprios cavaleiros, e ordena que reconsidere sua decisão precipitada. Você poderia, neste instante mesmo, renunciar a tudo isso, se render e retornar à Corte Luminosa.

— Ethine, o que aconteceu com seu cabelo?

— Foi pelo meu irmão — respondeu ela, mas ainda sem erguer os olhos ao falar. — Eu cortei quando o perdi.

Roiben simplesmente a encarou.

— Você tem alguma mensagem? — perguntou Ethine.

— Diga a ela que não vou reconsiderar. — A voz dele soou entrecortada. — Eu não vou renunciar e não vou me render. Diga a sua senhora que, tendo provado a liberdade, a servidão não me tenta mais. Pode dizer a ela que não possui nada que me tente.

Ethine cerrou os dentes, como se digerisse a resposta.

— Fui instruída a ficar para sua coroação. Com sua permissão, evidentemente.

— Sou sempre grato por sua companhia — disse ele.

Ela deixou o salão sem esperar ser dispensada. Quando o mordomo entrou no cômodo, exibindo um sorriso amplo, Roiben tentou não encarar aquilo como um mau presságio; nos últimos tempos, parecia mais hábil em agradar aos que odiava do que aos que amava.

Cornelius se recostou contra o tronco áspero de um olmo, logo depois da entrada do cemitério. Tentava se concentrar em outra coisa que não o frio, outra coisa que não o atiçador de ferro em uma das mãos ou a linha de pesca na outra. Ele havia virado as roupas brancas pelo avesso, só por precaução, caso aquela merda dos livros funcionasse, e tinha se esfregado com agulhas de pinheiro para mascarar o próprio cheiro. Esperava que, naquela noite cinzenta e sem estrelas, fosse o bastante.

Não importava o quanto repetira para si mesmo que estava preparado: ainda assim, o som de fadas farfalhando pela neve o encheu de pânico. Ele não acreditava de verdade que o atiçador fosse de grande valia contra as legiões da Corte Unseelie. Tudo o que podia fazer então era prender o fôlego e tentar não tremer.

Os seres encantados tinham se reunido para a primeira coroação em mais de um século. Todos que eram alguém no Reino das Fadas estavam presentes. Corny queria que Kaye estivesse agachada atrás de um monte de neve com ele naquela noite, não debaixo da colina, em um baile de fadas. Ela sempre fazia parecer que planos absurdos pudessem funcionar, fazia parecer que você podia decifrar o indecifrável. Mas para convencer Kaye a aparecer, ele teria que contar o que estava planejando, e não havia como aquilo acabar bem. Às vezes ele se esquecia de que ela não era humana, e então a amiga o encarava com um brilho estranho nos olhos, ou sorria com lábios amplos demais, famintos demais. Muito embora ela tenha se tornado sua melhor amiga, ainda era um *deles*. Ele estava melhor trabalhando sozinho.

Corny repetiu aquele pensamento para si mesmo, silenciosamente, enquanto o primeiro cortejo das fadas passava. Era um grupo de trolls, os membros verde-líquen tão longos e nodosos quanto galhos. Eles reviravam a neve enquanto caminhavam, rosnando suavemente uns para os outros, os narizes aduncos farejando o ar como cães de caça. Naquela noite, não se preocuparam em usar disfarces.

Um trio de mulheres veio em seguida, todas vestidas de branco e com o cabelo esvoaçante, embora não estivesse ventando. Sorriam umas para as outras de um modo como se compartilhassem segredos. Conforme se deslocavam, alheias a Corny, ele notou que suas costas curvadas eram tão ocas e vazias quanto cascas de ovo. Apesar dos vestidos leves que usavam, não pareciam incomodadas com o frio.

Logo depois, corcéis abriam caminho pela colina, seus cavaleiros solenes e silenciosos. O olhar de Corny foi atraído pelo impacto de tiaras de frutinhas vermelhas ao redor dos cabelos pretos. Não conseguia evitar admirar os padrões estranhos e opulentos das roupas, as mechas brilhantes e os rostos, tão lindos que só de olhar o enchia de desejo.

Corny mordeu o lábio com força e fechou bem os olhos. As mãos tremiam nas laterais do corpo e ele teve medo de que o fio de pesca de plástico transparente se desenterrasse da neve. Quantas vezes ele seria pego desprevenido assim? Quantas vezes seria feito de bobo?

Com os olhos fechados, Corny ouvia. Ele prestava atenção no estalar de galhos, no esmagar da neve, nos fragmentos sussurrados de conversas e nas risadas, que soavam tão melodiosas quanto qualquer flauta. Ele os ouviu passar e, quando o fizeram, enfim abriu os olhos. Agora tinha apenas de esperar; apostava que, independentemente do motivo da festa, sempre haveria retardatários.

Levou apenas alguns minutos para uma tropa de elfos trajados de cinza surgir na colina. Sibilando com impaciência uns para os outros, atravessavam a neve. Corny suspirou. Havia muitos para que ele fosse capaz de fazer o que tinha planejado, e eram muito grandes, então esperou que passassem.

Uma minúscula fada saltitava atrás deles, pulando nas pegadas compridas dos trolls. Vestida de escarlate com um chapéu de meia-pinha, os olhos escuros cintilavam como os de um animal no reflexo da luz. Corny apertou o punho do atiçador e inspirou fundo. Esperou que a pequena fada desse mais dois pulinhos, então saiu da cobertura das árvores e, em um movimento ágil, enfiou o atiçador na garganta da fada.

A criatura guinchou, caindo prostrada na neve, as mãos voando para cobrir o local tocado pelo ferro.

— Criptonita — sussurrou Corny. — Acho que isso faz de mim um Lex Luthor.

— Por favor, por favor — implorou a fada. — O que você quer? Um desejo? Certamente, uma coisinha como eu teria desejos muito pequenos para um ser tão poderoso.

Corny deu um forte puxão na linha de pesca. Uma armadilha de caranguejo de alumínio se fechou ao redor da fada.

A pequena criatura guinchou mais uma vez. Ela se debateu de um lado para o outro com a respiração ofegante, arranhando qualquer pequena brecha, e, no fim, com um lamento, cedeu. Corny enfim se permitiu um sorriso.

Trabalhando com rapidez, ele torceu quatro fios finos de metal no lugar, fechando a armadilha. Então ergueu a gaiola no ar e correu colina abaixo, os tornozelos enfiados na neve, com cuidado para escolher um caminho diferente daquele pelo qual as fadas subiram. Ele foi aos tropeços até onde tinha estacionado o carro com o porta-malas ainda aberto e o estepe coberto por uma fina camada branca.

Deixando a gaiola ali, ele fechou o porta-malas e entrou no carro, virando a chave na ignição. O aquecimento o atingiu a todo vapor e ele ficou sentado ali por um instante, se permitindo aproveitar o calor, se permitindo sentir as batidas do próprio coração, se permitindo celebrar o fato de que agora, finalmente, seria ele a ditar as regras.

Kaye virou sua taça, bebendo até a última gota. O primeiro gole do vinho de cogumelo fora acompanhado de um gosto péssimo, mas depois ela havia se flagrado tocando os dentes com a língua, à procura de mais do sabor terroso e amargo. As bochechas estavam quentes ao toque das próprias mãos, e ela se sentia mais do que ligeiramente tonta.

— Não... isso não é bom para comer — disse Lutie-loo. A pequena fada estava empoleirada no ombro de Kaye, uma das mãos agarrada a uma argola de prata e a outra segurando uma mecha de cabelo.

— É melhor que bom — retrucou Kaye, passando os dedos pelo fundo da taça, pegando um pouco da parte sólida que restou da bebida e depois a lambendo da mão. Ela deu um passo hesitante, tentando girar, e se equilibrou segundos antes de tropeçar em uma mesa. — Onde está meu rato?

— Escondido, como deveríamos estar. Olhe — disse Lutie, mas Kaye não conseguia ver para o que ela estava apontando. Poderia ser qualquer coisa. Trolls camuflando-se entre as mesas perto de selkies sem as peles, enquanto metamorfos de costas ocas dançavam e rodopiavam. Havia pelo menos um kelpie... o cheiro de maresia pesava no ar... mas também havia nixies, sprites, duendes, bichos-papões, púcas, um ser encantado com a forma de asno em um canto, fogos-fátuos ziguezagueando entre as estalagmites, goblins sorridentes e mais.

Não estavam presentes apenas os habitantes locais. Membros do Povo das Fadas haviam viajado de cortes distantes para presenciar a coroação. Havia representantes de mais delas do que Kaye julgara existir, alguns Seelie, alguns Unseelie, e outros que alegavam que tais distinções não tinham a menor importância. Até mesmo a Grande Corte, com a qual a Corte dos Cupins não estava comprometida, mandou o próprio representante, um príncipe que parecia encantado com a fartura de vinho. Todos estavam ali para assistir à Corte Noturna jurar lealdade a seu novo mestre. Eles sorriam para Kaye, as expressões repletas de intenções que Kaye não sabia decifrar.

As mesas estavam postas com toalhas azul-marinho e pratos de gelo. Galhos de azevinho repousavam ao lado de esculturas feitas com cubos de gelo de água esverdeada. Um monstro de língua preta lambia um naco que continha um peixinho imóvel. Bolos amargos de uma frutinha, bolota, confeitados com cobertura açucarada de amora estavam empilhados ao lado de pés de pombos amarrados e assados. Ponche preto lamacento flutuava em uma enorme tigela de cobre, o metal suado e turvo por conta do frio. Vez ou outra, alguém mergulhava uma concha de gelo dentro do líquido e o bebericava.

Kaye ergueu o olhar quando o salão caiu em silêncio.

Roiben havia entrado com seus cortesãos. Penugem do Cardo, o arauto Unseelie, abria o cortejo, o comprido cabelo dourado brotando da cabeça enrugada. Depois vinha a flautista, Bluet, tocando seu instrumento melodioso. Em seguida, marchava Roiben com seus dois cavaleiros, Ellebere e Dulcamara, a exatos três passos de distância. Goblins seguravam a ponta do manto de Roiben. Atrás deles havia outros: o mordomo Ruddles, um serviçal com um cálice de chifre torcido nas mãos e vários pajens conduzindo as coleiras de três cães pretos.

Roiben subiu em um altar coberto de musgo perto de um enorme trono feito de galhos de bétula trançados e se virou para a multidão, ficando de joelhos. Ao inclinar a cabeça, o cabelo, prateado como uma faca, caiu como uma cortina sobre seu rosto.

— Fará o juramento? — perguntou Penugem do Cardo.

— Eu o farei — respondeu Roiben.

— A noite eterna — entoou Penugem do Cardo — de escuridão, gelo e morte é nossa. Que nosso novo senhor também seja feito de gelo. Que nosso novo senhor seja cria da morte. Que nosso novo senhor se entregue à noite. — Ele ergueu a coroa de galhos de freixo trançados, com pequenos ramos quebrados no lugar dos espigões, e a colocou sobre a cabeça de Roiben.

Roiben se levantou.

— Pelo sangue de nossa rainha derramado por mim — disse ele. — Por este diadema de freixo sobre minha fronte, eu me submeto à Corte Noturna neste solstício de inverno, a noite mais longa do ano.

Ellebere e Dulcamara se ajoelharam um em cada lado dele. A corte se repetiu o gesto. Kaye se agachou, sem elegância.

— Eu apresento a vocês — clamou o arauto — nosso incontestável senhor, Roiben, Rei da Corte Unseelie. Vocês vão se submeter e chamá-lo de soberano?

Houve uma grande comoção e gritos de alegria. Os pelos nos braços de Kaye se arrepiaram.

— Vocês são meu povo — disse Roiben, as mãos estendidas. — Assim como estou jurado, vocês estão entrelaçados à minha vontade. Não sou nada, se não seu rei.

Com aquelas palavras, ele afundou na cadeira de bétula, o rosto impassível. O Povo das Fadas começou a se reerguer, adiantando-se para prestar obediência ao trono.

Um goblin perseguia uma minúscula fada alada sob uma mesa, fazendo o móvel tremer. A tigela de gelo espirrou seu conteúdo e a torre de cubos desabou, caindo de forma desordenada.

— Kaye — guinchou Lutie. — Você não está prestando atenção.

Kaye se virou para o palanque. Um escriba estava sentado de pernas cruzadas ao lado de Roiben, registrando cada suplicante. Inclinado para a frente no trono, o senhor se dirigia a uma mulher de cabelos rebeldes, vestida de vermelho. Quando ela se ajoelhou, Kaye vislumbrou um rabo de gato se agitando de uma abertura no vestido.

— No que não estou prestando atenção? — perguntou Kaye.

— Nunca viu uma declaração, pixie? — indagou em tom de desdém uma mulher com um cordão de escaravelhos de prata. — Você é a garota do Reino de Ferro, não é?

Kaye assentiu.

— Acho que sim. — Ela se perguntou se fedia àquilo, se ferro emanava de sua pele por conta da longa exposição.

Uma garota elegante em um vestido de pétalas se aproximou da mulher por trás, pousando os dedos finos em seu braço e fazendo uma careta para Kaye.

— Ele não pertence a você, sabe.

A cabeça de Kaye parecia estar cheia de algodão.

— O quê?

— Uma declaração — repetiu a mulher. — Você não se declarou. — Kaye tinha a sensação de que os besouros marchavam ao redor da garganta da fada. Ela balançou a cabeça.

— Ela não sabe. — A garota riu, desdenhosa, pegando uma maçã da mesa e dando uma mordida.

— Para ser a consorte do rei... — explicou lentamente a mulher, como se falasse com uma idiota. Um besouro verde iridescente caiu de sua boca. — A pessoa precisa fazer uma declaração de amor e implorar por uma missão a fim de provar seu valor.

Kaye estremeceu, observando o besouro cintilante rastejar pelo vestido da mulher até encontrar um lugar em seu pescoço.

— Uma missão?

— Mas se o declarante não for bem-sucedido, o monarca vai lhe exigir uma missão impossível.

— Ou letal — acrescentou a sorridente garota-pétala.

— Não que acreditemos que ele a enviaria em uma missão desse tipo.

— Não que acreditemos que ele pretenda esconder algo de você.

— Me deixem em paz — disse Kaye com a voz embargada e com o coração apertado. Lançando-se na multidão, ela percebeu que havia ficado mais bêbada do que pretendia. Lutie deu um gritinho enquanto Kaye abria caminho por damas aladas e flautistas, quase tropeçando em uma longa cauda que varria o chão.

— Kaye! — choramingou Lutie. — Aonde você vai?

Uma mulher comia larvas peroladas de um espetinho, estalando os lábios de prazer quando Kaye passou por ela. Uma fada com cabelo branco cortado tão rente que a cabeça lembrava um dente-de-leão lhe parecia estranhamente familiar, mas Kaye não conseguiu saber por quê. Ali perto, um homem de pele azul quebrava castanhas com os punhos imensos enquanto pequenas fadas dardejavam ao redor para roubar o que ele deixava cair. As cores ao redor pareciam se mesclar.

Kaye sentiu o impacto do chão de terra antes de sequer perceber que havia caído. Por um segundo, ficou deitada ali, contemplando a bainha dos vestidos, os cascos fendidos e os sapatos pontiagudos. As silhuetas dançavam e se misturavam.

Lutie aterrissou tão perto do rosto de Kaye que a pixie mal conseguia se concentrar na forma minúscula.

— Fique acordada — pediu Lutie. As asas vibravam com ansiedade. Ela puxou um dos dedos de Kaye. — Eles vão me pegar se você dormir.

Kaye virou de lado e se levantou, com cuidado, atenta às próprias pernas.

— Estou bem — assegurou Kaye. — Não estou com sono.

Lutie pousou na cabeça de Kaye e, tensa, começou a trançar mechas de cabelo.

— Estou perfeitamente bem — repetiu Kaye. Com passos cuidadosos, ela se aproximou da lateral do altar onde estava Lorde Roiben, recém-ungido Rei da Corte Unseelie. Estudou aqueles dedos, cada um cingido por um anel de metal, enquanto tamborilavam o ritmo de uma melodia desconhecida na beirada do trono. Vestido com um tecido preto rígido, parecia engolido pelas sombras. Por mais familiar que ele devesse parecer, ela se viu incapaz de falar.

Era o pior tipo de estupidez sofrer por alguém que se importava com você. Ainda assim, a impressão era de assistir à mãe no palco. Kaye se sentia orgulhosa, mas meio temerosa de que, caso se aproximasse, acabasse descobrindo não se tratar de Roiben afinal.

Lutie-loo abandonou seu poleiro e voou até o trono. Roiben ergueu o olhar, riu e juntou as mãos em concha para recebê-la.

— Ela bebeu todo o vinho de cogumelos — acusou Lutie, apontando para Kaye.

— Mesmo? — Roiben arqueou uma sobrancelha prateada. — E ela virá se sentar ao meu lado?

— Lógico — respondeu Kaye, subindo na plataforma, sentindo-se inexplicavelmente tímida. — Como estão as coisas?

— Intermináveis. — Ele passou os dedos longos pelos cabelos de Kaye, provocando-lhe arrepios.

Apenas alguns meses antes, ela havia pensado em si mesma como esquisita, mas humana. Agora, o peso das asas translúcidas nas costas e o verde da pele eram o suficiente para lembrá-la do contrário. Mas continuava a ser apenas Kaye Fierch, e, apesar de sua magia e sagacidade, parecia difícil entender por que tinha permissão de se sentar ao lado de um rei.

Mesmo que tivesse salvado a vida daquele rei. Mesmo que ele a amasse.

Ela não pode deixar de lembrar das palavras da mulher-besouro. A garota com dreadlocks e tambor teve intenção de fazer uma declaração? Exigir uma missão? A garota com rabo de gato já o havia feito? Os seres encantados estavam rindo dela, imaginando que, por ter sido criada por humanos, desconhecia os costumes das fadas?

Ela queria fazer a coisa certa. Queria fazer um gesto grandioso. Dar a ele algo mais digno do que um bracelete esfarrapado. Cambaleante, Kaye ficou de joelhos na frente do novo Rei da Corte Unseelie.

Roiben arregalou os olhos com algo que parecia pânico, e abriu a boca para falar, mas ela foi mais rápida.

— Eu, Kaye Fierch, me declaro a você. Eu... — Kaye hesitou, se dando conta de que não sabia o que deveria dizer, mas a bebida inebriante em suas veias incitou sua língua a continuar. — Eu amo você. Quero que me dê uma missão. Quero provar que o amo.

Roiben apertou o braço do trono, os dedos cravados na madeira. A voz dele diminuiu até não passar de um sussurro.

— Para permitir tal coisa, eu precisaria ter um coração de pedra. Você não se tornará uma súdita desta corte.

Ela sabia que havia algo errado, mas não sabia o quê. Balançando a cabeça, balbuciou:

— Quero fazer uma declaração. Não conheço o protocolo, mas é o que desejo.

— Não — retrucou ele. — Não vou permitir.

Houve um burburinho momentâneo ao redor de Kaye, e, em seguida, algumas risadas soltas e sussurros.

— Eu já registrei. O pedido foi feito — argumentou Ruddles. — Você não deve desonrar a súplica.

Roiben assentiu. Ele olhou para o Povo por um longo momento, então se levantou e caminhou até o limite do altar.

— Kaye Fierch, esta é a missão que lhe concedo: traga-me uma fada que possa dizer uma inverdade e poderá se sentar ao meu lado como minha consorte.

Risadas histéricas soaram pela multidão. Ela ouviu as palavras: *Impossível; uma missão impossível.*

Kaye sentiu o rosto corar, e, de repente, ficou mais do que desorientada; se sentiu enjoada. Ela devia ter perdido a cor ou sua expressão se tornado preocupante, porque Roiben pulou da plataforma e a pegou pelo braço enquanto caía.

Havia vozes por todo canto, mas nenhuma fazia sentido.

— Prometo que se eu encontrar quem pôs essa ideia em sua cabeça, tal pessoa vai perder a dela própria.

Ela piscou os olhos vagarosamente. Permitiu que se fechassem por um segundo e deslizou para o sono, desmaiando no Reino das Fadas.

3

Terei paz, como as árvores frondosas são pacíficas
Quando a chuva desce sobre o ramo;
E serei mais silencioso e insensível do
que você agora.

— Sara Teasdale, *Eu não devo me importar*

A pequena criatura tremia junto às grades enquanto Corny tirava a gaiola do porta-malas. Largando a caixa de arame no banco traseiro, em seguida entrou no carro e bateu a porta. Ar quente saía das ventoinhas enquanto o motor estava em ponto morto.

— Sou um ser poderoso... um *mago* — avisou Corny. — Então não faça nenhuma gracinha.

— Sim — disse a pequena fada, piscando os olhos pretos com rapidez. — Sem fazer gracinha.

Corny repassou aquelas palavras na cabeça, mas as possíveis interpretações pareciam muito variadas e sua mente se tornava cada vez mais confusa. Ele balançou a cabeça, afastando os pensamentos. A criatura estava enjaulada. Ele estava no controle.

— Quero impedir que eu seja enfeitiçado, e você vai me dizer como fazer isso.

— Eu lanço feitiços; não impeço que eles aconteçam— chiou a coisa.

— Mas — argumentou Corny — tem que haver um jeito. Um modo de evitar ser alegremente lançado de um píer ou desejar se tornar o suporte para os pés de alguma fada. Não apenas alguma erva, precisa ser algo permanente.

— Não há nenhuma folha, nem pedra ou cântico para mantê-lo completamente a salvo de nossos feitiços.

— Besteira. Tem que haver alguma coisa. Existe algum humano resistente a encantamentos?

A fadinha saltitou para o limite da gaiola, e, quando falou, a voz soou como um sussurro.

— Alguém com a Visão Verdadeira. Alguém que pode enxergar através do glamour. Talvez um amuleto.

— Como se consegue a Visão Verdadeira?

— Alguns humanos nascem com ela. Muito poucos. Não você.

Corny chutou as costas do banco de passageiro.

— Então me diga outra coisa, algo que eu gostaria de saber.

— Mas um mago tão poderoso como você...

Corny sacudiu a armadilha para caranguejos, derrubando a pequena fada, seu chapéu de pinha caindo por uma das frestas na gaiola de alumínio até pousar no tapete do carro. A criatura choramingou, soltando um gemido que se elevou até um grito.

— Esse sou eu — afirmou Corny. — Incrivelmente poderoso. Agora, se quiser sair daí, sugiro que comece a falar.

— Há um menino com a Visão Verdadeira. Na grande cidade de exilados e ferro ao norte. Ele tem quebrado maldições em mortais.

— Interessante — disse Corny, erguendo o atiçador. — Ótimo. Agora me conte algo mais.

Naquela manhã, enquanto os corpos adormecidos de fadas ainda se amontoavam no grande salão da Corte Unseelie, Roiben se encontrou com seus conselheiros em uma caverna tão gelada que condensava a respiração. Velas de sebo queimavam sobre formações rochosas, a gordura derretida cheirando a cravo. *Que nosso novo senhor também seja feito de gelo.* Ele realmente queria aquilo, queria que o gelo sobre os galhos do lado de fora da colina congelasse seu coração.

Dulcamara tamborilou os dedos na madeira polida e petrificada da mesa, o tampo duro como pedra. Suas asas pequenas, com as membranas rasgadas de modo que apenas restavam as veias, lhe caíam dos ombros. Ela o observava com olhos rosa pálidos.

Roiben dirigiu o olhar a ela e pensou em Kaye. Já sentia sua falta, como uma sede suportável até o momento em que se lembra da água.

Ruddles caminhava de um lado para o outro na câmara.

— Estamos em desvantagem. — A boca larga e cheia de dentes dava a impressão de que seria capaz de arrancar, do nada, um pedaço de qualquer um deles. — Muitos dos seres encantados que prestaram juramento a Nicnevin fugiram quando o Tithe não os prendia mais à Corte Unseelie. Nossas tropas estão rareando.

Roiben observou a chama tremeluzir, queimando com intensidade antes de apagar. *Afaste esse fardo de mim*, pensou ele. *Eu não* quero ser seu rei.

Ruddles lançou um olhar incisivo para Roiben, fechou os olhos e pressionou a ponte do nariz.

— Estamos ainda mais enfraquecidos porque vários de nossos melhores cavaleiros morreram por sua mão, meu senhor. Está lembrado?

Roiben assentiu.

— Você parece não esperar um ataque iminente de Silarial, isso me perturba — declarou Ellebere. Um tufo de seu cabelo caiu sobre um dos olhos, e ele o afastou. — Por que ela hesitaria, agora que o solstício de inverno ficou para trás?

— Talvez ela esteja entediada, com preguiça e farta de lutar — respondeu Roiben. — Eu estou.

— Você é muito jovem. — Ruddles rangeu aqueles dentes afiados. — Encara o destino desta corte de forma leviana. Eu me pergunto se sequer gostaria que ganhássemos.

Certa vez, depois que havia açoitado Roiben — ele já não lembrava o motivo —, Lady Nicnevin tinha se virado, distraída por algum novo passatempo, deixando Ruddles, na época mordomo da rainha, livre para ceder a um momento de misericórdia. Ele pingara um fio de água na boca de Roiben. Ele ainda se lembrava do gosto doce e do modo como o líquido tinha ferido a garganta ao engolir.

— Você acha que não tenho estômago para ser o senhor da Corte Noturna. — Roiben se inclinou sobre a madeira petrificada da mesa, aproximando o rosto do de Ruddles de modo que quase poderia beijá-lo.

Dulcamara riu, batendo palmas como se antecipasse um prazer.

— Você está certo — admitiu Ruddles, balançando a cabeça. — *Não* acho que você tenha estômago para a função. Nem a cabeça. Nem acho que realmente deseje o título.

— Minhas entranhas anseiam por sangue — disse Dulcamara, jogando o cabelo preto e liso para trás e dando um passo para se colocar atrás do mordomo. As mãos se esticaram até os ombros do outro, os dedos tocando de leve a garganta. — Ele não precisa machucar ninguém com as próprias mãos. *Ela* nunca o fez.

Ruddles ficou imóvel e rígido, talvez ciente do quanto havia se excedido.

Ellebere intercalou o olhar entre os três, como se avaliasse a melhor aliança a ser feita. Roiben não alimentava a menor ilusão de que a fidelidade de algum deles ultrapassasse o juramento que os unia. Com uma única palavra, Roiben poderia provar que tinha tanto o estômago quanto a cabeça. Talvez aquilo cultivasse algo semelhante à lealdade.

— Talvez eu não seja um rei adequado — disse Roiben em vez disso, afundando na cadeira e relaxando os punhos cerrados. — Mas Silarial já foi minha rainha, e, enquanto me restar um sopro de vida, jamais a deixarei reinar sobre mim e os meus novamente.

Dulcamara fez um bico exagerado.

— Sua misericórdia é minha desgraça, meu rei — declarou ela.

Os olhos de Ruddles se fecharam com alívio intenso demais para disfarçar.

Muito tempo atrás, quando recém-chegado à Corte Unseelie, Roiben havia se sentado no pequeno cômodo semelhante a uma cela em que era mantido, e desejou a própria morte. O corpo estava desgastado em razão dos maus-tratos e das lutas, os ferimentos haviam cicatrizado em longas crostas de coloração avermelhada, e ele se sentira tão cansado de lutar contra as ordens de Nicnevin que a lembrança de que era capaz de morrer o tinha enchido de uma súbita e surpreendente esperança.

Se ele fosse realmente misericordioso, teria deixado Dulcamara matar seu mordomo.

Ruddles estava certo: tinham poucas chances de vencer aquela guerra. Mas Roiben podia fazer o que fazia melhor, o que fizera sob o comando de Nicnevin: *resistir*. Resistir por tempo suficiente para matar Silarial, a fim de que ela nunca mais pudesse mandar um de seus cavaleiros para ser torturado como um símbolo de paz, nem planejar incontáveis mortes, nem se glorificar na aparência inocente. E quando pensava na Senhora da Corte Luminosa, ele quase podia sentir uma pequena lasca de gelo se cravar dentro de si, entorpecendo-o para o que viria a seguir. Não precisava vencer a guerra, apenas precisava morrer bem lentamente para levá-la consigo.

E se toda a Corte Unseelie morresse com eles... paciência.

Corny bateu à porta dos fundos da casa da avó de Kaye e sorriu pela vidraça da janela. Ele não tinha dormido muito, mas estava corado e inebriado com o conhecimento. A minúscula criatura que havia capturado falara a noite toda, contando a Corny qualquer coisa que o tornaria mais propenso a libertá-la. Ele a havia libertado ao amanhecer, e o verdadeiro conhecimento parecia mais próximo de seu alcance do que nunca.

— Entre — gritou a avó de Kaye de dentro da cozinha.

Ele girou a fria maçaneta de metal. A cozinha estava atulhada de velhos mantimentos; dúzias de potes empilhados e frigideiras de ferro enferrujadas. A avó de Kaye não suportava jogar nada fora.

— Em que tipo de problemas vocês se meteram ontem à noite? — A velha mulher ajeitava dois pratos na lava-louças.

Corny pareceu confuso por um segundo, então forçou uma careta.

— Ontem à noite. Certo. Bem, eu saí mais cedo.

— Que tipo de cavalheiro abandona uma garota assim, Cornelius? Ela passou mal a manhã toda, e a porta do quarto está trancada.

O micro-ondas apitou.

— Vamos para Nova York essa noite.

A avó de Kaye abriu o microondas.

— Bem, não acho que ela vá estar disposta. Aqui, leve isso para Kaye. Veja se ela consegue manter alguma coisa no estômago.

Corny pegou a xícara e subiu as escadas. O chá espirrava conforme ele seguia, deixando uma trilha de pingos fumegantes. No corredor, do lado de fora do quarto de Kaye, ele parou e ouviu por um segundo. Não escutando nada, bateu.

Não houve resposta.

— Kaye, sou eu — disse ele. — Ei, Kaye, vamos, abra a porta. — Corny bateu de novo. — Kaye!

Ele ouviu um farfalhar e um clique, e, em seguida, a porta se abriu. Involuntariamente, Corny deu um passo para trás.

Ele já vira a forma de fada da amiga antes, mas não estava preparado para vê-la ali. O verde-gafanhoto de sua pele parecia especialmente estranho em contraste com a camiseta branca e a calcinha cor-de-rosa desbotada. Os olhos pretos brilhantes estavam vermelhos e o quarto cheirava a azedo.

Kaye estava deitada no colchão, ajeitando o edredom ao seu redor e enterrando o rosto no travesseiro. Ele só conseguia ver o emaranhado verde do cabelo e os dedos muito compridos que aninhavam a coberta sobre o peito, como se fosse um bichinho de pelúcia. Ela parecia um gato em repouso, mais alerta do que deixava transparecer.

Corny se aproximou e se sentou no chão perto dela, recostando-se em um travesseiro acetinado, comprado em liquidação.

— Deve ter sido uma noite e tanto — sussurrou ele, hesitante, e os olhos retintos da amiga tremeluziram por um segundo. Ela soltou o que pareceu um muxoxo. — Vamos. Já passa do meio-dia. Hora de levantar.

Lutie voou do alto de uma das prateleiras, e a intempestividade do gesto assustou Corny. A fada parou na altura do joelho do garoto, a risada tão alta que o som lhe lembrava sinos. Ele resistiu à vontade de se encolher.

— O mordomo de Roiben, Ruddles em pessoa, com a ajuda de um duende e de um púca, a carregou até em casa. Imagine um duende colocando gentilmente uma pixie na cama.

Kaye gemeu.

— Não acho que ele tenha sido tão gentil assim. Agora, podem ficar quietos? Estou tentando dormir.

— Sua avó preparou este chá. Você quer? Se não, vou tomar.

Com um gemido, Kaye virou-se de costas.

— Me dê aqui.

Ele lhe estendeu a xícara enquanto ela se sentava. Uma daquelas asas com textura de celofane roçou na parede, salpicando uma chuva de pó sobre os lençóis.

— Dói?

Ela olhou para trás e deu de ombros. Os dedos longos rodearam a xícara de chá para aquecer as mãos.

— Presumo que não vamos conseguir ir ao show da sua mãe.

Ela o encarou e Corny ficou surpreso de ver que os olhos dela estavam marejados.

— Não sei — disse ela. — Como vou saber? Não sei nada de coisa nenhuma.

— Ok, ok. O que diabos aconteceu?

— Eu disse a Roiben que o amava. Bem alto. Na frente de uma audiência enorme.

— E? O que ele disse?

— Foi um lance chamado declaração. Eles disseram... nem sei por que lhes dei ouvidos... que, se eu não o fizesse, alguém se declararia antes de mim.

— E eles são...?

— Nem pergunte — respondeu Kaye, tomando um gole de chá e balançando a cabeça. — Eu estava tão bêbada, Corny. Nunca mais quero ficar bêbada daquele jeito.

— Foi mal... Continue.

— Essas fadas me contaram sobre o lance da declaração. Eram meio... não sei... arrogantes, acho. Enfim, Roiben me disse que eu tinha de ficar na plateia durante a cerimônia, e fiquei pensando em como eu não me encaixava ali e em como, talvez, ele estivesse decepcionado comigo, sabe? Pensei que talvez ele desejasse secretamente que eu soubesse mais sobre os costumes das fadas... talvez quisesse que eu tomasse uma atitude antes que precisasse enviar outra pessoa em uma missão.

Corny franziu o cenho.

— O quê? Uma missão?

— Uma missão para provar seu amor.

— Que dramático. E você fez essa coisa de declaração? Você se comprometeu.

Kaye virou o rosto para que ele não pudesse ler sua expressão.

— Sim, mas Roiben não ficou feliz com isso, nem um pouco. — Ela apoiou a cabeça nas mãos. — Acho que fodi magnificamente com tudo.

— Qual é sua missão?

— Encontrar uma fada que minta. — A voz soou muito baixa.

— Achei que fadas não pudessem mentir.

Kaye apenas o encarou.

Súbita e terrivelmente, Corny entendeu o que ela quis dizer.

— Ok, espere um pouco. Você está me dizendo que ele a mandou em uma missão impossível.

— E estou proibida de vê-lo novamente até cumpri-la. Então, basicamente, nunca mais vou vê-lo de novo.

— Nenhuma fada pode proferir uma inverdade. Por isso essa é uma missão das boas para desencorajar um declarante... nada de trabalho sem fim — disse Lutie, de repente. — Existem outras, como "Extrair todo o sal de todos os mares". Essa é perversa. E então há aquelas que parecem impossíveis, mas talvez não sejam, como "Teça um casaco de estrelas".

Corny subiu na cama ao lado de Kaye, desalojando Lutie de seu joelho.

— Tem de haver um jeito. Tem de haver algo que você possa fazer.

A fadinha pairou no ar, depois se acomodou no colo de uma grande boneca de porcelana. Ela se encolheu e bocejou.

Kaye balançou a cabeça.

— Mas, Corny, ele não *quer* que eu termine a missão.

— Isso é besteira.

— Você ouviu o que Lutie acabou de dizer.

— Ainda assim é besteira. — Corny chutou um travesseiro abandonado com o dedão do pé. — E que tal enfeitar seriamente a verdade?

— Isso não é mentir — argumentou Kaye, tomando um gole grande da xícara.

— Diga que o chá está gelado. Apenas tente. Talvez consiga mentir se se esforçar.

— O chá está... — começou Kaye, então parou. A boca ainda estava aberta, mas era como se a língua dela tivesse congelado.

— O que está te impedindo? — perguntou Corny.

— Não sei. Senti pânico, e minha mente começou a rodopiar em busca de uma forma segura de concluir a frase, e me senti sufocada. Meu maxilar simplesmente travou e não consegui emitir som nenhum.

— Caramba, não sei o que eu faria se não pudesse mentir.

Kaye se deixou afundar novamente na cama.

— Não é tão ruim. Na maior parte do tempo, você pode fazer as pessoas acreditarem nas coisas sem, de fato, mentir.

— Como o jeito com que fez sua avó acreditar que eu estava com você ontem à noite?

Ele percebeu que ela exibia um sorriso discreto enquanto tomava outro gole da xícara.

— Bem, e se você falasse que iria *fazer* algo e não fizesse? Seria mentir?

— Não sei — respondeu Kaye. — Não é o mesmo que falar algo que você acredita ser verdade, mas acaba não sendo? Como algo que você lê em um livro, mas percebe que o livro está errado.

— Ainda não seria mentira?

— Se for, imagino que estou em forma. Com certeza, já me enganei sobre várias coisas.

— Vamos lá, vamos para Nova York. Você vai se sentir melhor quando sair da cidade. É o que acontece comigo.

Kaye sorriu, então se sentou.

— Onde está Armageddon?

Corny deu uma espiada na gaiola, mas Kaye já estava engatinhando na direção do viveiro.

— Ele está aqui. Ah, puxa. Os dois estão aqui. — Ela suspirou, o corpo todo relaxando. — Pensei que ele talvez ainda estivesse sob a colina.

— Você levou seu rato? — perguntou Corny, incrédulo.

— Podemos não falar mais sobre a noite passada? — pediu Kaye, pegando um par desbotado de calças verdes camufladas.

— Sim, com certeza — disse Corny, e bocejou. — Quer parar para tomar café no caminho? Estou na vibe de panquecas.

Com a expressão nauseada, Kaye começou a pegar suas coisas.

Na viagem de carro, Kaye pousou a cabeça no banco rasgado de plástico, observando o céu pela janela, tentando não pensar. Os trechos de floresta que emprestavam um isolamento acústico à rodovia deram lugar a fábricas cuspidoras de fogo e fumaça branca que era soprada até se misturar às nuvens.

Quando chegaram à parte do Brooklin em que a mãe alegava ainda se tratar de Williamsburg, mas provavelmente era, na verdade, Bedford-Stuyvesant, o trânsito ficou menos congestionado. As estradas estavam crivadas de buracos, o asfalto rachado e empelotado. As calçadas das ruas desertas exibiam montes de neve suja. Apenas poucos carros se encontravam estacionados nas laterais das vias, e, assim que Corny parou atrás de um, Kaye abriu a porta e saiu. Parecia estranhamente solitário.

— Você está bem? — perguntou Corny.

Kaye balançou a cabeça, se inclinando sobre a sarjeta, caso vomitasse. Os minúsculos dedos de Lutie-loo se cravaram no pescoço de Kaye enquanto a fada tentava se empoleirar no seu ombro.

— Não sei se o fato de eu estar me sentindo uma merda tem a ver com viajar duas horas em uma caixa de aço ou se tem a ver com uma ressaca terrível — disse ela, tomando fôlego.

Traga-me uma fada que possa dizer uma inverdade.

Corny deu de ombros.

— Nada de carro pelo restante da visita. Tudo o que você precisa fazer agora é segurar a onda ao andar de metrô.

Kaye gemeu, mas estava muito cansada para lhe dar um tapa no braço. Até as ruas fediam a ferro. Vigas do metal irrompiam de cada prédio. Ferro compunha os esqueletos dos carros que congestionavam as estradas, coagulando as vias como sangue fluindo com lentidão das artérias de um coração. Lufadas de ferro queimavam os pulmões de Kaye e ela se concentrava no próprio glamour, tornando o feitiço mais denso e seus sentidos menos aguçados. Aquilo conseguia afastar o pior da doença do ferro.

Você é a única coisa que desejo.

— Consegue andar? — perguntou Corny.

— O quê? Ah, sim. — Kaye suspirou, enfiando as mãos nos bolsos do sobretudo roxo quadriculado. — Posso andar, sim. — Tudo parecia acontecer em câmera lenta. Precisava se esforçar para se concentrar em qualquer coisa que não nas lembranças de Roiben e no gosto de ferro na boca. Ela cravou as unhas nas palmas.

Minha afeição por você é uma fraqueza.

Corny tocou seu ombro.

— Então... qual é o prédio?

Kaye consultou o número que havia anotado no dorso da mão e apontou para um condomínio. O apartamento da mãe custava duas vezes mais do que aquele em que moraram três meses antes, na Filadélfia. A promessa de Ellen para Kaye, de que viajaria até Nova York para que assim pudessem continuar em Nova Jersey, havia durado até a primeira discussão homérica entre Ellen e a mãe *dela*. Típico. Mas daquela vez Kaye não tinha se mudado com ela.

Eles subiram os degraus da entrada do prédio e apertaram a campainha. Um zumbido soou e Kaye entrou. Corny foi logo atrás.

A porta do apartamento da mãe de Kaye estava coberta pelo mesmo verniz fosco de bordo que todas as outras no décimo oitavo andar. Havia um nove de plástico dourado preso à madeira logo abaixo do olho mágico. Quando Kaye bateu à porta, o número oscilou no prego solitário.

Ellen abriu a porta. O cabelo dela estava recém-pintado com hena, do mesmo ruivo indistinto das sobrancelhas, e o rosto, recém-lavado. Ela vestia uma blusa de alcinhas preta e jeans escuros.

— Meu bebê! — Ellen abraçou Kaye com força, balançando de um lado para o outro, como o número pregado na porta. — Senti tanto a sua falta.

— Também senti saudade — disse Kaye, pesadamente apoiada no ombro da mãe. Ela se sentiu bem, de um jeito estranho e culpado. Ela imaginou o que Ellen faria se soubesse que Kaye não era humana. Gritaria, com certeza. Era difícil pensar em algo além de gritos.

Depois de um instante, Ellen olhou sobre o ombro de Kaye.

— E Cornelius. Obrigado por ter dado uma carona a Kaye. Entre. Quer uma cerveja?

— Não, obrigado, Srta. Fierch — agradeceu Corny. Ele entrou no cômodo, carregando a bolsa de ginástica e o saco plástico com as coisas de Kaye para passar a noite.

O apartamento em si era pequeno, com paredes pintadas de branco. Uma cama queen-size ocupava quase todo o cômodo, encostada contra a janela e coberta de roupas. Um homem que Kaye não conhecia estava sentado em um banco e dedilhava um baixo.

— Este é Trent — apresentou Ellen.

O homem se levantou e abriu a capa do baixo, guardando o instrumento com delicadeza. Ele parecia com a maioria dos caras por quem Ellen se interessava: cabelo comprido e barba por fazer, mas, ao contrário da maioria, a dele estava raiada de fios grisalhos.

— Tenho que ir. Vejo vocês no clube. — Ele olhou para Corny e Kaye. — Prazer em conhecer vocês.

A mãe de Kaye se sentou na bancada da cozinha, pegando seu cigarro de um prato chamuscado. Uma das alças da blusa escorregou de seu ombro. Kaye encarou Ellen, se flagrando à procura de alguma semelhança com a criança humana trocada, escravizada na Corte Seelie — a garota cuja vida Kaye roubara. Mas tudo o que Kaye via no rosto da mãe era a semelhança com o próprio glamour humano habitual.

Com um aceno rápido, Trent saiu, junto de seu baixo, em direção ao corredor. Lutie escolheu aquele momento para se desalojar do pescoço de Kaye e voar para cima da geladeira. Kaye a viu se acomodar atrás de um vaso vazio, que parecia ser uma tigela de comida de delivery.

— Sabe do que você precisa? — perguntou Ellen a Corny, pegando a garrafa meio vazia de cerveja ao seu lado e dando um gole, engolindo um bocado de fumaça.

Ele deu de ombros, sorrindo.

— Um objetivo na vida? Autoestima? Um pônei?

— Um corte de cabelo. Quer que eu faça isso para você? Eu costumava cortar o cabelo de Kaye quando ela era uma garotinha. — Ela pulou do balcão e seguiu para o banheiro apertado. — Acho que tenho uma tesoura aqui em algum lugar.

— Não deixe que ela o intimide. — Kaye ergueu a voz para se certificar de que a mãe seria capaz de ouvi-la. — Mãe, pare de induzir o Corny a fazer as coisas.

— Eu pareço ridículo? — perguntou Corny a Kaye. — O que estou usando... pareço feio? — Havia algo no modo como ele hesitou ao fazer a pergunta que deu peso à questão.

Kaye lhe lançou um olhar de esguelha e deu um sorrisinho.

— Você parece você.

— O que isso quer dizer?

Kaye apontou para as calças de camuflagem que ela havia pegado do chão naquela manhã e para a camiseta com a qual dormira. As botas ainda estavam desamarradas.

— Veja o que estou usando. Não importa.

— Está dizendo que estou péssimo, não é?

Kaye inclinou a cabeça e o observou. Longe da exposição aos vapores do posto de gasolina, a pele havia empalidecido, e não era como se alguma vez já tivesse sido feio.

— Ninguém em seu juízo perfeito *escolheria* um mullet como penteado, a não ser que estivesse mandando o mundo à merda.

Corny subiu a mão até a cabeça em um gesto tímido.

— E você tem uma coleção de camisas de poliéster de gola larga em cores como laranja e marrom.

— Minha mãe compra em brechós.

Pegando o estojo de maquiagem da mãe de cima do monte de roupas na cama, Kaye escolheu um delineador preto com glitter.

— E você não seria você sem elas.

— Ok, ok. Entendi… e se eu não quiser mais parecer comigo?

Kaye hesitou por um segundo, erguendo o olhar após esfumar a pálpebra. Ouviu um anseio na voz do amigo que a perturbou. Ela se perguntou o que ele faria com um poder como o dela, e se ele pensava no assunto.

Ellen saiu do banheiro com uma escova, tesoura, um pequeno conjunto de aparador de pelos e uma caixa de papel manchada pela umidade.

— E que tal um pouco de tintura? Achei uma caixa que Robert pretendia usar antes de decidir descolorir. Preto. Ficaria fofo em você.

— Quem é Robert? — perguntou Kaye.

Corny olhou para seu reflexo na porta engordurada do micro-ondas. Virou o rosto para o lado.

— Acho que não tem como piorar.

Ellen soprou um fio de fumaça azulada, sacudiu a cinza do cigarro e o prendeu com firmeza no lábio.

— Certo, se sente na cadeira.

Corny fez o que ela pediu, desajeitado. Kaye saltou para a bancada e terminou a cerveja da mãe. Ellen lhe passou o fio da máquina de cortar cabelo.

— Ligue na tomada, querida. — Colocando uma toalha manchada de água sanitária nos ombros de Corny, Ellen começou a aparar a parte de trás do cabelo do garoto. — Já ficou melhor.

— Ei, mãe — disse Kaye. — Posso te perguntar uma coisa?

— Deve ser algo ruim — comentou Ellen.

— Por que disse isso?

— Bem, você não costuma me chamar de "mãe". — Ela deixou de lado a máquina, deu uma longa tragada no cigarro e começou a cortar o topete de Corny com uma tesoura de unha. — Vá em frente. Pode me perguntar qualquer coisa, querida.

A fumaça queimava os olhos de Kaye.

— Alguma vez pensou em mim como não sendo sua filha? Como se eu tivesse sido trocada ao nascer. — Assim que as palavras saíram de sua boca, ergueu a mão em um gesto involuntário, os dedos curvados como se pudessem recolher as palavras do ar.

— Uau, que pergunta estranha.

Kaye não disse nada. Apenas esperou. Ela não tinha certeza se seria capaz de falar mais alguma coisa.

— Engraçado. Houve uma vez... — Passando os dedos pelo cabelo de Corny, Ellen encontrou mechas desgarradas e as cortou. — Nossa, você nem tinha completado dois anos, estava brincando pelos cantos. Eu costumava empilhar um monte de livros em uma cadeira para que você pudesse se sentar à mesa quando visitávamos a casa de sua avó. Não era muito seguro, mas eu também não era muito esperta. Enfim, saí da cozinha e, quando voltei, você estava no chão com a pilha de livros toda espalhada. Quero dizer, é óbvio que você tinha caído e é óbvio que sou uma péssima mãe. Mas você não estava chorando. Em vez disso, você tinha aberto um dos livros e estava lendo... sem nenhuma dificuldade. E pensei: minha filha é um gênio... E depois pensei: ela não é minha filha.

— Humm — disse Kaye.

— E você era tão sincera... nada parecida comigo quando criança. Você distorcia a verdade, sim, mas nunca mentiu abertamente.

Minha vida é uma mentira. Era um alívio não dizer aquelas palavras. Era um alívio deixar correr os segundos até mudar de assunto e seu coração galopante se acalmar outra vez.

— Então já imaginou como seriam as coisas se você tivesse sido adotada em segredo? — perguntou Ellen.

Kaye congelou.

Com uma colher metálica, Ellen misturava a tinta preta em uma tigela de cereal lascada.

— Quando criança, eu costumava fingir que era um bebê de circo, e que os engolidores de fogo e malabaristas e acrobatas voltariam para me buscar, e eu teria meu próprio trailer e leria a sorte das pessoas.

— Se você não fosse minha mãe, quem faria transformações fabulosas em meus amigos? — Quando disse aquelas palavras, Kaye soube que não passava de uma covarde. Não, não uma covarde. Era egoísta. Era o filhote de cuco, relutante em abandonar os confortos de um ninho roubado.

Era incrível como conseguia enganar tanto sem, de fato, mentir.

Corny esticou a mão para tocar o súbito e pontiagudo comprimento de seu cabelo.

— Eu costumava fingir que era de outra dimensão. Como o Spock com cavanhaque do Universo Espelho, sabe? Pensava que nessa outra dimensão minha mãe era, na verdade, a monarca de um vasto império ou uma feiticeira exilada, algo assim. A desvantagem era que ela provavelmente também teria um cavanhaque.

Kaye soltou uma risada. A fumaça do cigarro, combinada com o odor químico da tinta de cabelo, transformou o riso em engasgo.

Ellen deixou cair uma colherada da gosma preta na cabeça de Corny e espalhou com um pente. Gotas manchavam o dorso de sua mão, e suas pulseiras tilintavam ao chocarem-se umas contra as outras.

Zonza, Kaye atravessou o pequeno cômodo e abriu uma janela. Ela podia ouvir o estalo da tinta descolando. Inspirando baforadas de ar fresco, observou a rua. Seus olhos ardiam.

— Só mais um minuto — disse Ellen. — Depois vou enrolar o cabelo de Corny com plástico e jogar essa merda fora.

Kaye assentiu, embora não tivesse certeza de que a mãe estava olhando. Na rua, pequenos grupos de pessoas se amontoavam na paisagem nevada, o hálito condensando em espirais, como fumaça.

A luz do poste refletiu sobre longas mechas de cabelo claro, e por um instante, antes de uma das figuras se virar, ela lembrou de Roiben. Não era ele, naturalmente, mas precisou se conter para não chamar seu nome mesmo assim.

— Querida, terminei aqui — avisou Ellen. — Dê uma olhada por aí e veja se consegue achar outra camiseta para este rapaz. Estraguei a dele e, de qualquer forma, Corny é tão magro que poderia se perder dentro dela.

Kaye se virou. O pescoço de Corny estava vermelho e manchado.

— Mãe, você está constrangendo meu amigo.

— Se isso fosse um programa de TV, seria eu fazendo uma transformação — disse Corny, sombrio.

Ellen colocou o cigarro em um pires.

— Deus nos ajude.

Kaye vasculhou as araras de roupas até encontrar uma camiseta marrom-escura com a silhueta em preto de um homem montado em um coelho e segurando uma lança.

Ela ergueu a peça para a inspeção de Corny. Ele riu, nervoso.

— Parece apertada.

Ellen deu de ombros.

— É de uma noite de autógrafos em um bar. Kelly não sei de quê. Chain? Kelly Chain? Vai ficar ótima em você. Seu jeans está ok e a jaqueta também, mas esses tênis, não. Calce mais uma meia e pode usar os All-Stars de Trent. Acho que ele deixou um par reserva perto do armário.

Corny olhou para Kaye. Filetes de tinta preta lhe escorriam pela nuca, manchando a gola da camiseta.

— Vou fugir para o banheiro agora.

Quando a água do chuveiro começou a cair, enchendo o pequeno apartamento de vapor, Ellen se sentou na cama.

— Enquanto estamos nos produzindo, que tal maquiar meus olhos? Não consigo fazer o esfumado como você.

Kaye sorriu.

— Tudo bem.

Ellen se reclinou na cama enquanto Kaye se inclinava sobre ela, cuidadosamente cobrindo as pálpebras da mãe com sombra cintilante prateada, delineando e esfumando a base dos cílios com preto. Assim de perto, Kaye via os discretos pés de galinha no canto dos olhos, os poros abertos do nariz, a leve descoloração violeta abaixo dos cílios. Quando afastou o cabelo da mãe, o brilho de alguns fios denunciou onde a tinta vermelha cobria o grisalho. Os dedos de Kaye tremeram.

Mortal. Isso é o que significa ser mortal.

— Acho que terminei — anunciou Kaye.

Ellen voltou a se sentar ereta e deu um beijo na bochecha de Kaye. Ela conseguia sentir o cheiro do cigarro no hálito da mãe, o cheiro de deterioração nos dentes e dos vestígios de chiclete açucarado.

— Obrigada, querida. Você salvou minha vida.

Vou contar a ela, afirmou Kaye para si mesma. *Vou contar a ela esta noite.*

Corny irrompeu do banheiro em uma nuvem de vapor. Era estranho ver o amigo nas roupas novas, com o cabelo mais curto e mais escuro. Não devia ter feito tanta diferença, mas o cabelo deixou seus olhos brilhantes e a camiseta justa transformou a magreza em elegância.

— Você ficou ótimo — elogiou Kaye.

Ele esticou a camiseta, inseguro, e esfregou o pescoço, como se pudesse sentir a mancha da tinta.

— O que você achou? — perguntou Ellen.

Corny olhou para trás, para o banheiro, como se estivesse lembrando-se do próprio reflexo.

— Como se eu estivesse escondido na minha própria pele.

4

Não me sustenta o pão, a aurora me desconcerta,
busco no dia o som líquido dos teus pés.

— Pablo Neruda, *Soneto de amor XI*

A viagem de metrô foi terrível. Kaye sentia o ferro à sua volta, sentia o peso do metal e o fedor a comprimindo, a sufocando. Ela segurou a barra de alumínio e tentou não respirar.

— Parece meio pálida — disse Corny enquanto subiam os degraus de concreto até a rua.

Ela podia sentir o glamour se corroendo, enfraquecendo a cada momento.

— Por que vocês não dão uma volta por aí? — Os lábios de Ellen estavam brilhantes de gloss e o cabelo tão cheio de fixador que não se movia nem quando a brisa soprava. — Vai ser chato assistir à arrumação.

Kaye assentiu.

— Além do mais, se eu apenas visse como Nova York é legal, eu me mudaria para cá em vez de perder meu tempo na tediosa Jersey?

Ellen sorriu.

— Isso também.

Kaye e Corny caminharam um pouco pelas ruelas do West Village. Passaram por butiques com chapéus de abas largas e shorts quadriculados na vitrine, minúsculas lojas de discos com promessa de importados e uma sex shop exibindo uma mordaça erótica/máscara BDSM de vinil com orelhas de gato contra um fundo natalino de veludo vermelho e branco. Um cara em uma jaqueta do exército rasgada tocava músicas de Natal em uma flauta nasal, perto de uma esquina.

— Ei — chamou Corny. — Uma cafeteria. Podemos sentar um pouco e nos aquecer.

Eles subiram os degraus da entrada e atravessaram a porta estampada em dourado.

O Café des Artistes combinava uma série de ambientes que se ligavam um ao outro por largos corredores. Kaye cruzou o balcão e passou por uma entrada, até chegar a uma câmara que exibia uma cornija de lareira coberta de velas brancas derretidas, como um imenso castelo de areia erodido pelas ondas. A iluminação suave vinha de candelabros pretos, que pendiam de um teto de zinco da mesma cor, e refletia no vidro de gravuras antigas e espelhos dourados; o cômodo parecia sombrio e fresco. Um leve e reconfortante cheiro de chá e café a fez suspirar.

Eles se sentaram em poltronas com ornamentos dourados, desgastadas de modo que o plástico moldado branco aparecia sob o descanso de mão. Corny cutucou uma espiral dourada e lascou um pedaço com a unha. Lentamente, Kaye abriu a gaveta da pequena mesa cor de creme à sua frente. Ficou surpresa ao encontrar uma coleção de papéis: bilhetes, cartões-postais e cartas.

Uma garçonete se aproximou, e Kaye fechou a gaveta. O cabelo da mulher era loiro no topo e preto brilhante por baixo.

— O que desejam?

Corny pegou um cardápio do meio da mesa e o leu em voz alta, como se escolhesse coisas ao acaso.

— Uma omelete com pimentão verde, tomates e cogumelos, uma tábua de queijos e uma xícara de café.

— Café para mim também. — Kaye pegou o cardápio das mãos do amigo e escolheu a primeira coisa que viu.

— E uma fatia de torta de limão.

— Uma dieta superbalanceada — comentou Corny. — Açúcar e cafeína.

— Talvez venha com merengue — argumentou Kaye. — É ovo. Proteína.

Ele revirou os olhos.

Quando a garçonete se afastou, Kaye abriu a gaveta outra vez e folheou os cartões.

— Olha isso. — Uma caligrafia feminina descrevia uma viagem a Itália: *Não pude parar de pensar na previsão de Lawrence de que eu conheceria alguém em Roma.* Um cartão-postal com um esboço de uma xícara em um dos cantos trazia palavras escritas em lápis com letra de fôrma: *Cuspi no meu café e então o troquei com o do namorado de Laura para que ele pudesse sentir meu gosto na boca.* Kaye leu as palavras em voz alta, depois perguntou: — De onde acha que essas coisas vieram?

— Bazares? — respondeu Corny. — Ou talvez sejam mensagens que as pessoas nunca enviaram. Você sabe, como quando se quer registrar algo, mas sem que a pessoa a quem as palavras são destinadas leia. Você deixa aqui.

— Vamos deixar alguma coisa — sugeriu Kaye. Ela vasculhou a bolsa e tirou de dentro dois pedaços de papel e um lápis delineador. — Tenha cuidado. É mole e mancha.

— Então, o quê? Você quer que eu escreva um segredo? Tipo, como eu sempre quis ter um vilão de histórias de quadrinhos como namorado e, depois de Nephamael, não tenho certeza se um cara legal vai servir para mim.

Um casal na mesa ao lado ergueu o olhar, como se tivesse pescado algumas palavras, mas não o bastante para entender o que Corny dissera.

Kaye revirou os olhos.

— Sim, por que um sádico desequilibrado iria te fazer desistir de sádicos desequilibrados em geral?

Com um sorriso malicioso, ele pegou o pedaço de papel e começou a escrever, pressionando com força suficiente para que as letras saíssem rechonchudas e borradas. Ele virou o papel na direção da amiga.

— Eu sei que você vai ler mesmo...

— Não vou, se me pedir.

— Só leia.

Kaye pegou o papel e viu as palavras: *Eu faria qualquer coisa para não ser humano.*

Ela pegou o delineador e escreveu sua mensagem: *Roubei a vida de outra pessoa.* Ela virou o bilhete na direção de Corny.

Ele deslizou os dois para a gaveta sem emitir nenhum comentário. A garçonete apareceu com talheres, café e creme. Kaye se ocupou em tornar seu café o mais doce e fraco possível.

— Está pensando na missão? — perguntou Corny.

Ela estava pensando no que ele tinha escrito, mas respondeu:

— Só queria poder conversar com Roiben mais uma vez. Apenas para ouvir ele *dizer* que não me quer. Tenho a impressão de que levei um pé na bunda em um sonho.

— Você pode mandar uma carta ou algo assim, não? Tecnicamente, não teria que ver o sujeito.

— Ah, com certeza... — disse Kaye. — Se ele tivesse um correio que não funcionasse, tipo, a base de bolotas, aquelas frutinhas.

— Tem coisas sobre os costumes das fadas que você ainda não entende. Tudo o que aconteceu... pode não ser o que você acha que é.

Kaye balançou a cabeça, ignorando as palavras de Corny.

— Talvez tenha sido bom a gente se separar. Quero dizer, no que diz respeito a namorados, ele estava sempre ocupado, trabalhando. Governar uma corte maligna demanda tempo.

— E ele é muito velho para você — argumentou Corny.

— E está sempre chorando pelos cantos — acrescentou Kaye. — Emo demais.

— Nada de carro também. De que adianta ter um namorado mais velho se ele não tem um carro?

— O cabelo dele é mais comprido que o meu — disse Kaye.

— Aposto que ele demora mais do que você para se arrumar.

— Ei! — Kaye lhe deu um soco no braço. — Eu me arrumo rápido.

— Foi só um comentário. — Corny abriu um sorriso. — Mas, você sabe, namorar uma criatura sobrenatural nunca é fácil. Evidentemente, ser você também uma criatura sobrenatural deve facilitar as coisas.

Do outro lado do salão, um grupo de três homens ergueu o olhar de seus cappuccinos. Um deles disse algo e os outros dois riram.

— Você está assustando as pessoas — sussurrou Kaye.

— Eles só acham que estamos planejando o enredo de um livro bem bizarro — disse Corny. — Ou jogando RPG. Podíamos estar interpretando papéis, sabe? — Ele cruzou os braços. — Estou usando ofuscação, como faço para ficar invisível no RPG, e você vai ter de pagar meu jantar.

Uma garota encolhida sobre uma mesa chamou a atenção de Kaye. As pontas do cabelo oleoso se arrastavam no café e ela estava enrolada em vários casacos, um sobre o outro, até as costas parecerem corcundas. Quando a garota viu que Kaye a observava, ergueu um pedaço de papel entre dois dedos e o guardou na gaveta à sua frente. Em seguida, com uma piscadela, bebeu o resto do café e se levantou para ir embora.

— Espere aqui — disse Kaye a Corny, se levantando e indo até a mesa. A garota se fora, mas, quando Kaye abriu a escrivaninha, o papel ainda estava ali: "A rainha deseja vê-la. O Faz-Tudo sabe o caminho. Mande uma mensagem: 555-1327".

Corny e Kaye seguiram até o clube no momento em que voltou a nevar. O prédio tinha uma fachada de tijolos, coberta de pôsteres em camadas esfarrapadas, gastas por chuva e poeira. Corny não reconhecia nenhuma das bandas.

Na entrada principal, uma mulher de jeans preto e casaco com estampa de zebra recebia a consumação mínima de cinco dólares de uma pequena fila de clientes tremendo de frio.

— Identidade — pediu a mulher, jogando as pequenas tranças para trás.

— Minha mãe é da banda — disse Kaye. — Estamos na lista.

— Ainda preciso ver sua identidade — explicou a mulher.

Kaye a encarou e o ar ao redor delas começou a bruxulear, como se aquecido.

— Pode entrar — disse a mulher, com ar sonhador.

Corny esticou a mão para receber um carimbo grudento de uma caveira azul e seguiu em direção à porta. O coração martelava no peito.

— O que fez com ela? — perguntou.

— Amo esse cheiro — disse Kaye, sorrindo. Corny estava em dúvida se ela não havia ouvido a pergunta ou se apenas tinha decidido não responder.

— Só pode estar de brincadeira. — O interior do clube era pintado de preto retinto. Até os canos sobre a cabeça dos dois tinham sido borrifados com o mesmo tom fosco para que toda a luz no salão parecesse absorvida pelas paredes. Algumas luzes multicoloridas piscavam acima do bar e do outro lado do palco, onde uma banda tocava.

Kaye gritou por sobre a música.

— Não, sério, eu amo isso. Cerveja rançosa e resíduo de cigarro e suor. Queima minha garganta, mas depois do carro e da viagem de metrô, pouco me importa.

— Ótimo — gritou ele em resposta. — Quer dar um oi para sua mãe?

— Melhor não. — Kaye revirou os olhos. — Ela fica uma vaca quando está se preparando. Medo de palco.

— Ok, vamos descolar um lugar — disse Corny, abrindo caminho até uma das minúsculas mesas com uma vela elétrica vermelha acima, que parecia uma lâmpada repelente de insetos.

Kaye foi pegar os drinques. Corny se sentou e estudou a multidão. Um garoto asiático com a cabeça raspada e calças de camurça com franjas gesticulava para uma garota de vestido de lã e botas cowboy estampadas com tarântulas. Ali perto, uma mulher vestida com um casaco de estampa moiré dançava lentamente com outra jovem contra uma viga preta de suporte. Corny sentiu uma onda selvagem de empolgação o invadir. Aquele era um clube nova-iorquino real, um lugar descolado de verdade, cujo acesso devia lhe ter sido vetado segundo as regras do universo nerd.

Kaye voltou para a mesa enquanto a outra banda deixava o palco e Ellen, Trent e outros dois integrantes da Treacherous Iota entravam.

Momentos depois, a mãe de Kaye estava debruçada sobre a guitarra, dedilhando as cordas. Kaye a observava com fascinação, os grandes olhos marejados conforme mordiscava um misturador de bebidas de plástico.

A música era ok: punk açucarado com alguns versos melancólicos. Mas a mãe de Kaye não parecia a mulher de meia-idade apagada que Corny tinha encontrado havia algumas horas. A Ellen do palco parecia feroz, como se fosse se debruçar e devorar todas as garotinhas e os garotinhos reunidos à sua volta. Mesmo que não fossem biologicamente ligadas, enquanto ela cantava a primeira música, ele podia ver muito de Kaye na mulher.

Observar aquela transformação o deixou desconfortável, em especial porque seus dedos ainda estavam manchados com a tinta dos cabelos. Ele olhou ao redor.

Seu olhar passou pelos garotos bonitos e meninas bem magras, mas parou em um homem alto, encostado na parede oposta, com uma bolsa-carteiro pendurada no ombro. Só de olhar para ele, Corny sentiu os braços arrepiarem. As feições pareciam perfeitas demais para pertencer a um humano.

Ao estudar aquela postura rígida e arrogante, Corny imaginou que ele fosse um Roiben enfeitiçado, ali para implorar pelo perdão de Kaye. Mas o cabelo era da cor de manteiga, não de sal, e o ângulo do queixo não se parecia em nada com o de Roiben.

O homem encarava Kaye com tanta intensidade que, quando uma garota de marias-chiquinhas parou à sua frente, ele se afastou para a esquerda a fim de continuar a observá-la.

Corny se levantou sem nem ter a intenção.

— Já volto — disse ele, diante do olhar questionador de Kaye.

Agora que caminhava na direção do homem, Corny não tinha mais certeza do que fazer. O coração martelava contra as costelas como uma bola de borracha, achou que fosse sufocar. Ainda assim, ao se aproximar, mais detalhes alimentaram suas suspeitas. O maxilar e as maçãs do rosto do estranho eram muito definidos; os olhos, da cor de jacintos. Era o homem fada mais maldisfarçado que Corny já vira.

No palco, Ellen gritava no microfone, e o baterista começou um solo.

— Você está fazendo um péssimo trabalho tentando se misturar, sabia? — gritou Corny por sobre a batida do ritmo.

O homem fada estreitou os olhos. Corny baixou o olhar para os tênis emprestados, lembrando-se, subitamente, de que poderia ser enfeitiçado.

— O que você quer dizer? — A voz do homem soou suave. Não exibia nada da fúria que transparecera no rosto.

Corny cerrou os dentes, ignorando a vontade de encarar mais uma vez aqueles olhos adoráveis.

— Você não parece humano. Nem mesmo fala como um humano.

Uma mão suave tocou a bochecha de Corny, que deu um salto.

— Eu me sinto humano — disse o homem fada.

Sem querer, Corny inclinou-se para o toque. O desejo se acendeu dentro dele, tão intenso que era quase uma dor. Mas, quando seus olhos se fecharam, viu o rosto da irmã desaparecendo sob a água salgada, a viu engolir grandes golfadas de mar enquanto um belo kelpie-enfeitiçado--como-garoto a arrastava para o fundo. Viu a si mesmo rastejando pela terra para pegar uma fruta carnuda e a depositar aos pés de um risonho cavaleiro-fada.

Seus olhos se abriram de repente. Corny estava tão furioso que as mãos tremiam.

— Não flerte — disse ele. Não seria fraco outra vez. Ele podia fazer aquilo.

O homem fada o estudava com sobrancelhas arqueadas e um sorriso cheio de zombaria.

— Aposto que quer Kaye — disse Corny. — Posso trazê-la para você.

A fada franziu o cenho.

— E você trairia alguém de sua espécie tão facilmente?

— Você sabe que ela não é de minha espécie. — Corny o pegou pelo cotovelo. — Vamos, ela pode nos ver. Podemos conversar no banheiro.

— Perdão?

— Continue pedindo perdão — disse Corny, segurando o braço do homem fada e o guiando através da multidão. Um olhar para trás lhe disse que Kaye continuava preocupada com a performance no palco. Adrenalina o inundou, estreitando seu foco, tornando raiva e desejo sensações subitamente indissociáveis. Ele entrou no banheiro. O único reservado e dois mictórios estavam vazios. Em uma parede roxa-escura, ao lado de um cartaz escrito à mão prometendo decapitação aos funcionários que não lavassem as mãos, havia uma prateleira contendo papel higiênico e artigos de limpeza.

Uma ideia terrivelmente desagradável ocorreu a Corny. Ele precisou reprimir um sorriso.

— O lance — começou ele — é que caras humanos não se vestem assim. Não está desleixado o suficiente. Roiben sempre comete o mesmo erro.

O ser encantado franziu levemente os lábios, e Corny tentou manter a expressão impassível, como se tivesse deixado passar aquele detalhe muito interessante.

— Olhe para você. Dê um jeito no glamour, para usar algo mais parecido com o que estou usando, ok?

O homem fada passou os olhos por Corny.

— Repugnante — disse, mas tirou a bolsa do ombro e a encostou na parede.

Corny pegou uma lata de inseticida da prateleira. Se Kaye não podia mais nem mesmo fumar um cigarro, os efeitos do veneno de inseto concentrado deviam ser impressionantes. Ele não precisou ponderar por muito tempo. Quando o homem fada se virou, Corny lhe borrifou um jato em cheio no rosto.

O loiro engasgou e imediatamente caiu de joelhos, o glamour se dissolvendo, revelando uma beleza terrível e inumana. Corny se deliciou por um segundo com a visão do ser encantado convulsionando no piso imundo, então arrancou o cadarço do tênis e o usou para amarrar as mãos da criatura atrás das costas.

O homem fada se contorceu ao sentir os nós apertados, tentando escapar enquanto tossia. Atrapalhado, Corny apanhou a lata e acertou a fada com o máximo de força que conseguiu.

— Juro por Deus, vou pulverizar você de novo — disse ele. — Mais desse troço vai te matar.

A fada ficou imóvel. Corny se levantou, montando sobre o corpo da fada, o dedo a postos na válvula do inseticida. Ele vislumbrou o próprio reflexo no espelho, viu como o cabelo pintado de preto e as roupas emprestadas eram patéticos. Ainda parecia dolorosa e decepcionantemente humano.

Dedos esbeltos e fortes envolveram seus tornozelos, mas Corny pressionou a sola do tênis no pescoço do ser encantado e se agachou sobre ele.

— Agora você vai me contar um monte de coisas que eu sempre quis saber.

A criatura engoliu em seco.

— Seu nome — disse Corny.

Os olhos azuis faiscaram.

— Nunca.

Corny deu de ombros e deslizou o pé de cima do homem fada, de repente incomodado.

— Certo. Algo pelo que eu possa chamar você, então. E nada daquela besteira de "eu mesmo". Eu leio.

— Adair.

Corny hesitou, se lembrando do papel na gaveta.

— Você é o Faz-Tudo? Você mandou um bilhete para Kaye?

O homem parecia confuso, então balançou a cabeça.

— Ele é humano. Como você.

— Ok. Adair, se você não é o Faz-Tudo, o que quer com Kaye?

A fada ficou em silêncio por um longo instante. Corny o golpeou na lateral da cabeça com a lata.

— Quem o mandou aqui?

Adair deu de ombros e Corny o acertou mais uma vez. Sangue manchou a boca do ser encantado.

— Silarial — ofegou ele.

Corny assentiu, satisfeito. Estava ofegante, mas cada respiração saía como uma gargalhada.

— Por quê?

— A pixie. Devo levá-la à Corte Seelie. Muitos dos súditos de minha senhora estão à procura dela.

Corny se sentou sobre o estômago de Adair e agarrou um punhado de seu cabelo dourado.

— Por quê?

— A rainha quer conversar. Apenas conversar.

Um homem com um corte falso moicano abriu a porta, empalideceu e, em seguida, a bateu. O homem fada se contorceu, esforçando-se para sentar.

— Me diga mais uma coisa — pediu Corny. O punho fechado tremia. — Me diga como proteger...

Naquele momento, a porta do banheiro se abriu novamente. Dessa vez, era Kaye.

— Corny, eles... — disse ela, depois pareceu prestar atenção na cena à sua frente. Ela pestanejou e tossiu. — Isso não é nem um pouco o que eu esperava encontrar quando entrei aqui.

— Silarial o enviou — explicou Corny. — Por sua causa.

— O barman está chamando a polícia. Temos de dar o fora daqui.

— Não podemos soltá-lo — argumentou Corny.

— Corny, ele está *sangrando*. — Kaye tossiu outra vez. — O que você fez? Sinto como se meus pulmões estivessem pegando fogo.

Corny começou a se levantar, para explicar.

— Eu o amaldiçoo. — O homem fada rolou de lado e cuspiu na bochecha de Corny uma gosma avermelhada, que escorreu como uma lágrima. — Que tudo o que seus dedos toquem definhe.

Corny cambaleou para trás, e, quando o fez, sua mão roçou na parede. A tinta sob as unhas cedeu e escamou. Parando, ele estudou sua palma: as linhas, sulcos e calos familiares pareciam, de repente, formar uma nova e horrível paisagem.

— Vamos! — Kaye o agarrou pela manga, guiando-o em direção à porta.

A maçaneta metálica oxidou ao toque da pele dele.

5

O inferno é cada um,
O inferno está sozinho.
— T.S. Eliot

Um fauno com garras sangrentas fez uma profunda mesura diante do trono de Roiben. Eles tinham de comparecer, cada um de seus vassalos, para vangloriar-se de sua utilidade, para lhe contar sobre seus serviços à coroa, para ganhar sua simpatia e a promessa de melhores tarefas. Roiben olhou para o mar de suplicantes e precisou controlar o pânico. Apertou os braços do trono com tanta força que a madeira trançada gemeu.

— Em seu nome — disse a criatura — matei sete irmãos e guardei seus cascos. — Com certo estardalhaço, ele esvaziou um saco.

— Por quê? — perguntou Roiben sem pensar, os olhos atraídos para o osso serrilhado dos tornozelos, o modo como o sangue havia secado e escurecido. O revestimento do chão da câmara de audiências já tinha desbotado, mas aquele presente reavivou as manchas avermelhadas.

O fauno deu de ombros. Silvas se enroscavam na pelagem de suas pernas.

— Tal presente frequentemente agradava a Lady Nicnevin. Minha intenção era apenas agradar meu senhor.

Roiben fechou os olhos com força por um segundo, depois os abriu novamente e inspirou fundo, aparentando indiferença.

— Ótimo. Excelente.

Ele se virou para a criatura seguinte.

Um ser encantado menino de traços delicados, com asas da cor de piche, fez uma reverência.

— Tenho prazer em informar — começou, em uma voz trêmula e suave — que levei quase uma dúzia de crianças mortais a saltar do alto de telhados ou à morte nos pântanos.

— Entendo — disse Roiben, com exagerado bom senso. Por um instante, teve medo do que seria capaz de fazer. Pensou em Kaye e no que ela acharia daquilo; ele se lembrou da pixie no próprio telhado, vestida com a camiseta e calcinha que usava para dormir, cambaleando, sonolenta. — Em meu nome? Acredito que a diversão é apenas sua. Talvez possa encontrar algo mais perverso do que crianças para atormentar, agora que a guerra começou.

— Seu desejo é uma ordem, meu senhor — disse a fada alada a seus pés, com uma carranca no rosto.

Um pequeno duende corcunda se adiantou. Com mãos nodosas, desenrolou um tecido hediondo e o esticou sobre o chão.

— Matei mil ratos, guardando apenas as caudas e costurando-as em um tapete. Eu o ofereço agora como um tributo a sua magnificência.

Pela primeira vez desde que podia lembrar, Roiben precisou morder o interior da bochecha para conter uma risada.

— Ratos?

O rei olhou para o mordomo. Ruddles arqueou uma única sobrancelha.

— Ratos — confirmou o duende, inflando o peito.

— É uma bela iniciativa — comentou Roiben. Os criados enrolaram o tapete quando o duende se foi, parecendo satisfeito consigo próprio.

Uma sereiana fez uma reverência trôpega, o corpo minúsculo coberto apenas pelo cabelo amarelo-esverdeado.

— Por minha causa cachos de uvas murcharam nas videiras, tornando-se pretos e pesados de veneno. O vinho de seu suco vai endurecer o coração dos homens.

— Sim, porque o coração dos homens já não é duro o bastante. — Roiben franziu o cenho. Sua dicção soou humana. Ele não precisava adivinhar onde havia aprendido aquelas frases.

A sereiana não pareceu notar o sarcasmo. Ela sorriu como se ele estivesse lhe oferecendo um grande elogio.

E então eles vieram, um cortejo de proezas e presentes, cada um mais macabro do que o anterior, todos oferecidos em nome de Roiben, Senhor da Corte Unseelie. Cada feito hediondo era colocado diante dele como um gato larga o pássaro que enfim matou, uma vez que todo o divertimento possível havia sido extraído ao atormentá-lo.

— Em seu nome — disse cada um deles.

Em seu nome. O nome que nenhum ser vivo conhecia por completo, a não ser Kaye. Seu nome. Agora que pertencia a todos aqueles outros para conjurar e amaldiçoar, se perguntava quem tinha mais direito sobre ele.

Roiben rangeu os dentes, assentiu e sorriu. Apenas mais tarde, em seus aposentos, sentado em uma banqueta na frente do tapete de rabo de rato, se permitiu ser tomado pelo ódio. Sentia isso por todos os súditos da Corte Unseelie, que cortavam e rasgavam e estripavam tudo o que tocavam. Sentia isso por si mesmo, sentado no trono de uma corte de monstros.

Ele ainda estava observando os presentes quando um estrondo terrível e violento sacudiu as paredes. Terra caiu sobre ele, fazendo arder seus olhos. Um segundo choque reverberou pela colina. Roiben saiu correndo do quarto, na direção do barulho, e passou por Bluet no corredor; ela estava coberta de poeira e os longos espinhos retorcidos do cabelo quase ocultavam um corte recente em seu ombro. Os lábios dela tinham a cor de um hematoma.

— Meu senhor — disse Bluet —, houve um ataque!

Por um segundo, ele apenas a encarou, se sentindo idiota, incapaz de compreender. Apesar de todo o ódio por Silarial, não conseguia aceitar que estava em guerra com aqueles que amara, aqueles que ainda considerava seu povo. Não podia aceitar que tinham dado o primeiro golpe.

— Vá cuidar de seus ferimentos — disse a ela, atordoado, seguindo na direção dos gritos. Algumas fadas passaram por ele em disparada, silenciosas e cobertas de pó. Uma delas, um goblin, o encarou com olhos úmidos antes de sair apressado.

O salão estava em chamas, com o topo rachado como um ovo, e uma fração da lateral ausente. Redemoinhos de uma fumaça preta e densa erguiam-se até o céu estrelado, devorando a neve que caía. No centro do espaço se via um caminhão — um semirreboque —, com o esqueleto de ferro queimando. O chassi estava retorcido, a cabine esmagada sob montanhas de terra e rocha enquanto línguas de chamas vermelhas e douradas ardiam. Um mar de óleo em brasa e diesel se espalhava para devorar tudo o que tocava.

Roiben encarava a cena, atônito. Ali, sob os destroços, havia dúzias e dúzias de corpos: seu arauto, Penugem do Cardo; Grossa Seiva, que certa vez assobiou por uma folha de grama para fazer uma serviçal dançar; e Snagill, que havia cuidadosamente forrado de prata o teto do salão de banquetes. O duende que tinha tecido o tapete de rabo de rato gritou, correndo por ali com o corpo em chamas.

Ellebere empurrou Roiben para o lado no momento em que uma lápide de granito caiu do teto, se espatifando no chão do salão.

— Precisa partir, meu senhor — gritou ele.

— Onde está Ruddles? — perguntou Roiben. — Dulcamara?

— Eles não são importantes. — O aperto de Ellebere no braço de Roiben se intensificou. — Você é nosso rei.

Através da fumaça, silhuetas surgiram, golpeando os mortos e feridos.

— Leve os seres encantados que estão nos corredores para um lugar seguro. — Roiben desvencilhou o braço. — Leve-os às ruínas de Kinnelon.

Ellebere hesitou.

Duas flechas voaram pela fumaça rançosa e se cravaram no que restava da muralha de terra. Eram finas hastes de cristal que os cavaleiros Seelie usavam como setas... tão sutis que mal se podia senti-las enquanto atravessavam seu coração.

— Como você disse, eu *sou* seu rei. Faça o que mandei, agora! — Roiben abriu caminho pela bruma sufocante, deixando Ellebere para trás.

O mesmo fauno que havia presenteado Roiben com os restos mortais de seus irmãos tentava desenterrar outra fada de um monte de terra. E ali perto jazia Cirillan, que amava tanto lágrimas que as guardava em pequenos frascos amontoados em seu quarto. A pele aquosa estava marcada de sangue empoeirado e rebarbas prateadas que tinham sido disparadas de atiradeiras da Corte Luminosa.

Enquanto Roiben assistia, o fauno arfou, o corpo se curvou, e ele caiu.

Roiben desembainhou sua espada curva. Durante toda a vida, estivera a serviço da batalha, mas nunca vira nada igual ao que acontecia ao seu redor. A Corte Luminosa jamais lutara com tamanha *deselegância*.

Ele desviou pouco antes que a ponta de um tridente dourado acertasse seu peito. A cavaleira Seelie golpeou novamente, com os dentes à mostra.

Roiben bateu com a espada na coxa da guerreira e ela vacilou. Pegando o tridente pela base, ele a degolou, um golpe rápido e limpo. Sangue espirrou em seu rosto conforme a guerreira caía de joelhos, tocando o próprio pescoço, surpresa.

Ele não a conhecia.

Dois humanos correram em sua direção, um de cada lado. Um deles trazia uma arma, mas Roiben cortou a mão que a empunhava antes que o mortal tivesse oportunidade de atirar. Depois, apunhalou o peito do outro. Um garoto humano — com mais ou menos 20 anos, vestindo uma camiseta do Brookdale College e com o cabelo desgrenhado — tombou sobre a espada arqueada de Roiben.

Por um segundo, o menino lhe lembrou Kaye.

Kaye. Morta.

Um grito soou, e Roiben se virou para ver uma chuva de pinhas de prata explodir a poucos centímetros de onde estava. Através da fumaça, avistou Ruddles arrancando um naco do rosto de um ser encantado Seelie enquanto Dulcamara despachava outros dois com facas. Um dos pajens de Roiben, Clotburr, acertou uma outra fada com uma harpa em chamas.

Ali, em sua outrora majestosa colina, cadáveres humanos ainda empunhavam suas armas de metal em mãos enrijecidas conforme tombavam ao lado de mais de uma dúzia de imóveis tropas Unseelie em armadura brilhante. O fogo inflamou seus corpos, um a um.

— Depressa — disse Dulcamara. A sufocante fumaça preta estava por toda a parte. De algum lugar distante, Roiben podia ouvir o soar de sirenes. Acima deles, os mortais vieram, derramando água na colina incendiada.

Clotburr tossiu, lentamente, e Roiben o pegou no colo, aninhando o garoto contra o ombro.

— Como ela fez isso? — perguntou Dulcamara, os nós dos dedos pálidos ao redor do punho de sua lâmina.

Roiben balançou a cabeça. Havia protocolos para batalhas entre fadas. Ele não conseguia imaginar Silarial abandonando o decoro, em especial quando a vantagem era dela. Mas, também, quem entre seu povo saberia o que ela fizera naquele dia? Apenas os poucos que tinha enviado para comandar os mortais. A maioria morta. Não se pode desonrar a si mesmo diante dos mortos. Ocorreu a Roiben, então, que havia entendido mal a pergunta de Dulcamara. Ela não queria saber como Silarial podia ser tão terrivelmente criativa; ela estava tentando decifrar como aquilo fora possível.

— Mortais — respondeu Roiben, e, agora que pensava no assunto, tinha de reconhecer uma relutante admiração por uma estratégia tão atroz e radical. — O Povo de Silarial está encantando humanos e, em vez de fazê-los saltar de telhados, ela os está recrutando. Agora estamos mais do que apenas em desvantagem. Estamos perdidos.

O peso da fada suja de fuligem em seus braços o fez pensar em todo o Povo da Corte Noturna, todos aqueles a quem havia jurado governar. Todas aquelas vidas que ele tinha aceitado de bom grado em troca da morte de Silarial. E se perguntou, naquele momento, o que poderia ter conseguido se houvesse feito mais do que simplesmente resistir. Quem poderia ter salvado.

Como se captasse seus pensamentos, Ruddles virou-se para ele com uma careta.

— E agora, meu rei?

Roiben se flagrou querendo vencer a guerra invencível.

Ele tinha conhecido apenas dois monarcas; ambos grandiosos, nenhum bom. Não sabia como ser nenhum tipo de rei nem como vencer, exceto sendo ainda mais implacável do que eles. Mas, naquele momento, imaginava o que poderia acontecer caso distorcesse a própria vontade para descobrir.

Kaye empurrava Corny à sua frente, em meio à multidão perto da porta do clube, passando pela mulher das identidades, que ainda parecia zonza com o feitiço. Ele mantinha as mãos acima da cabeça, em um gesto de rendição, e, quando as pessoas se aproximavam, se encolhia. Eles caminharam assim por vários quarteirões, passando por pessoas vestidas em casacos pesados que caminhavam na neve derretida. Kaye assistiu aos saltos das botas de couro de avestruz de uma mulher apunhalarem um monte de neve congelado. A mulher tropeçou.

Corny se virou para a amiga, baixando os braços de modo que agora estavam pendurados à sua frente. Ele parecia um zumbi se arrastando até a próxima vítima.

— Sei o lugar — disse Kaye, inspirando fundo lufadas do ar acre e ferroso.

Ela cruzou vários quarteirões, com Corny logo atrás. As ruas pareciam um labirinto de nomes e lojas de bebidas, parecidas o suficiente para que ela se perdesse com facilidade. Apesar disso, Kaye encontrou o caminho de volta para o Café des Artistes e, dali, até o sex shop.

Corny a encarava, confuso.

— Luvas — disse ela, com o tom de voz firme, guiando o amigo para o interior do estabelecimento.

O cheiro de incenso de patchouli pairava no ar do local, o Irascible Peacock. Espartilhos de couro e tangas estavam pendurados nas paredes, tinham as fivelas e os zíperes de metal brilhantes. Atrás do balcão, um homem mais velho, com uma expressão de tédio, lia o jornal e sequer ergueu os olhos.

Nos fundos da loja, Kaye podia ver algemas, chicotes, açoites. Os olhos vazios das máscaras a observavam conforme abria caminho na direção de um par de luvas de borracha até o cotovelo.

Ela as pegou, pagou ao funcionário entediado com cinco folhas enfeitiçadas e arrancou a etiqueta de plástico com os dentes.

Corny estava parado ao lado de uma mesa de mármore, os dedos sobre uma pilha de panfletos anunciando um baile de fetiches. Sob suas mãos, o papel amarelava em círculos crescentes, envelhecendo. Definhando. Um sorriso preguiçoso curvava sua boca, como se observar aquilo lhe desse prazer.

— Pare com isso — disse Kaye, entregando as luvas ao amigo.

Corny se sobressaltou, encarando Kaye como se não a conhecesse. Mesmo ao calçar as luvas, ele o fez de modo apático; em seguida, olhou com assombro para os braços forrados de borracha.

Ao se dirigirem à saída, o brilho de um par de algemas forradas em vison atraiu a atenção de Kaye e ela o pegou, passando o polegar pela superfície macia. Os instintos de anos de furtos em lojas a fizeram colocá-lo no bolso antes de chegar à porta.

— Não acredito que você agrediu um cara qualquer no banheiro — disse Kaye assim que atravessaram a rua.

— O quê? — Corny a fuzilou com o olhar. — *Eu* não acredito que você simplesmente roubou um par de algemas peludas, clepto. De qualquer modo, ele não era *um cara qualquer*. Era da Corte Seelie. Era um deles.

— Um *deles*? Uma fada? Assim como eu sou um deles?

— Ele estava lá para te pegar, disse que precisava levar você para Silarial — gritou Corny, e o nome pareceu pairar no gélido ar noturno.

— E por isso você quase o matou? — A voz de Kaye se elevou, soando estridente até mesmo aos próprios ouvidos.

— Sinto lhe informar — disse Corny, com um tom maldoso —, mas Silarial te odeia. Você fodeu com o plano da rainha de tomar a Corte Unseelie, e tem fodido o ex-namorado dela também...

— Quer parar de...

— Certo, eu sei. Missão impossível. Olha, tenho certeza de que poderia listar mais coisas sobre você que ela odeia, mas acho que já entendeu o que quero dizer. O que quer que ela deseje, queremos o contrário.

— Não dou a mínima para ela nem para seus mensageiros — gritou Kaye. — Eu me preocupo com você, e está sendo um sem-noção.

Corny deu de ombros, virando-se de costas para Kaye, olhando pela vitrine de uma loja como se enxergasse outro lugar entre as araras de roupas. Então sorriu para o próprio reflexo no vidro.

— Dane-se, Kaye. Estou certo sobre Adair. Eles amam machucar pessoas. Pessoas como Janet.

Kaye estremeceu, a culpa pela morte de Janet era muito recente para aquelas palavras não soarem como uma acusação.

— Sei que...

Corny a interrompeu.

— Enfim, fui amaldiçoado, então imagino que tive o que merecia, certo? O universo está em equilíbrio. Consegui o que queria.

— Não foi isso o que eu quis dizer — argumentou Kaye. — Nem sei o que eu quis dizer. Só perdi a cabeça. Tudo está desmoronando.

— *Você* perdeu a cabeça? Tudo o que eu toco apodrece! Como é que eu vou comer? Como vou bater punheta?

Apesar de tudo, Kaye deu uma gargalhada.

— Sem contar que vou precisar aderir à moda fetiche-liquidação para sempre. — Corny ergueu a mão enluvada.

— Ainda bem que isso te excita — disse Kaye.

Ele revirou os olhos.

— Ok, o que eu fiz foi burrice. Pelo menos devia ter descoberto o que Silarial queria.

Kaye balançou a cabeça.

— Não importa. Vamos voltar ao Brooklyn e descobrir o que fazer com suas mãos.

Corny apontou para um telefone público na frente de um bar.

— Quer que eu ligue para sua mãe? Posso dizer que fomos expulsos do clube por sermos menores de idade. Posso mentir o quanto eu quiser.

Kaye balançou a cabeça.

— Depois que arrebentou um sujeito no banheiro? Acho que ela sabe por que fomos expulsos.

— Ele estava dando em cima de mim — disse Corny, de modo afetado. — Eu precisava defender minha honra.

Kaye entrou com Corny no apartamento da mãe e se jogou na cama. O amigo se deixou cair ao lado dela com um gemido.

Ao observar a textura pontilhada do teto, ela estudou as ranhuras e fissuras, deixando a mente vagar para longe da maldição de Corny e da explicação que não tinha para ter sido expulsa do show da mãe. Em vez disso, pensou em Roiben, parado diante de toda a comunidade da Corte Unseelie, e no modo como todos curvaram a cabeça. Mas aquilo a fez lembrar de todas as crianças que eles haviam roubado de berços, carrinhos e balanços para substituir por changelings ou pior. Ela imaginou os dedos esbeltos de Roiben se fechando em membros rosados e inquietos. Olhando para o outro lado da cama, o que viu foram os dedos de Corny, cada um deles revestidos em borracha.

— Vamos dar um jeito nisso — disse Kaye.

— Como, exatamente? — perguntou Corny. — Não que esteja duvidando de você, cérebro.

— Talvez eu possa quebrar a maldição. Tenho magia, certo?

Ele se sentou.

— Acha que consegue?

— Não sei. Deixe eu me livrar do glamour para usar tudo o que tenho. — Ela se concentrou, imaginando seu disfarce se esgarçando como teias de aranha. Seus sentidos se inundaram. Ela podia sentir o cheiro das crostas de comida queimada nas bocas do fogão, a fumaça do escapamento dos carros, o mofo dentro das paredes e até mesmo a neve suja que arrastaram pelo piso. E sentia o ferro, mais pesado do que nunca, devorando as arestas de seu poder, com tanta nitidez quanto sentia o toque das asas nos ombros.

— Ok — disse ela, rolando na direção de Corny. — Tire uma das luvas.

Ele fez o que ela pediu e esticou a mão para Kaye. Ela tentou visualizar a própria magia da forma com que havia sido ensinada, como uma bola de energia pulsando nas palmas. Então se concentrou em expandi-la, apesar do ar carregado de ferro. Quando a esfera se acomodou sobre as mãos de Corny, a pele dela ardia como se tocasse em urtiga. Ela podia mudar o formato dos dedos do amigo, mas não conseguia tocar na maldição.

— Não sei o que estou fazendo — admitiu ela enfim, impotente, deixando a concentração escapar e a energia se esvair. Apenas a tentativa a deixara exausta.

— Tudo bem. Ouvi falar de um cara que quebra feitiços. Um humano.

— Sério? Como ouviu falar dele? — Kaye apalpou o bolso.

Corny desviou o rosto na direção da janela.

— Esqueci.

— Você se lembra do papel que aquela garota me deu? Do Faz-Tudo? É um ponto de partida. Alguém que faz de tudo parece justamente o que estamos procurando.

Corny bocejou e recolocou a luva.

— Com certeza sua mãe vai nos obrigar a dormir no chão, não é?

Kaye se virou para ele, pressionando o rosto contra seu ombro. A camiseta cheirava a inseticida, e ela imaginou o que o homem fada que o amaldiçoara queria. Imaginou a outra Kaye, ainda presa na Corte Seelie.

— Acha que devo contar a ela? — murmurou contra a camiseta dele.

— Contar o quê? Que preferimos a cama?

— Que sou uma changeling, uma criança trocada. Que ela tem uma filha que foi levada embora.

— Por que você iria querer fazer isso? — Ele levantou o braço e Kaye se aninhou ali, usando o peito do amigo como travesseiro.

— Porque nada disso é real. Aqui não é o meu lugar.

— Onde mais seria, então? — perguntou Corny.

Kaye deu de ombros.

— Não sei. Não sou gato nem lebre. O que resta?

— Cachorro? — sugeriu ele.

— Pelo menos é fofo.

Uma chave fez um ruído na fechadura.

Kaye deu um pulo e Corny segurou seu braço.

— Ok, conte a ela.

Ela balançou a cabeça, apressada. A porta se abriu e Ellen entrou na sala, os ombros salpicados de neve recém-caída.

Kaye recorreu aos vestígios do glamour para tornar sua aparência humana, mas a ilusão lhe chegou de um jeito truncado. A magia e o ferro haviam devorado mais de seu poder do que tinha imaginado.

— Não está funcionando — sussurrou Kaye. — Não consigo me transformar.

Corny parecia apavorado.

— Se esconda.

— Me disseram que vocês se meteram em confusão, hein? — Ellen riu enquanto deixava a capa da guitarra sobre a mesa coberta de papel da cozinha. Ela despiu o casaco e o largou no chão.

Kaye ficou de costas para a mãe, escondendo o rosto com o cabelo. Não tinha certeza do quanto fora possível esconder com o glamour, mas pelo menos não sentia mais as asas.

— Ele estava dando em cima de mim — mentiu Corny.

Ellen arqueou as sobrancelhas.

— Você devia aprender a aceitar um elogio.

— As coisas saíram do controle — disse Kaye. — O cara era um babaca.

Ellen caminhou até a cama, se sentou e começou a descalçar as botas.

— Acho que eu devia ficar feliz que meus justiceiros não se machucaram. O que aconteceu, Kaye? Parece que derramaram uma lata de tinta verde em você. E por que está escondendo o rosto?

Kaye prendeu o fôlego com tanta intensidade que ficou tonta. Sentiu um nó no estômago.

— Quer saber? — disse Corny. — Acho que vou dar um pulo na loja da esquina. Senti um desejo de comer salgadinho de queijo. Querem alguma coisa?

— Qualquer bebida diet — respondeu Ellen. — Pegue dinheiro no bolso de meu casaco.

— Kaye? — chamou ele.

Ela balançou a cabeça.

— Ok, já volto — disse Corny.

Pelo canto do olho, Kaye o viu lançar um olhar em sua direção enquanto destrancava a porta.

— Preciso te contar uma coisa — disse Kaye, sem se virar.

Ela podia ouvir a mãe mexendo nos armários.

— Também preciso te dizer uma coisa. Sei que prometi que ficaríamos em Jersey, mas simplesmente não consegui. Minha mãe... me tira do sério, você sabe disso. Fiquei magoada quando você não veio comigo.

— Eu... — começou Kaye, mas Ellen a interrompeu.

— Não — disse ela. — Estou contente. Acho que sempre imaginei que, contanto que você estivesse feliz, eu era uma mãe razoável, independentemente do quanto nossa vida ficasse estranha. Mas você não estava feliz, estava? Então, tudo bem, Jersey não deu certo, mas as coisas vão ser diferentes em Nova York. Este lugar é meu, não de algum namorado, e estou trabalhando como bartender, além dos shows. Estou dando a volta por cima. Quero outra chance.

— Mãe. — Kaye meio que se virou. — Acho melhor você ouvir o que tenho a dizer antes de continuar.

— Sobre esta noite? — perguntou Ellen. — Sei que tem mais coisa nessa história. Vocês nunca iam atacar um cara porque ele...

Kaye a interrompeu.

— É sobre muito tempo atrás.

Ellen pegou um cigarro do maço sobre a mesa e o acendeu no fogão. Dando meia-volta, semicerrou os olhos, como se tivesse acabado de notar a pele de Kaye.

— Bem, manda bala.

Kaye respirou fundo. Podia sentir as batidas de seu coração, como se martelasse em seu cérebro, não no peito.

— Não sou humana.

— O que isso quer dizer? — Ellen franziu o cenho.

— Sua verdadeira filha foi levada há muito tempo, quando era bem pequena... Quando ambas éramos bem pequenas. Eles nos trocaram.

— O que trocou vocês?

— Existem coisas... coisas sobrenaturais no mundo. Algumas pessoas as chamam de fadas, outras, de monstros, demônios, seja lá o que for, mas elas existem. Quando as... as fadas pegaram sua verdadeira filha, me deixaram para trás.

Ellen a encarava, a cinza do cigarro crescendo até salpicar o dorso de sua mão.

— Isso é pura besteira. Olhe para mim, Kaye.

— Eu não sabia até outubro. Talvez devesse ter imaginado... havia pistas. — Kaye tinha a sensação de que os olhos estavam ásperos, assim como a garganta, quando falou: — Mas eu não sabia.

— Pare. Isso não é engraçado, nem legal. — A voz de Ellen soou dividida entre irritada e verdadeiramente assustada.

— Eu posso provar. — Kaye foi até a cozinha. — Lutie-loo! Apareça. Se mostre para ela.

A fadinha voou da geladeira e se alinhou ao ombro de Kaye, as minúsculas mãos segurando uma mecha de cabelo para se equilibrar.

— Estou entediada e tudo fede. — Lutie fez beicinho. — Você devia ter me levado para a festa. E se você tivesse ficado bêbada e perdesse a linha de novo?

— Kaye — disse Ellen, a voz trêmula. — O que é essa coisa?

Lutie rosnou.

— Grossa! Vou embaraçar seu cabelo e azedar seu leite.

— Ela é minha evidência. Para que você me ouça. Me ouça *de verdade*.

— O que quer que seja, não se parece nada com você — argumentou Ellen.

Kaye inspirou fundo e dissipou o glamour que lhe restava. Não podia ver o próprio rosto, mas sabia como parecia a Ellen naquele momento. Olhos pretos e brilhantes como óleo, pele verde como grama. Ela podia ver as próprias mãos, entrelaçadas à sua frente, os dedos compridos e com uma articulação extra, que os deixava com uma aparência crispada mesmo quando relaxados.

O cigarro caiu dos dedos da mãe e queimou uma parte do piso de linóleo, as bordas da cratera de plástico queimado incandescentes, o centro escuro como brasa. Escuro como os olhos de Kaye.

— Não — disse Ellen, balançando a cabeça e afastando-se de Kaye.

— Essa sou eu — explicou Kaye. Os membros estavam gelados, como se todo o sangue em seu corpo tivesse se concentrado no rosto. — Essa é minha verdadeira aparência.

— Não entendo. Não entendo o que você é. Onde está minha filha?

Kaye tinha lido sobre changelings, sobre como as mães conseguiam resgatar seus bebês. Aqueciam atiçadores de ferro e jogavam as crianças fada no fogo.

— Ela está no Reino das Fadas — respondeu Kaye. — Eu a vi. Mas você me *conhece*. Ainda sou eu mesma. Não quero te assustar e posso explicar tudo, agora que vai me ouvir. Podemos resgatá-la.

— Você roubou minha filha e agora quer me ajudar? — questionou Ellen.

Nas fotos, Kaye havia se revelado uma criatura magrela com olhos pretos; ela se lembrou daquilo agora... dos dedos ossudos. Comendo. Sempre comendo. Ellen nunca desconfiara? Teria suspeitado, com aquela espécie de instinto materno em que ninguém teria acreditado?

— Mãe... — Kaye se aproximou da mãe e esticou a mão, mas a expressão no rosto de Ellen a fez hesitar. O que saiu da boca de Kaye foi uma gargalhada assustada.

— Não ouse rir — gritou a mãe. — Você acha isso engraçado?

Uma mãe devia conhecer cada centímetro de seu filho, o cheiro doce da pele, cada cutícula dos dedos, a quantidade de redemoinhos no cabelo. Ellen tinha se sentido enojada e envergonhada por sua repulsa?

Havia empilhado aqueles livros como um assento na esperança de que Kaye caísse? Foi aquele o motivo para ela ter se esquecido de abastecer a geladeira? O motivo para ter deixado Kaye sozinha com estranhos? A mãe a havia punido nas pequenas coisas por algo que parecia tão impossível que não poderia admitir?

— *Que porra você fez com minha filha?* — gritou Ellen.

A risada nervosa de Kaye não cedia. Era como se todo o horror e absurdo precisasse escapar de algum modo, e a única saída fosse sua boca.

Ellen lhe deu um tapa. Por um segundo ela ficou completamente em silêncio, e, em seguida, caiu na gargalhada. O riso derramava-se da garota em forma de gritos, como se seus derradeiros vestígios humanos estivessem sendo autoconsumidos.

Na vidraça da janela ela podia ver suas asas ligeiramente arqueadas, brilhando ao longo das costas.

Com duas batidas de asas, Kaye pulou para cima do balcão. A luz fluorescente zumbia sobre sua cabeça. As asas escurecidas de uma dúzia de mariposas salpicavam o plafon amarelado.

Ellen, sobressaltada, recuou novamente, encostando-se contra os armários.

Olhando para baixo, Kaye podia sentir a boca se curvar em um sorriso largo e terrível.

— Vou te devolver sua filha verdadeira — disse ela, a voz cheia de amarga euforia. Era um alívio finalmente saber o que precisava fazer, finalmente admitir que não era humana.

E, na pior das hipóteses, era uma missão que talvez conseguisse cumprir.

6

Tudo lhes foi tirado: túnica branca,
asas, até mesmo a existência.

— Czeslaw Milosz, *Sobre anjos*

Corny tremia nos degraus do prédio. O frio do cimento era absorvido pelo tecido fino do jeans enquanto flocos de neve congelavam em seu cabelo. O café quente que havia comprado na loja de bebidas tinha gosto de cinzas, mas ele tomou outro gole para se aquecer, fazendo uma careta. Ele tentava não se ater às finíssimas fissuras que já tinham começado a se formar na ponta dos dedos da luva de borracha.

Não queria analisar demais o alívio que sentiu quando Kaye não conseguiu quebrar a maldição. A princípio, havia se sentido doente, como se fosse ele a apodrecer, não as coisas em que tocava. Mas não era ele a definhar. Apenas todo o restante. Corny imaginou todas as coisas que odiava, todas as coisas que poderia destruir, e se flagrou apertando o copo com tanta força que o papelão cedeu, derramando café em sua perna.

Kaye empurrou a porta da frente com tanta força que quase a fez bater na lateral do prédio. Lutie pairava ao seu lado, disparando para a segurança do ar.

Corny se empertigou automaticamente.

Kaye caminhava de um lado para o outro nos degraus.

— Ela basicamente me odeia. Acho que eu deveria ter esperado isso.

— Bem, então não vou levar o refrigerante que ela pediu — disse Corny, abrindo a lata e dando um gole. Ele fez uma careta. — Eca. Diet.

Kaye nem mesmo sorriu. Ela apertou o casaco roxo ao redor do corpo.

— Vou trazer a outra Kaye de volta para ela. Vou trocar de lugar com ela de novo.

— Mas... Kaye. — Corny lutava para encontrar as palavras. — Você é a filha dela, e a outra menina... ela nem conhece Ellen. Ellen não a conhece.

— Sim — disse Kaye, impassível —, pode ser estranho no início, mas elas vão dar um jeito.

— Não é tão simples... — começou Corny.

Kaye o interrompeu.

— É simples. Vou ligar para o número no pedaço de papel e encontrar a rainha. Se ela quer algo de mim, então tenho uma chance de recuperar a outra Kaye.

— Ah, com certeza. Aposto que ela vai trocar a Chibi-Kaye por sua cabeça em uma bandeja — disse Corny, franzindo o cenho.

— *Chibi*-Kaye? — Kaye parecia não saber se ria ou batia no amigo.

Ele deu de ombros.

— Sabe, como naqueles mangás em que desenham a versão fofa e micro de um personagem.

— Eu sei o que é um chibi! — Ela vasculhou os bolsos. — Me empresta seu celular por um instante.

Ele a encarou, sem se abalar.

— Sabe que vou com você, não sabe?

— Eu não... — começou Kaye.

— Eu aguento — disse Corny, antes que ela terminasse a frase. — Só porque é uma idiotice não significa que você tem que fazer isso sozinha. E não preciso de sua proteção.

— Não quero estragar sua vida mais do que já fiz.

— Olha — disse Corny —, antes você mencionou que talvez esse Faz-Tudo soubesse algo sobre minha maldição. A gente teria ligado para o sujeito e eu teria ido com você de qualquer forma.

— Certo, ok. Celular?

— Deixe que eu ligo — disse Corny, esticando a mão.

Kaye suspirou, parecendo esvaziar como um balão. Ela estendeu a ele o papel.

— Tudo bem.

Corny digitou o número, embora tenham sido necessárias algumas tentativas por conta das luvas grossas. O telefone tocou uma vez e uma voz computadorizada disse: *Aperte jogo da velha e digite seu número.*

— Pager — disse ele diante do olhar inquisitivo de Kaye. — É, seu guia para a Corte Seelie é total um traficante.

Lutie pousou no ombro de Kaye e agarrou uma mecha de cabelo verde, enrolando os fios ao redor do minúsculo corpo, como se fosse um casaco.

— Cortante frio gelado — reclamou ela.

— Vamos voltar para o seu carro. Talvez até chegarmos lá ele retorne a ligação.

Corny pulou dos degraus.

— Do contrário, a gente pode dormir no banco de trás, cobertos em embalagens de fast-food, como os irmãos daquele conto de fadas *Babes in the Wood*, que morreram na floresta e os passarinhos cobriram com folh…

— Lutie — disse Kaye, interrompendo o amigo. — Você não pode ir. Precisa vigiar minha mãe. Por favor. Só para ter certeza de que ela está bem.

— Mas aqui fede e estou entediada.

— Lutie, por favor. Para onde estamos indo… pode ser perigoso.

A pequena fadinha decolou, as asas e o cabelo como creme a fazendo parecer um punhado de neve lançado ao alto.

— Estou enjoada de ferro, mas vou ficar. Por você… Por você. — Ela apontou o dedo, pequeno como um palitinho, para baixo, para Kaye, enquanto voava até a janela do apartamento.

— Vamos voltar para te buscar o mais rápido possível — gritou Corny, mas se sentia aliviado. Às vezes era cansativo evitar encarar aquelas mãos delicadas ou os minúsculos olhos pretos de passarinho. Não havia nada de humano em Lutie.

Ao atravessarem a rua, o telefone de Corny tocou. Ele atendeu.

— Ei.

— O que você quer? — Era a voz suave e zangada de um homem jovem. — Quem te deu esse número?

— Desculpe. Talvez eu tenha ligado errado. — Ele arregalou os olhos para Kaye. — Estamos procurando por um… o… o Faz-Tudo.

A chamada ficou em silêncio, e Corny fez uma careta com o quão idiota soou.

— Ainda não me disse o que quer — insistiu o rapaz.

— Minha amiga recebeu uma mensagem dizendo que você poderia ajudá-la a encontrar a rainha.

— Ok.

— Então, espere um pouco, você *é* o Faz-Tudo? — perguntou Corny. Kaye o encarava com impaciência.

— Pergunte a ele sobre a maldição — pediu ela.

— Sim, sou eu. — O tom do rapaz tornava difícil para Corny entender se ele estava realmente oferecendo seus serviços. — E, sim, eu deveria levar a garota para o norte. Diga a ela para me encontrar aqui pela manhã, e podemos ir. Tem papel?

— Espere um segundo. — Corny tateou em busca de algo com que pudesse escrever. Kaye vasculhou os bolsos e encontrou um marcador. Quando o ofereceu, ele pegou a caneta e o braço dela. — Ok, continue.

O rapaz lhe deu seu endereço: Riverside Drive, no Upper West Side. Corny escreveu a direção na pele de Kaye.

— Quero ir agora — disse Kaye. — Avise a ele. Esta noite.

— Ela quer partir esta noite — repetiu Corny ao telefone.

— A garota perdeu o juízo? — perguntou o rapaz. — São duas da manhã.

Kaye pegou o aparelho da mão de Corny.

— Só precisamos de instruções de como chegar — pediu ela. — A-hã. Ok — disse, então desligou. — Ele quer que a gente vá até o endereço que ele te deu.

Corny se perguntou o que havia na voz de Kaye que o convenceu.

Corny estacionou na frente de um parquímetro, imaginando que poderia tirar o carro mais tarde. Além do parque, o rio cintilava, refletindo as luzes da cidade. Kaye inspirou fundo enquanto saía do carro, e ele viu a coloração humana cobrir as bochechas esverdeadas.

Os dois caminharam para lá e para cá pela rua, verificando os números, até chegarem a um prédio baixo com uma porta preta brilhante.

— Esse não é mesmo o lugar, é? — perguntou Corny. — É meio que bacana demais. Muito bacana.

— O endereço é esse. — Kaye ergueu o braço para mostrar o que ele havia escrito.

Uma mulher com olhos avermelhados e cabelo cheio de frizz saiu do local, deixando a porta balançando atrás de si. Corny saiu do caminho e a segurou antes que batesse e se fechasse. Enquanto ela descia os degraus, ele teve a impressão de ver um feixe de galhos embrulhados em seus braços.

O olhar de Kaye caiu sobre o feixe.

— Talvez devêssemos pensar melhor sobre isso — disse Corny.

Kaye apertou a campainha.

Depois de alguns segundos, um rapaz de pele negra e penteado afro com tranças abriu a porta. Um de seus olhos tinha o aspecto turvo, a parte inferior da pupila obscurecida por uma névoa esbranquiçada. Piercings varavam sua sobrancelha, e uma cicatriz pálida no lábio inferior parecia indicar que um piercing já fora arrancado de sua boca, embora um novo brilhasse logo ao lado.

— Você faz parte da Corte Seelie? — perguntou Corny, incrédulo.

O rapaz balançou a cabeça.

— Sou tão humano quanto você. Agora, ela, por outro lado... — Ele encarava Kaye. — A rainha não disse nada sobre uma pixie. Não recebo o Povo das Fadas em minha casa.

Corny olhou para Kaye. Na opinião dele, a amiga parecia enfeitiçada, as asas estavam escondidas, a pele rosada e os olhos em um tom castanho perfeitamente comum. Ele voltou o olhar para o rapaz na soleira.

— Então o que exatamente ela *disse*? — perguntou Kaye. — Silarial.

— O mensageiro da rainha me contou que você ficava um pouco nervoso perto de fadas — disse o rapaz, encarando Corny — e que talvez se sentisse mais confortável comigo.

Kaye cutucou Corny, e ele revirou os olhos. Nervoso não era bem a forma como queria ser lembrado.

— Devo informar que Lady Silarial está te convidando a visitar a corte dela. — O rapaz girava distraidamente o piercing no lábio. — Ela quer que você reconsidere seu papel na guerra que se aproxima.

— Ok, basta — disse Corny. — Vamos dar o fora daqui.

— Não — rebateu Kaye. — Espere.

O rapaz sorriu.

— Ela antecipou sua hesitação.

Corny o interrompeu.

— Deixe-me adivinhar. Por tempo limitado, apenas a rainha oferece uma assinatura de revista gratuita a cada marcha forçada até o Reino das Fadas. Você pode escolher entre *Nixies Quase Nus* e *Kelpie Trimestral.*

O rapaz soltou uma gargalhada de surpresa.

— Óbvio, mas não apenas a revista. Ela também oferece a ambos sua proteção pela duração da jornada. Lá e de volta outra vez.

Corny se perguntou se era possível que aquele cara tivesse acabado de fazer uma referência a Tolkien. Ele definitivamente não parecia o tipo.

Kaye semicerrou os olhos.

— Já vi você antes. Na Corte Noturna.

O sorriso desapareceu do rosto do rapaz.

— Só estive lá uma vez.

— Com uma garota — disse Kaye. — Ela duelou com um dos súditos de Roiben. É possível que você não se lembre de mim.

— Você é da Corte Noturna? — questionou o rapaz. O olhar pousou em Corny, e os olhos se estreitaram.

Corny se lembrou de que não se importava com a opinião do rapaz sobre nenhum dos dois.

Kaye deu de ombros.

— Mais ou menos.

O rapaz estalou a língua.

— Não é um lugar muito agradável.

— E a Corte Luminosa é coberta de açúcar, tempero e tudo que há de bom? — perguntou Kaye.

— Justo. — Ele enfiou as mãos nos bolsos do casaco largo. — Olhe, a lady quer que eu te leve até ela, e não tenho muita escolha sobre o fato de ser o capacho dela, mas você ainda precisa voltar aqui pela manhã. Vou receber alguém bem cedo, e preciso cuidar dele antes de sair.

— Não podemos — disse Corny. — Não temos onde dormir.

O rapaz olhou para Kaye.

— Não posso deixar você ficar aqui. Faço trampos para pessoas... pessoas *humanas*. Se elas virem uma fada e seu moleque aqui, vão achar que não podem confiar em mim.

— Então imagino que elas não saibam que você é o moleque de Silarial — argumentou Corny. — Senão *saberiam* que não podem confiar em você.

— Eu faço o que preciso fazer — disse ele. — Diferente de você... um lacaio da Corte Noturna. Te incomoda quando eles torturam humanos, ou você gosta de assistir?

Corny o empurrou com violência, a força da própria raiva surpreendendo até a si mesmo.

— Você não sabe nada sobre mim.

O rapaz deu uma risada curta e incisiva, cambaleando para trás. Corny pensou nas próprias mãos, letais dentro das luvas. Ele queria parar aquela risada.

Kaye se enfiou entre os dois.

— Então se eu despisse meu glamour e me sentasse na soleira da sua porta, seria um problema?

— Você não gostaria de fazer isso. Seu glamour protege você bem mais do que a mim.

— Mesmo? — perguntou Kaye.

Uma pixie. O rapaz tinha percebido de cara não apenas que Kaye era uma fada, mas o *tipo* de fada que era. Corny pensou no pequeno duende e no que ele dissera: *Há um menino com a Visão Verdadeira. Na grande cidade de exilados e ferro ao norte. Ele tem quebrado maldições em mortais.* O rapaz tinha a Visão Verdadeira, não podia discernir se ela estava usando glamour ou não.

Ele se virou para Kaye e arregalou os olhos de leve, no que esperava que passasse como uma expressão de surpresa. Em seguida, voltou-se para o rapaz mais uma vez e sorriu.

— Parece que ela está falando sério. Uau, nunca me acostumo com suas asas e pele verde... tão bizarras. Acho que por enquanto vamos só ficar aqui, sentados nos seus degraus. Não é como se tivéssemos outro lugar para ir. Mas não se preocupe... se alguém aparecer procurando por você, vamos dizer que você já vem... assim que acabar de ajudar um púca a encontrar as chaves.

O rapaz franziu o cenho. Corny colocou a mão enluvada no braço de Kaye, como se a compelisse a embarcar na farsa. Com um olhar rápido na direção do amigo, ela encolheu os ombros estreitos.

— Ao menos vai saber onde nos encontrar pela manhã — argumentou ela.

— Tudo bem — disse o rapaz, erguendo as mãos. — Entrem.

— Obrigado — agradeceu Corny. — A propósito, esta é Kaye. Não "a pixie", "minha senhora da Corte Noturna" ou tanto faz, e eu sou... — Ele hesitou. — Neil. Cornelius. As pessoas me chamam de Neil.

Kaye o encarou, e por um terrível segundo ele achou que a amiga fosse cair na risada. Ele só não queria aquele garoto o chamando de Corny. *Corny*, como se ele fosse o Rei dos Otários, como se o próprio nome anunciasse o quanto era sem graça.

— Eu me chamo Luis — disse o garoto, indiferente, abrindo a porta. — E esse é meu cafofo.

— Você se esconde *aqui*? — perguntou Kaye. — No Upper West Side?

Do lado de dentro, o reboco estava rachado e detritos cobriam o assoalho arranhado de madeira. Manchas marrons de umidade pintavam anéis no teto, e um emaranhado de fios dentro de conduítes era visível em um dos cantos.

O hálito de Corny condensava no ar como se ele estivesse do lado de fora.

— Mais majestoso que um trailer — disse ele. — Mas também bizarramente mais cagado.

— Como encontrou este lugar? — perguntou Kaye.

Luis encarou Kaye.

— Lembra aquela fada com quem minha amiga Val duelou na Corte Unseelie?

Kaye assentiu.

— Mabry, ela tinha pés de bode. Tentou matar Roiben, mas sua amiga a matou.

— Esta é a antiga casa de Mabry. — Luis suspirou e se virou para Kaye. — Olhe, não quero que você converse com meu irmão. As fadas ferraram com a cabeça dele. Deixe-o em paz.

— Certo — concordou Corny.

Luis os guiou até uma sala de estar mobiliada com caixotes de leite virados e sofás rasgados. Um garoto negro muito magro, com dreads que despontavam da cabeça como espinhos, estava sentado no chão, comendo jujubas de uma embalagem de celofane. Para Corny, as feições do garoto lembravam as de Luis, mas havia um vazio assustador ao redor dos olhos e a boca parecia funda e estranha.

Kaye se jogou no sofá quadriculado de cor mostarda, acomodando-se entre as almofadas. O encosto estava rasgado e o estofado saía pelo talho no tecido, ao lado de uma mancha que parecia muito com sangue. Corny sentou-se ao lado dela.

— Dave — chamou Luis. — Estou ajudando essas pessoas e vão passar a noite aqui. Isso não significa que precisamos ficar amigos... — Uma campainha o interrompeu. Ele enfiou a mão no bolso e pegou seu pager. — Merda.

— Pode usar meu celular — ofereceu Corny, e imediatamente se sentiu um puxa-saco. Por que estava sendo legal com o cara?

Luis hesitou por um instante, e na iluminação suave o olho enevoado parecia azul.

— Tem um telefone público na loja de bebidas... — Ele se interrompeu. — Sim, ok. Eu agradeço.

Corny sustentou aquele olhar um segundo a mais, depois desviou o dele, mexendo nos bolsos. Dave estreitou os olhos.

Digitando o número, Luis saiu do cômodo.

Kaye se inclinou para Corny e sussurrou:

— O que você estava fazendo antes, lá fora?

— Ele consegue enxergar através do glamour — sussurrou Corny em resposta. — Ouvi falar dele... Ele vem quebrando maldições feitas por fadas.

Ela bufou.

— Não é de admirar que ele não queira que humanos descubram sua aliança com a Corte Seelie. Está jogando dos dois lados. Quando ele voltar, devia perguntar sobre suas mãos.

— O que quer dizer com "aliança"? — perguntou Dave. A voz soou áspera, como o farfalhar de folhas de papel. — O que meu irmão está planejando?

— Ela não quis dizer nada — respondeu Corny.

— Por que não devemos falar com você? — indagou Kaye.

— *Kaye* — alertou Corny.

— O quê? — A voz da pixie soou baixa. — Luis não está aqui. Quero saber.

Dave riu, um som oco e amargo.

— Sempre tentando bancar o irmão mais velho. Ele está viajando se acha que pode impedi-los de me matar.

— Quem quer te matar? — perguntou Corny.

— Luis e eu costumávamos fazer entregas para um troll. — Dave colocou um punhado de jujubas na boca e falou enquanto mastigava. — Poções, para combater a doença do ferro. Mas se um humano tomar... sabe o que pode fazer?

Corny se inclinou para a frente, intrigado apesar de tudo.

— O quê?

— Qualquer coisa — respondeu Dave. — Todas as merdas que os seres encantados podem fazer. Todas elas.

Ao longe ouviu-se uma batida, como se alguém estivesse à porta. Kaye se virou para a entrada, com os olhos arregalados.

Uma jujuba açucarada parcialmente mastigada caiu da boca de Dave.

— Parece que meu irmão vai ficar ocupado por um tempo. Sabiam que beber urina repele feitiços de fadas?

— Que nojo. — Kaye fez uma careta.

Dave fez um chiado que mais parecia uma risada.

— Aposto que ele está mijando em algumas xícaras neste momento.

Kaye se deitou no sofá, descalçando as botas, e repousou os pés sobre o colo de Corny. Eles tinham o cheiro de caules amassados de dentes-de-leão, e ele se lembrou do leite de dente-de-leão cobrindo seus dedos, branco e pegajoso, anos antes em um gramado, enquanto arrancava botões de flor e os jogava para a irmã sonolenta. O luto o deixou subitamente sem palavras.

— Espere aí — disse Kaye. — Por que querem te matar?

— Porque envenenei um monte deles. Então sou um homem morto, mas que diferença faz ficar trancado aqui enquanto Luis tenta barganhar por uma ou duas semanas a mais de tédio? Pelo menos posso me divertir um pouco com o tempo que me resta. — Dave sorriu, mas sua expressão parecia mais uma careta, a pele das bochechas dolorosamente retesada. — Luis pode me dizer o que fazer o quanto quiser, mas ele vai para o norte esta semana. Quando o gato sai, os ratos fazem a festa.

Corny piscou com força, como se a pressão das pálpebras fosse capaz de apagar as lembranças.

— Espere um pouco — disse ele. — Você matou um monte de fadas?

— Acha que não fiz isso? — perguntou Dave.

— Ei! — Luis estava parado na soleira. Uma garota latina e uma mulher mais velha estavam atrás dele. — O que está fazendo?

Corny envolveu um dos tornozelos de Kaye com a mão enluvada.

— Falo com quem eu bem entender — disse Dave, se levantando. — Você acha que é melhor do que eu, me dando ordens.

— Acho que *sei* mais do que você — argumentou Luis.

A garota se virou na direção de Corny, e ele viu que seus braços e rosto pareciam sombreados por algo como hera, que brotava sob a pele. Pequenos pontos de sangue seco lhe salpicavam a carne onde os espinhos a atravessavam.

— Você não sabe de nada. — Dave chutou uma mesa, fazendo-a cair, e saiu da sala.

Luis se voltou para Kaye.

— Se eu ouvir... Se meu irmão me contar que você se aproximou dele — gritou. — Se falar com ele...

— Por favor — interrompeu a mulher —, minha filha!

— Desculpe — lamentou Luis, balançando a cabeça e lançando um olhar em direção à porta.

— O que há de errado com ela? — perguntou Corny.

— Ela sempre vê esses garotos no parque — contou a mulher a Corny. — São bonitos, mas um problema. Nada humanos. Um dia, eles se meteram com Lala e ela os insultou. Então aconteceu isso. Nada na *botánica* está ajudando.

— Vocês dois deviam esperar na outra sala — disse Luis, levantando as mangas do casaco. — Isso vai ser complicado.

— Estou bem aqui — assegurou Corny, tentando soar indiferente. Ele tinha várias fantasias sobre si mesmo as quais gostava de recorrer quando se sentia infeliz. Em uma delas, era o desequilibrado assustador... o cara que perderia a cabeça um dia e enterraria os corpos de todos que lhe prejudicaram em uma vala coletiva no quintal. Havia também o gênio incompreendido, a pessoa que todos menosprezavam, mas que triunfava no fim graças à sua competência superior. E a fantasia mais patética de todas: que ele tinha algum poder mutante secreto, sempre prestes a ser desmascarado.

— Preciso que ela deite no chão. — Luis foi até a minúscula cozinha e voltou com uma faca rudimentar. Os olhos da mulher não desviaram da lâmina. — Ferro frio.

Na verdade, Luis tinha um poder secreto e era competente. Aquilo irritou Corny. Tudo o que tinha eram mãos amaldiçoadas.

— Para que é isso? — perguntou Lala.

Luis balançou a cabeça.

— Não vou te cortar. Prometo.

A mulher semicerrou os olhos, mas a garota parecia tranquila e se deitou no chão. As vinhas se contorciam sob a pele dela, ondulando conforme se mexiam. Lala estremeceu e gritou.

Kaye ergueu o olhar para Corny e levantou as sobrancelhas.

Luis se agachou sobre Lala, montando no corpo delicado.

— Ele sabe o que fazer, não é? — perguntou a mulher a Corny.

Corny assentiu.

— Com certeza.

Luis enfiou a mão no bolso e espalhou uma substância branca — talvez sal — sobre o corpo da garota. Ela se encolheu, aos gritos. As trepadeiras se esgueiravam como serpentes.

— Ele está machucando minha filha! — exclamou a mãe de Lala.

Luis sequer ergueu os olhos. Salpicou outro punhado, e Lala urrou. A pele da menina se esticou e ondulou para longe do sal, até o pescoço, sufocando-a.

Sua boca se abriu, mas, em vez de som, galhos cobertos de espinhos irromperam, serpenteando na direção de Luis. Ele os rasgou com a faca. O ferro cortava as vinhas com facilidade, mas outras surgiam, se dividindo e espiralando como tentáculos, tentando agarrá-lo.

Corny gritou, encolhendo as pernas para cima do sofá. Kaye observava tudo, aterrorizada. Os gritos da mãe de Lala tinham se transformado em um único apito de chaleira.

Um galho envolveu o pulso de Luis enquanto outros se esgueiravam na direção de sua cintura e se contorciam pelo chão. Os espinhos compridos se cravaram na pele dele. Os olhos de Lala reviraram nas órbitas e o corpo começou a convulsionar, seus lábios brilhantes pelo sangue.

Luis soltou a faca e agarrou os caules com as mãos, dilacerando os arbustos mesmo enquanto enrolavam-se em seus punhos.

Corny avançou, pegando novamente a faca e cortando os espinhos.

— Não, seu idiota — gritou Luis. Um emaranhado de ramos se libertou da boca de Lala, raízes brancas como vermes deslizando de sua garganta, brilhantes com a saliva. A enorme hera escureceu e tremeu.

Lala começou a tossir. A mulher ajoelhou na frente da filha, chorando e acariciando o cabelo da menina.

Os braços de Luis estavam cobertos de arranhões. Ele se levantou e olhou para o nada, como se estivesse em transe.

A mãe de Lala ajudou a garota a se erguer e começou a levá-la até a porta.

— *Gracias, gracias* — murmurou ela.

— Espere — chamou Luis. — Preciso falar com sua filha um minuto. Sem você.

— Não quero — disse Lala.

— Ela não pode voltar quando estiver descansada? — perguntou a mulher.

Luis balançou a cabeça, e, após um instante, a mulher cedeu.

— Você salvou a vida dela, então vou confiar em você, mas seja breve. Quero minha filha em casa e longe de tudo isso. — Ela fechou a porta que separava o cômodo do corredor.

Luis olhou para Lala. A garota cambaleou um pouco e se equilibrou apoiando a mão na parede.

— O que contou a sua mãe não foi exatamente o que aconteceu, foi? — perguntou ele.

Ela hesitou, então balançou a cabeça.

— Um daqueles garotos te deu algo para comer… talvez você tenha comido um pouco? Talvez apenas uma semente?

Ela assentiu novamente, sem o encarar.

— Mas aprendeu a lição, certo? — perguntou Luis.

— Sim — sussurrou ela, em seguida disparou para se juntar à mãe. Luis a observou partir. Corny estudou o gesto do rapaz.

— Sua pixie conversou com meu irmão, não é? — questionou ele, acenando com a cabeça na direção de Kaye.

— O que você acha? — rebateu Corny.

Luis bocejou.

— Acho que é melhor sairmos daqui o mais rápido possível. Vou mostrar onde podem dormir.

Corny se ajeitou em um dos colchonetes espalhados pelo chão do que talvez um dia tenha sido uma sala de jantar. Dave já havia se enrolado em um casulo de cobertores na parede oposta, sob o que restava de uma moldura de cadeira. Kaye veio aos tropeços da sala de estar, se enroscou em uma almofada e imediatamente caiu no sono. Luis deitou ali perto.

Flexionando os dedos, Corny observou a borracha se esticar sobre os nós dos dedos. As luvas já haviam perdido o brilho. Pela manhã, talvez estivessem quebradiças. Com cuidado, ele descalçou uma e tocou a ponta do edredom de Luis. O tecido fino se rasgou, os fios se esgarçando, liberando as penas. Ele as viu pairar na leve corrente da janela, salpicando tudo como neve.

Luis adormeceu e as penas agarraram-se às suas tranças. Uma delas pousou bem no canto de sua boca, tremulando a cada respiração. Parecia fazer cócegas. Corny quis sacudi-la. Os dedos estavam agitados.

Os olhos de Luis se entreabriram.

— Está olhando o quê?

— Você está babando — mentiu Corny, depressa. — É nojento.

Luis grunhiu e se virou.

Corny calçou a luva mais uma vez, o coração batendo tão acelerado que ele se sentia zonzo.

Gosto dele, pensou, horrorizado. Acima de tudo, a injustiça daquilo o encheu de uma raiva difusa. *Merda. Eu gosto dele.*

Kaye acordou com a luz do sol se infiltrando pelas grandes vidraças. Corny estava esparramado ao seu lado, roncando baixinho. De algum modo, ele havia roubado todos os cobertores dela. Tanto Dave quanto Luis tinham sumido.

Ela sentia um gosto ruim na boca, e tanta sede que não conseguia raciocinar onde estava ou por que estava ali até ir ao banheiro e beber vários punhados de água. Tinha gosto de ferro, que parecia estar por toda a parte, borbulhando nos canos e descamando do teto.

Atravessando o piso frio na ponta dos pés, tentando encontrar algo para comer, Kaye ouviu um barulho estranho, como uma bolsa sendo virada de ponta-cabeça. O cheiro de mofo ficou mais forte e ela podia sentir seu glamour se dissipando. Então, baixou o olhar para a mão e viu que estava verde como uma folha. Seguindo na direção do som, ela chegou à sala do sofá rasgado, onde uma fogueira ardia na lareira.

Perto das janelas estava um homem de meia-idade com cabelo curto e cacheado, usando uma bolsa-carteiro que parecia lotada de coisas. Quando Kaye entrou, o homem começou a falar. Mas, em vez de sons, moedas de cobre caíram de seus lábios, rolando e tilintando pelas tábuas gastas do assoalho.

Luis pousou a mão no braço do homem.

— Você fez o que eu mandei? — perguntou ele, se abaixando para pegar os centavos. — Sei que o metal tem gosto de sangue, mas você precisa fazer isso.

O homem assentiu e apontou desesperadamente para a própria boca.

— Eu te disse que a cura era comer suas palavras. Isso significa cada moeda que sair de sua boca. Está me dizendo que fez isso?

Dessa vez, o homem hesitou.

— Gastou algumas moedas, não é? Por favor, me diga que não foi a uma máquina de trocar moedas ou alguma merda do tipo.

— Argh — balbuciou o homem, e os centavos se derramaram.

— Encontre o resto. É a única maneira de se curar. — Luis cruzou os braços, os músculos esguios ressaltados pelo tecido fino da camiseta, visíveis ao longo do membro nu. — E chega de barganhas com o Povo das Fadas.

Havia muitas coisas que Kaye não sabia sobre fadas.

O homem parecia querer dizer algo, provavelmente que não gostava de receber ordens de um garoto, mas simplesmente assentiu enquanto pegava a carteira. Depois de contar um maço de notas de vinte, recolheu as moedas do chão e partiu sem um gesto de agradecimento.

Luis bateu com as notas na palma de uma das mãos enquanto se virava para Kaye.

— Falei para ficar escondida.

— Tem alguma coisa acontecendo comigo — disse Kaye. — Meu glamour não está funcionando direito.

Luis gemeu.

— Está me dizendo que ele estava olhando para uma garota verde com asas?

— Não — respondeu ela. — É que parece bem mais difícil manter o feitiço.

— O ferro na cidade suga depressa a magia das fadas — explicou ele com um suspiro. É por isso que elas não vivem aqui, mesmo se tivessem escolha. Apenas as exiladas, aquelas que não podem retornar às próprias cortes por qualquer motivo.

— Então por que não se aliam a outra corte? — perguntou Kaye.

— Algumas fazem isso, eu acho. Mas é um assunto perigoso... a outra corte tanto pode matá-las quanto as aceitar. Por isso os seres encantados vivem aqui e deixam que o ferro os devore. — Ele suspirou mais uma vez. — Se realmente precisar, há Nuncamais, uma poção que alivia a doença do ferro. Não tenho como conseguir um pouco para você agora...

— Nuncamais? — perguntou Kaye. — Como em "disse o corvo", o poema de Edgar Allan Poe?

— É como meu irmão chama a poção. — Luis se remexeu, desconfortável, ajeitando as tranças. — Nos humanos, a poção concede glamour... nos faz mais parecidos com as fadas. Dá onda. Você *nunca* deve usar *mais* de uma vez ao dia, *mais* de dois dias seguidos ou *mais* de uma única pitada por vez. Nunca. Mais. Não deixe seu amigo experimentar.

— Ah. Ok. — Kaye se lembrou dos olhos assombrados de Dave, da boca escurecida.

— Ótimo. Está pronta para sair? — perguntou Luis.

Kaye assentiu.

— Mais uma pergunta... já ouviu falar de uma maldição em que qualquer coisa que alguém toque definhe?

Luis fez que sim com a cabeça.

— Uma variação do Rei Midas. O que quer que você toque vira... complete a lacuna. Ouro, merda... Donuts com geleia. É uma maldição bem poderosa. — Ele franziu o cenho. — Você teria que ser jovem, imprudente e estar muito puto para lançar um poder assim sobre um mortal.

— Então o Rei Midas... você conhece a cura?

Ele franziu o cenho.

— Água salgada. O Rei Midas entrou em um rio salobro e deixou as águas lavarem a maldição. O oceano seria melhor, mas o princípio é basicamente o mesmo. Qualquer coisa com sal.

Corny entrou no cômodo, dando um bocejo enorme.

— O que está acontecendo?

— Então, Neil — começou Luis, o olhar caindo sobre as luvas de Corny. — O que aconteceu? Ela o amaldiçoou por acidente?

Corny ficou confuso por um instante, como se o apelido o tivesse abalado. Em seguida, estreitou os olhos.

— Não — disse. — Fui amaldiçoado de propósito.

7

Não a doce grama fresca florida
É a colheita da nossa;
Não a flor do trevo das terras altas;
Mas a sorveira misturada com ervas daninhas,
Feixes emaranhados de pântanos e prados,
Onde a papoula deixa cair suas sementes
No silêncio e na escuridão.

— Henry Wadsworth Longfellow, *Aftermath*

A neve caía suavemente na propriedade abandonada de Untermeyer, salpicando de branco a terra e a grama secas. As ruínas da velha mansão escurecida pelo fogo apareciam por entre os galhos nus. Uma enorme lareira se erguia como uma torre, tomada por trepadeiras mortas. Sob o que sobrou de um telhado de ardósia, a nobreza da Corte Unseelie tinha improvisado um acampamento. Roiben estava sentado em um sofá baixo e observou enquanto Ethine adentrava seus aposentos. Ela se movia com graciosidade, os pés mal parecendo tocar o chão.

Ele havia se recomposto, e, quando as garras de um dos membros de seu povo tiveram a oportunidade de empurrar Ethine, fazendo-a tropeçar enquanto atravessava a soleira, Roiben apenas ergueu o olhar, como se estivesse irritado com aquela falta de jeito. Ao lado dele havia tigelas de frutas, trazidas frescas de cavernas sombrias; licores de trevo e urtiga e minúsculos corações de aves, ainda brilhantes de sangue. Ele mordeu uma uva, indiferente ao estalar dos caroços contra os dentes.

— Ethine. Seja bem-vinda.

Ela franziu o cenho e abriu a boca, em seguida hesitou. Quando falou, apenas disse:

— Minha senhora sabe que lhe desferiu um golpe terrível.

— Não sabia que sua senhora gostava de se gabar, mesmo que por tabela. Venha, coma uma fruta, molhe sua língua quente com algo gelado.

Ethine se aproximou de modo austero e se empoleirou na ponta distante do sofá. Ele lhe entregou uma taça feita de ágata. Ela deu um gole diminuto, depois pousou o recipiente.

— Ser educada comigo a incomoda — disse ele. — Talvez Silarial devesse ter levado seus sentimentos em consideração quando a escolheu como embaixadora.

Ethine contemplava o chão de terra batida, e Roiben se levantou.

— Você implorou a ela que mandasse qualquer outro em seu lugar, não é? — Ele gargalhou, cheio de uma convicção rancorosa. — Talvez até tenha lhe dito como a magoava ver o que seu irmão havia se tornado.

— Não — disse Ethine, com suavidade.

— Não? Não com essas palavras, mas aposto que falou mesmo assim. Agora você percebe como ela trata aqueles que a servem. Você não passa de mais uma ferramenta para me ferir. Ela a enviou apesar de suas súplicas.

Ethine tinha fechado os olhos com força. As mãos estavam unidas no colo, os dedos entrelaçados.

Ele pegou o cálice da irmã e bebeu. Ela ergueu o olhar, irritada, do mesmo modo como um dia se irritara quando ele havia puxado seu cabelo. Quando eram crianças.

Vê-la como uma inimiga o magoava.

— Não me parece que você se importe com meus sentimentos mais do que ela — argumentou Ethine.

— Mas me importo. — Ele tornou a voz mais séria. — Ande, transmita sua mensagem.

— Minha senhora sabe que desferiu um golpe terrível. Além disso, ela sabe que seu controle sobre as outras fadas nessas terras é volátil, depois do malfadado Tithe.

Roiben se recostou na parede.

— Até soa como ela quando fala assim.

— Não zombe. Ela quer que você enfrente nosso campeão. Se vencer, ela deixará suas terras intocadas por sete anos. Se perder, vai abdicar da

Corte Unseelie em favor dela. — Ethine o encarava com a expressão angustiada. — E você vai *morrer*.

Roiben mal ouviu a súplica da irmã, tão surpreso estava com a oferta da rainha Luminosa.

— Não consigo me decidir se é um gesto de generosidade ou alguma astúcia além de minha capacidade de compreensão. Por que ela me dá uma oportunidade de vencer agora, quando minhas chances são mínimas?

— Ela quer suas terras inteiras e intactas quando tomá-las, não enfraquecidas por uma guerra. Muitas cortes poderosas caíram em desgraça.

— Já imaginou se não houvesse corte nenhuma? — perguntou Roiben à irmã, baixinho. — Nada de enormes responsabilidades, rixas antigas ou guerras sem fim?

— Nós nos tornamos muito dependentes dos humanos — disse Ethine, franzindo o cenho. — Houve um tempo em que nossa espécie vivia separada deles. Agora, contamos com eles para desempenharem todos os papéis, de fazendeiros a enfermeiros. Vivemos em locais abandonados por eles e fazemos nossas refeições nas mesas deles. Se as cortes caírem, seremos parasitas, sem nada para chamar de nosso. Isso é o que resta de nosso antigo mundo.

— Acho difícil que as coisas cheguem a esse ponto. — Roiben olhou para além de Ethine; não queria que ela visse sua expressão. — E que tal... Diga a Silarial que aceitarei sua barganha insultante e torpe, mas com uma mudança: ela também deve apostar algo. Deve sacrificar a própria coroa.

— Ela jamais lhe dará...

Roiben a interrompeu.

— Não para mim. Para você.

Ethine abriu a boca, mas não proferiu som nenhum.

— Diga a Silarial que, se ela perder, fará de você rainha Luminosa da Corte Seelie. Se eu perder, darei a ela não apenas minha coroa, como também a minha vida.

A sensação ao dizer as palavras lhe foi agradável, ainda que se tratasse de uma barganha imprudente.

Ethine se levantou.

— Você zomba de mim.

Ele fez um gesto de indiferença.

— Não seja boba. Sabe muito bem que não é o caso.

— A rainha me disse que, se você quisesse barganhar, deveria tratar diretamente com ela. — Ethine caminhava de um lado a outro do cômodo, gesticulando furiosamente. — Por que simplesmente não volta para nós? Jure lealdade a Silarial, lhe peça perdão. Conte como foi difícil ser cavaleiro de Nicnevin, ela não poderia saber.

— Silarial tem espiões por toda a parte. Duvido muito que ela estivesse desinformada sobre meu sofrimento.

— Não havia nada que ela pudesse fazer! Nada que qualquer um de nós pudesse fazer. Ela sempre fala de você com carinho. Deixe-a explicar, deixe-a ser sua amiga outra vez. Perdoem um ao outro. — Seu tom de voz caiu uma oitava. — Aqui não é o seu lugar.

— E por que, querida irmã? Por que este não é o meu lugar?

Ethine gemeu e bateu com a mão na parede.

— Porque você não é um inimigo.

Ela o lembrava tanto de sua antiga e inocente personalidade que, por um segundo, Roiben a odiou, por um instante apenas quis sacudi-la e gritar com ela e machucá-la antes que alguém mais o fizesse.

— Não? Não é o bastante o que eu fiz? Não é o bastante ter cortado a garganta de um nix que ousou rir alto demais ou por muito tempo na presença de minha senhora? Não é o bastante ter caçado um duende que roubou um único bolo de sua mesa? Não é o bastante ter ignorado as suas súplicas e os clamores deles?

— Você estava sob as ordens de Nicnevin.

— É obvio que estava! — gritou ele. — Tantas vezes ela me deu ordens. E agora mudei, Ethine. Aqui é meu lugar, se é que tenho um lugar afinal.

— E quanto a Kaye?

— A pixie? — Ele lhe lançou um olhar rápido.

— Você foi gentil com ela. Por que insiste em me fazer pensar o pior de você?

— Não fui gentil com Kaye — disse ele. — Pergunte a ela. Não sou gentil, Ethine. Inclusive, não me interesso mais por gentileza. Minha intenção é vencer.

— Se você vencesse — argumentou Ethine, a voz entrecortada —, eu seria a rainha, e você, *meu* inimigo.

Ele bufou.

— Não jogue um balde de água fria em meu melhor desfecho. — Ele lhe estendeu a taça. — Beba alguma coisa. Coma. Afinal, é comum que irmãos discutam, não é?

Ethine aceitou a taça das mãos de Roiben e a levou à boca, mas ele havia lhe deixado apenas um único gole.

Kaye tinha nas mãos uma enorme garrafa térmica de café dos ThunderCats enquanto caminhava até o carro de Corny. Luis a seguia, enrolado em um casaco preto. A peça fazia volume em seus ombros, o forro rasgado em vários lugares. Ele o havia tirado de um dos armários, de uma pilha coberta com pedaços de gesso.

Ela estava feliz por se manter em movimento. Contanto que tivesse algo à frente, que tivesse alguma tarefa para executar, as coisas faziam sentido.

— Tem um mapa do norte de Nova York? — perguntou Luis a Corny.

— Pensei que soubesse o caminho — respondeu Corny. — Que tipo de guia precisa de um mapa?

— Será que vocês podem não… — começou Kaye, mas parou na frente de uma banca de jornal. Ali, em uma nota lateral na primeira página do *Times*, havia uma foto do cemitério na colina, perto da casa de Kaye. A colina onde Janet estava enterrada; a colina oca sob a qual Roiben fora coroado. Havia cedido sob o peso de um caminhão virado. A foto mostrava fumaça saindo da elevação, lápides espalhadas como dentes caídos.

Corny pagou pelo jornal com algumas moedas.

— Encontraram alguns corpos muito carbonizados para serem identificados. Estão fazendo a identificação das arcadas dentárias. Houve alguma especulação de que talvez as pessoas estivessem descendo a colina de trenó quando o caminhão bateu. Kaye, mas que porra…

Kaye tocou a foto, passando os dedos sobre a tinta da página.

— Não sei.

Luis franziu o cenho.

— Todas aquelas pessoas. Os membros do Povo não podem matar uns aos outros e nos deixar fora dessa?

— Cale a boca. Só cale a boca — disse Kaye, andando até o carro de Corny e forçando a maçaneta. Lascas cromadas se soltaram nos dedos chamuscados. Ela se sentia enjoada.

— Tenho que destravar — disse Corny, abrindo a porta para ela com a chave. — Olhe, ele está bem. Tenho certeza de que ele está bem.

Ela se jogou no banco traseiro, tentando não imaginar Roiben morto, tentando não visualizar seus olhos embotados pela lama.

— Não, você não tem.

— Vou ligar para minha mãe — disse Corny. Ele deu a partida enquanto digitava o número, atrapalhado por conta dos dedos enluvados.

Luis indicava o caminho, e Corny dirigia com o telefone apoiado no ombro. Dessa vez, Kaye abraçou a doença do ferro, acolheu a vertigem que embaralhava seus pensamentos.

— Ela disse que o caixão de Janet não foi mexido, mas a lápide sumiu. — Corny fechou o celular. — Ninguém foi visto andando de trenó àquela hora, e, de acordo com o jornal local, o caminhão nem mesmo deveria estar fazendo entregas naquela área.

— É a guerra — explicou Kaye, pousando a cabeça no assento de vinil. — A guerra das fadas.

— O que há de errado com ela? — Ela ouviu Luis perguntar em um murmúrio.

Os olhos de Corny continuaram na estrada.

— Ela estava namorando um cara da Corte Unseelie.

Luis voltou o olhar para ela.

— Namorando?

— Sim — respondeu Corny. — Ele lhe deu um anel de compromisso. Era uma parada séria.

Luis parecia incrédulo.

— Roiben — disse Corny. Ao som do nome de Roiben, Kaye fechou os olhos, mas o temor não diminuiu.

— Não é possível — disse Luis.

— Por que acha que Silarial quer me ver? — perguntou Kaye. — Por que acha que isso vale dois emissários e uma garantia de proteção? Se ele ainda não está morto, ela imagina que posso ajudá-la a matá-lo.

— Não — insistiu Luis. — Você não pode *namorar* o Senhor da Corte Noturna.

— Bem, não namoro. Ele me deu um pé na bunda.

— Você não pode *levar um pé na bunda* do Senhor da Corte Noturna.

— Ah, você pode. Você pode muito.

— Estamos todos no limite. — Corny esfregou o rosto com os dedos enluvados. — E é um dia ruim quando eu sou a voz da razão. Relaxem. Vamos ficar presos nesse trânsito por um bom tempo.

Eles dirigiram para o norte enquanto a luz do crepúsculo se infiltrava pelas árvores sem folhas e a neve recém-caída transformava-se em lama. Passaram por shoppings decorados com guirlandas e festões, enquanto borrifos de sal de estrada marcavam a lateral dos carros.

Kaye olhava pela janela, contando carros prateados, lendo cada placa. Tentando não pensar.

Ao pôr do sol, enfim entraram em uma estradinha de terra e Luis pediu que parassem.

— Aqui — disse ele, e abriu a porta. Na luz difusa, Kaye podia ver um lago congelado que se estendia de um declive logo à frente da borda da estrada. Névoa encobria o meio do lago e árvores mortas erguiam-se da água, como se outrora houvesse uma floresta onde o lago agora estava. Uma floresta de árvores afogadas. A luz do crepúsculo dourava os troncos.

O vento açoitava flocos de neve no rosto de Kaye. Cortantes como cacos de vidro.

— Tem um barco — avisou Luis. — Vamos.

Eles desceram a colina com os sapatos escorregando no gelo.

Corny ofegou e Kaye ergueu o olhar dos próprios pés. Um homem jovem estava parado à sua frente, meio obscurecido pelos galhos de um abeto. Ela deu um grito.

Ele estava imóvel como uma estátua, vestido com um casaco e um gorro de lã. Ele olhava para além dos três, como se não estivessem ali. A pele dele era alguns tons mais escura do que a de Luis, mas os lábios estavam pálidos de frio.

— Olá? — cumprimentou Luis, acenando com a mão na frente do rosto do sujeito.

O homem não se mexeu.

— Olhe — disse Corny, e apontou através dos pinheiros, para uma mulher de uns cinquenta anos, sozinha. O cabelo ruivo esvoaçava na brisa leve. Semicerrando os olhos, Kaye podia ver outros pontos de cor ao longo do lago. Eram outros humanos, à espera de algum sinal.

O olhar de Kaye baixou para os dedos rachados do homem.

— Queimadura de frio.

— Acorde! — gritou Luis. Quando aquilo não foi o suficiente, ele deu um tapa na bochecha do homem.

O olhar do homem congelado de repente se moveu. Sem um traço de expressão, ele jogou Luis no chão e pisou em seu abdome.

Luis gemeu de dor, virando de lado, e encolheu o corpo em uma postura defensiva.

Corny se lançou sobre o homem. Eles caíram, atravessando a fina camada de gelo do lago enquanto chafurdavam na água rasa.

Kaye se adiantou, tentando puxar Corny para a margem. Um punho se fechou ao redor de seu braço.

Ela se virou e viu a criatura, alta e magra como um espantalho, vestida com trapos de tecido preto que chicoteavam no ar. Seus olhos eram de um branco morto, sem pupila, e os dentes, translúcidos como vidro.

O grito de Kaye morreu na garganta. Suas unhas se cravaram no braço da criatura, que a libertou, seguindo adiante. A coisa se movia com tamanha agilidade que, quando Kaye se virou, aquela mão esquelética já estava no pescoço do homem congelado.

Corny se debateu até a margem e desmoronou na neve.

A criatura pressionou um polegar contra a testa do homem e sibilou algumas palavras que Kaye desconhecia. O homem congelado lentamente retornou à posição de sentinela indiferente, as roupas ensopadas e pingando.

— O que você quer? — perguntou Kaye, tirando o casaco e o enrolando em Corny, que estava trêmulo. — Quem é você?

— Tristeseiva — disse a criatura, fazendo uma mesura com a cabeça. O cabelo era ralo e encaracolado como o emaranhado de raízes sob uma erva. — A seu dispor.

— Fantástico! Isso é simplesmente fantástico. — Luis estava com a mão sobre o estômago.

Corny estremeceu involuntariamente e apertou mais o casaco ao redor do corpo.

— A *meu* dispor? — perguntou Kaye. Olhando através da floresta, viu as outras silhuetas humanas retornarem às posições originais. Tinham começado a se aproximar, a apenas alguns segundos de entrar na briga.

— O Rei da Corte Unseelie ordena que eu guarde seus passos. Eu a tenho seguido desde que deixou sua corte.

— Por que ele faria isso? — disparou Kaye. Ela pensou em Roiben coberto de terra desmoronada, o rosto pálido como uma lápide de mármore, e ela fechou os olhos para afastar a imagem. Ele deveria estar se protegendo, e não preocupado com ela.

Tristeseiva inclinou a cabeça.

— Sirvo seus desejos. Não preciso entendê-los.

— Mas como conseguiu parar o povo congelado assim? — perguntou Luis. — A barreira deve ter sido criada para afastar você mais que a nós.

Diante da pergunta, Tristeseiva sorriu, os molhados dentes translúcidos fazendo a boca parecer venenosa. Ele enfiou a mão em um bolso sob as vestes e tirou o que a princípio parecia couro verde forrado de seda vermelha. Então Kaye viu os cabelos finos revestindo a superfície e a pegajosa umidade na parte de baixo. Pele. A pele de uma fada.

— Ela me contou — respondeu Tristeseiva.

Luis soltou um ruído do fundo da garganta e se virou, como se fosse vomitar.

— Você não pode... Não quero... — balbuciou Kaye, furiosa e aterrorizada. — Você a matou por minha causa.

Tristeseiva não respondeu.

— Nunca faça isso! Nunca! — Ela caminhou até ele com os punhos cerrados. Antes que pudesse pensar, lhe deu um tapa. A mão ardia.

Ele nem sequer pestanejou.

— Só porque devo protegê-la não significa que tem autoridade sobre mim.

— Kaye — disse Luis, rígido. — Já era.

Kaye olhou para Luis, mas ele evitava encará-la.

— Estou congelando — avisou Corny. — Como em "até a morte". Vamos logo para onde deveríamos estar indo.

— Todas essas pessoas vão morrer de frio — disse Kaye, embora parecesse que, nos últimos tempos, suas tentativas de melhorar as coisas apenas acabassem tornando-as piores. — Não podemos simplesmente deixá-las aqui.

Corny pegou o celular.

— Vamos chamar a...

Luis balançou a cabeça.

— Não acho que a gente deva atrair mais vítimas até aqui. É o que estaríamos fazendo se a polícia viesse.

— Estou sem sinal mesmo — comentou Corny. — Você quebra maldições. Não pode fazer nada por elas?

Luis balançou a cabeça.

— Isso está além das minhas habilidades.

— Temos de secar esse cara — disse Kaye. — Talvez cobrir seus dedos antes que piorem. Tristeseiva, pode mantê-lo... desativado?

— Você não tem autoridade sobre mim. — Olhos amarelos a observavam com a inexpressividade de uma coruja.

— Não achei que tivesse — argumentou Kaye. — Estou pedindo sua ajuda.

— Deixe-as morrer.

Ela suspirou.

— Não pode despertá-las? Anular qualquer que seja o feitiço que está mantendo essas pessoas assim... anular de modo permanente? Então elas poderiam simplesmente voltar para casa.

— Não — respondeu ele. — Não posso.

— Vou ajudar esse cara. Se ele me atacar, você vai ter que impedi-lo. E se você não o mantiver desligado, ele vai atacar.

O rosto de Tristeseiva parecia inexpressivo, mas uma de suas mãos se cerrou em punho.

— Muito bem, pixie-que-tem-a-consideração-de-meu-rei. — Ele marchou até o homem congelado e colocou novamente o polegar em sua testa.

Kaye se sentou na neve e tirou as próprias botas enquanto Tristeseiva entoava as palavras desconhecidas. Descalçando as meias, ela as enrolou nas mãos do homem. Luis enrolou seu casaco no sujeito e desviou de um golpe de braço quando o cântico sibilado titubeou.

— Não vai ajudar — disse Corny. — Essas pessoas estão perdidas.

Kaye recuou. O frio era como navalhas lhe cortando a pele. Mesmo vestindo seu casaco, os lábios de Corny tinham ficado azulados. O homem congelado morreria com todos os outros.

— A Corte Seelie está próxima — avisou Luis.

— Não posso acompanhá-los até lá — disse Tristeseiva. — Se seguirem adiante, vão perder minha proteção, o que causaria profundo desprazer a meu senhor.

— Nós vamos — decidiu Kaye.

— Se é essa a sua vontade... — Tristeseiva curvou a cabeça. — Vou esperá-los aqui.

Kaye encarou Corny.

— Não precisa vir, vai se aquecer mais rápido no carro.

— Não seja idiota — rebateu ele, batendo os dentes.

— O próximo trecho da jornada significa embarcar naquilo — disse Luis, apontando para a margem. Por um instante, Kaye não viu nada. Então o vento agitou a água, fazendo algo balançar e refletir o luar: um barco, completamente esculpido em gelo, com a proa no formato de um cisne prestes a alçar voo. — A Senhora Luminosa não me contou sobre suas sentinelas zumbis congeladas, então imagino que seja cheia de surpresas.

— Ótimo — disse Corny, tropeçando na neve congelada.

Kaye pisou de modo hesitante na superfície escorregadia do barco e se sentou. O assento estava gelado sob suas coxas.

— Então essas águas dariam um jeito na maldição de Corny?

Corny entrou no barco, sentando-se ao seu lado.

— Eu não...

— Corny? — Luis franziu o cenho.

— Neil — corrigiu Kaye. — Quero dizer, na maldição de Neil.

— Não. — Luis deu um forte impulso e o barco deslizou pela água; então o rapaz pulou para dentro da embarcação, fazendo-a balançar excessivamente enquanto se sentava. Ele encarou Corny. — Muito parada e nenhum sal.

Eles não remavam, mas uma estranha corrente os impelia através do lago, além das árvores afogadas. Sob o casco gotejante do barco, a água parecia sufocada pelo verde vibrante das lentilhas aquáticas, como se uma floresta crescesse sob as ondas.

Peixes verdes e dourados dardejavam sob o barco, visíveis através do casco de gelo. Os peixes tinham que se manter nadando para respirar, pensou Kaye. Sabia como eles se sentiam. Não havia pensamento seguro, nem sobre Roiben, nem sobre a mãe, nem sobre todas as pessoas morrendo lentamente na margem distante. Não havia nada a fazer, exceto seguir em frente até que o desespero enfim a congelasse.

— Kaye… saca só — disse Corny —, parece saído de um livro.

Através da bruma, Kaye viu a silhueta de uma ilha repleta de altos pinheiros. Assim que se aproximaram, o céu ficou mais claro e o ar, mais quente. Embora não houvesse sol, a margem estava nítida como o dia.

Corny olhou para o relógio e depois ergueu o braço para mostrar o visor à amiga. Os números haviam parado em 21 de dezembro, 18h13min52s.

— Bizarro.

— Pelo menos está mais quente — disse Kaye, esfregando os braços sob o casaco, na esperança de espantar o frio com o atrito.

— Seria uma notícia melhor se não estivéssemos em um *barco feito de gelo*.

— Não sei quanto a vocês — começou Luis. Ele deu um sorrisinho, quase como se estivesse constrangido. —, mas não consigo mais sentir minha bunda. Nadar pode ser melhor.

Corny riu, mas Kaye não conseguia sorrir. Ela estava colocando Corny em perigo. De novo.

A última brisa soprou e Kaye notou que cada árvore na ilha estava envolta em branco, com um casulo de seda no lugar da neve. Ela pensou ter visto montes de lagartas se contorcendo no topo das árvores, e estremeceu.

O barco fincou-se na lama macia. Eles desceram, os pés afundando ligeiramente, de modo que era possível ouvir um som de sucção a cada passo na direção da margem.

Maldita lama, pensou Kaye. *Maldito barco. Maldita ilha das fadas.* Ela se viu subitamente exausta. *Maldita, maldita eu.*

Havia música, distante e tênue, acompanhada do som de risos. Eles seguiram o som até um bosque de cerejeiras em flor, com os botões azuis em vez de rosados e pétalas caindo como uma chuva venenosa a cada leve brisa.

Ela se lembrou de algo que a Bruxa do Cardo lhe dissera quando havia revelado que Kaye era uma changeling: *A natureza da criança encantada se torna cada vez mais difícil de esconder à medida que ela cresce. No final, todas voltam para o Reino das Fadas.*

Aquilo não podia ser verdade. Kaye não queria que fosse verdade.

Corny estremeceu uma vez, intensamente, como se o corpo estivesse sacudindo e afastando o frio, e descalçou os sapatos ensopados e cobertos de lama. Estava quente na ilha, mas não em exagero. Na verdade, era uma temperatura tão perfeita que era como se não existisse clima nenhum.

Alguns membros do Povo Luminoso caminhavam pela grama. Um menino vestido em uma saia de escamas de prata segurava a mão de uma pixie com largas asas azul-celeste. Nuvens de minúsculas fadinhas vibrantes pairavam no ar. Um cavaleiro em armadura pintada de branco olhou na direção de Kaye. Uma voz musical, dolorosamente adorável, flutuou até onde ela estava. Dos galhos das árvores, rostos pontiagudos olhavam para baixo.

Um cavaleiro com olhos da cor de turquesas foi recebê-los, fazendo uma profunda reverência.

— Minha senhora está contente com sua chegada. Ela pede que me acompanhe e sente-se com ela. — Ele desviou o olhar para os companheiros de Kaye. — Somente você.

Kaye assentiu, mordendo o lábio.

— Debaixo da árvore. — Ele apontou para um enorme salgueiro, os galhos caídos cobertos por casulos lutando para não cair. Vez ou outra, uma das bolsas sedosas se abria e um pássaro branco se libertava e alçava voo.

Kaye obrigou-se a erguer um dos pesados galhos coriáceos e passou por baixo.

Luz se infiltrava pelas folhas e cintilava nos rostos de Silarial e de seus cortesãos. A Senhora da Corte Luminosa não se sentava em um trono, mas sobre uma coleção de almofadas de tapeçaria amontoadas na terra. Outras fadas se espalhavam por ali como enfeites, algumas com chifres, outras finas como gravetos e com folhas brotando da cabeça.

O cabelo de Silarial estava partido em duas ondas macias na testa, os fios brilhantes como cobre, e, por um segundo, Kaye se lembrou dos centavos que caíram da boca do homem no apartamento de Luis. A Senhora Luminosa sorriu, e parecia tão deslumbrante que Kaye se esqueceu de falar, se esqueceu de fazer uma reverência, se esqueceu de fazer qualquer coisa além de encará-la.

Olhar para a rainha lhe causava dor.

Talvez como uma dor intensa, a beleza intensa devesse ser esquecida.

— Está servida? — perguntou Silarial, gesticulando para as tigelas de fruta e jarras de sucos, as superfícies suadas com o frescor do conteúdo. — A não ser que não sejam de seu agrado.

— Tenho certeza de que são muito de meu agrado. — Kaye mordeu uma fruta branca. Néctar preto manchou seus lábios e lhe escorreu pelo queixo.

Os cortesãos riam por trás das mãos de dedos compridos, e Kaye se perguntou a quem exatamente tentava impressionar. Estava se deixando provocar.

— Ótimo. Agora dispa-se desse glamour idiota. — A lady se virou para as fadas esparramadas ao seu lado. — Deixem-nos.

O grupo se levantou preguiçosamente, pegando harpas e cálices, almofadas e livros. Abandonaram a sombra da árvore com a arrogância de gatos ofendidos.

Silarial virou-se entre as almofadas. Kaye se sentou bem no canto de uma das pilhas e limpou o suco preto da boca com a manga da camiseta. Ela deixou o glamour se dissipar e, quando viu os próprios dedos verdes, ficou surpresa com o alívio de não precisar escondê-los.

— Você não gosta de mim — declarou Silarial —, com toda a razão.

— Você tentou me matar — argumentou Kaye.

— Um súdito, qualquer súdito, parecia um preço pequeno a se pagar para capturar a Senhora da Corte Noturna.

— Não sou um de seus súditos — rebateu Kaye.

— Óbvio que é. — Silarial sorriu. — Você nasceu nestas terras. Aqui é o seu lugar.

Kaye não tinha resposta. Não disse nada. Queria saber quem havia lhe dado à luz e quem a havia trocado, mas não queria ouvir aquilo dos lábios da lady.

Silarial pegou uma ameixa de uma das travessas, olhando para Kaye por entre os cílios.

— Essa guerra começou antes da minha chegada ao mundo. Outrora havia pequenas cortes, cada uma reunida perto de um círculo de espinheiros ou ao longo de um prado de trevos. Mas conforme o tempo passava e nossos assentamentos rareavam, passamos a nos reunir em maior quantidade. A Grande Corte fazia incursões. Minha mãe conquistou o Povo com lâmina e língua afiadas.

"Mas não meu pai. Ele e seu povo viviam aqui, nas montanhas, e não viam utilidade em minha mãe ou nos dela, pelo menos a princípio. Entretanto, com o tempo, ela fascinou até mesmo a ele, se tornando sua consorte, ganhando autonomia sobre as terras e até gerando duas filhas."

— Nicnevin e Silarial — disse Kaye.

A Senhora Luminosa assentiu.

— Cada menina tão diferente da outra quanto dois membros do Povo das Fadas podem ser. Nicnevin e nossa mãe eram iguais, com sede de sangue e de dor. Eu puxei o meu pai, contente com distrações menos brutais.

— Como congelar até a morte um grupo de humanos ao redor de um lago? — perguntou Kaye.

— Não considero isso particularmente divertido, apenas meramente necessário — argumentou Silarial. — Nicnevin matou nosso pai quando ele concedeu um favor a um flautista que ela amava atormentar. Disseram que nossa mãe riu quando minha irmã explicou como fora feito, mas, na época, a morte era uma iguaria para mamãe. Eu lhe servi um banquete com minha dor. — A Rainha Luminosa ergueu o olhar para as sombras oscilantes do salgueiro. — Não vou permitir que as terras de meu pai caiam sob o poder da corte de minha irmã.

— Mas eles não querem suas terras. Sua irmã está morta.

Silarial pareceu surpresa por um instante. O punho se fechou ao redor da ameixa.

— Sim, morta. Morta antes que meu plano pudesse destruí-la. Passei os longos anos de paz entre nosso povo construindo minha estratégia e ganhando tempo, e ela morreu antes que meu luto pudesse ser saciado. Não darei à corte dela a chance de planejar como planejei. Vou tomar suas terras e seu povo, e esta será minha vingança. Vou garantir a segurança de toda a Corte Luminosa.

"Este é seu lar, queira você ou não, e sua guerra. Você precisa escolher um lado. Sei de sua promessa a Roiben... sua declaração... e ele foi correto ao rejeitá-la. Roiben foi enviado à Corte Unseelie como um refém em troca de paz. Acha que ele quer ver você unida a eles como sua consorte? Acha que ele deseja que sofra como ele sofreu?"

— Eu sei que não — retrucou Kaye.

— Sei o que é desistir de algo que deseja. Antes de Roiben partir para a Corte Unseelie, ele era meu amante... sabia disso? — Ela franziu o cenho. — Ocasionalmente, a paixão o fazia esquecer seu lugar, mas, ah, como me arrependo de ter aberto mão dele.

— Você esquece o lugar de Roiben agora.

Silarial riu de repente.

— Permita-me lhe contar uma história sobre Roiben, de quando ele estava em minha corte. Eu me lembro dela com frequência.

— Com certeza — disse Kaye. Ela se sentia engasgada com as coisas que não podia dizer. Não acreditava que Silarial tivesse outra intenção que não infligir dor, mas deixar que a rainha percebesse isso seria tolice. E ela queria ouvir qualquer história sobre Roiben. O modo como Silarial falou lhe deu esperança de que ele continuava vivo.

Um pouco da tensão a abandonou, assim como o medo.

— Certa vez, uma raposa ficou presa em um espinheiro perto de nosso festejo. Fadinhas dardejavam ao seu redor, tentando libertá-la. A raposa não percebia que as fadas queriam ajudar, percebia apenas a própria dor. Ela rosnou para as fadinhas, tentando mordê-los, e, conforme se movia, os espinhos se cravaram mais fundo em sua pele. Roiben viu a raposa e se aproximou para mantê-la quieta.

"Ele podia ter lhe segurado o focinho e deixado o animal se debater mais para dentro do arbusto; podia tê-la largado quando ela o mordeu. Mas não fez nada disso. Ele deixou a raposa morder sua mão repetidas vezes, até que as fadinhas conseguiram libertá-la dos espinhos."

— Não entendo a moral da história — admitiu Kaye. — Está dizendo que Roiben se deixa machucar porque acredita que está sendo útil? Ou está dizendo que ele costumava ser bom e gentil, e agora é um babaca?

Silarial inclinou a cabeça, afastando uma mecha de cabelo.

— Estou me perguntando se você não é como aquela raposa, Kaye.

— O quê? — Kaye se levantou. — Não sou eu quem o está machucando.

— Ele teria morrido por você no Tithe. Morrido por uma pixie que havia conhecido apenas alguns dias antes. Depois, ele se recusou a se juntar a mim quando podíamos ter unido as cortes e forjado uma paz verdadeira... uma paz duradoura. Por qual motivo acha que isso aconteceu? Talvez porque estivesse muito ocupado libertando você e os seus do espinheiro.

— Talvez ele não veja dessa forma — argumentou Kaye, mas podia sentir o rosto quente e o latejar das asas. — Ainda poderia haver paz, sabe? Se *você* apenas parasse de morder a mão dele. Roiben não quer brigar com você.

— Ah, vamos lá... — Silarial sorriu e cravou os dentes na ameixa. — Sei que você viu a tapeçaria com minha imagem que ele estraçalhou. Roiben não quer apenas brigar comigo, ele quer me *destruir*. — O modo como disse "destruir" soou prazeroso. — Sabe o que aconteceu à raposa?

Kaye bufou.

— Tenho certeza de que você vai me contar.

— Fugiu, parando apenas para lamber as feridas, mas na manhã seguinte acabou presa no espinheiro novamente, com os espinhos enterrados na carne. Toda a dor de Roiben foi à toa.

— O que quer que eu faça? — perguntou Kaye. — Para que me trouxe aqui?

— Para mostrar que não sou nenhum monstro. É evidente que Roiben me despreza. Eu o enviei à Corte Unseelie. Mas ele pode voltar agora. É muito dócil para liderá-los. Una-se a nós. Una-se à Corte Seelie. Ajude-me a mostrar a Roiben. Quando superar a raiva, ele vai ver que o melhor seria se cedesse a mim o controle de sua corte.

— Não posso... — Kaye odiou se sentir tentada.

— Acho que pode, sim. Convença-o, é tudo. Ele confia em você, lhe revelou o próprio *nome*. — A expressão de Silarial não se alterou, mas algo em seus olhos, sim.

— Não vou usar isso.

— Nem mesmo pelo bem do próprio Roiben? Nem mesmo pela paz entre nossas cortes?

— Você quer obrigá-lo a se render. Não é a mesma coisa que paz.

— Quero convencê-lo a desistir do terrível fardo da Corte Noturna — disse Silarial. — Kaye, não sou tão vaidosa a ponto de não compreender que você tenha me ludibriado antes, nem tão tola a ponto de não compreender seu desejo de preservar a própria vida. Não continuemos mais em desacordo.

Kaye cravou as unhas na palma, com força.

— Não sei — conseguiu dizer. A ideia de que a guerra poderia ter um fim e que tudo poderia ser tão facilmente resolvido era sedutora.

— Pense no assunto. Caso ele não seja mais o Senhor da Corte Noturna, sua promessa seria vazia. Nunca precisaria completar a missão impossível. Declarações só são válidas para lordes e ladies.

Kaye queria dizer que aquilo não importava, mas importava, sim. Ela encolheu os ombros.

— Se estiver disposta a me ajudar, posso providenciar que o veja e até mesmo fale com ele, apesar da declaração. Ele está a caminho daqui neste instante. — Silarial se levantou. O farfalhar suave do vestido era o único som sob o dossel de galhos enquanto se aproximava de onde Kaye estava. — Há outros modos de persuadi-la, mas eu não gostaria de ser cruel.

Kaye inspirou depressa. Ele estava vivo. Agora, tudo o que precisava fazer era o que veio fazer.

— Quero a Kaye humana. A filha de Ellen, a verdadeira eu. Devolva-a. Se fizer isso, vou pensar sobre o que disse. Vou levar em consideração.

Afinal, não era como se Kaye estivesse concordando com nada. Não de verdade.

— Combinado — disse Silarial, esticando a mão para acariciar o rosto de Kaye. Os dedos dela estavam gelados. — Afinal, você é uma súdita. Só precisa pedir. E, óbvio, desfrutará da hospitalidade da Corte Luminosa enquanto reflete sobre a questão.

— Óbvio — ecoou Kaye, fracamente.

Bosques, tal catedrais feris os meus temores;
Urrais como o órgão; nosso coração maldito,
Câmara de luto onde vibram estertores,
Ecoa o De profundis *vosso como um rito.*

— Charles Baudelaire, *Obsessão*

— Você é um tolo — disse Ellebere. Ele parecia deslocado na cidade, embora tivesse conjurado para si mesmo um terno preto com risca de giz vermelha e uma gravata de seda da cor de sangue seco.

— Porque é uma armadilha? — perguntou Roiben. A brisa do rio fustigava o longo casaco de lã. O fedor de ferro queimava seu nariz e sua garganta.

— Tem de ser. — Ellebere se virou e começou a caminhar de costas, para encarar Roiben. Ele gesticulava com furor, ignorando as pessoas que precisavam desviar do caminho. — Até a oferta de paz parece suspeita, mas se ela concorda com sua exigência absurda, então deve ter um meio certo de te matar.

— Sim — concordou Roiben, segurando-lhe o braço. — E você está prestes a atravessar uma rua.

Ellebere parou, afastando dos olhos mechas do cabelo cor de borgonha. Ele suspirou.

— O cavaleiro de Silarial é capaz de derrotá-lo?

— Talathain? — Roiben refletiu por um instante. Era difícil imaginar Talathain… com quem tinha lutado em campos de trevos, que havia amado Ethine por anos antes de ter reunido coragem para lhe trazer um singelo buquê de violetas… era difícil pensar nele como alguém formidável. Mas aquelas lembranças pareciam antiquadas e estranhas, como se pertencessem a outra pessoa. Talvez *esse* Talathain fosse outra pessoa também. — Acho que posso vencê-lo.

— Talvez a Rainha Luminosa tenha uma arma letal, então? Ou uma armadura que não possa ser trespassada? Um modo de usar artilharia de ferro?

— Pode ser. Não paro de ruminar o assunto, mas também não encontro respostas. — Roiben olhou para a mão e viu todas as gargantas que cortara a serviço de Nicnevin. Todos os olhos suplicantes e as bocas trêmulas. Toda a misericórdia que não podia oferecer, muito menos a si mesmo. Ele soltou Ellebere. — Só espero que eu seja melhor assassino do que a Rainha Luminosa imagina.

— Pelo menos me diga que existe um plano.

— Existe um plano — disse Roiben, com uma careta. — Embora, sem conhecer as intenções de Silarial, não sei exatamente qual a serventia.

— Não devia ter vindo em pessoa ao Reino de Ferro. Aqui, você é vulnerável — argumentou Ellebere, fuzilando seu senhor com o olhar. Eles atravessaram a rua ao lado de uma mortal magérrima, empurrando um carrinho de bebê vazio, e de uma outra mulher mortal que digitava furiosamente no celular. — Dulcamara podia ter me acompanhado. Você podia ter nos explicado o que fazer e nos enviar em missão. É assim que se comporta um Rei Unseelie apropriado.

Roiben saiu da calçada, passando por baixo de uma cerca de arame que queimou seus dedos e agarrou o tecido do casaco. Ellebere escalou a grade, aterrissando com um floreio.

— Não tenho certeza se é *apropriado* um cavaleiro dizer a um rei como se comportar — rebateu Roiben. — Mas, vamos, me satisfaça um pouco mais. Como bem salientou, sou um tolo e estou prestes a fazer uma série de barganhas muito idiotas.

O prédio atrás da cerca se parecia com vários outros prédios cobertos por tapumes da vizinhança, mas aquele em específico tinha um jardim na cobertura, além de longos filetes de plantas queimadas pelo frio pendurados nas laterais de tijolo. No segundo andar não havia restado nenhuma janela. Sombras tremeluziam nas paredes internas.

Roiben hesitou.

— Gostaria de dizer que meu tempo na Corte Unseelie alterou minha natureza. Por um bom tempo, foi um consolo pensar dessa forma. Sempre que via minha irmã, me lembrava de que um dia tinha sido como ela, antes de ser *corrompido.*

— Meu senhor… — Ellebere empalideceu.

— Não tenho mais tanta certeza se isso é verdade. Eu me pergunto se, ao invés disso, descobri minha verdadeira natureza, antes escondida até mesmo de mim.

— Então qual é a sua natureza?

— Vamos descobrir. — Roiben atravessou os degraus frontais de superfície rachada e bateu na madeira que cobria a porta.

— Vai pelo menos me dizer o que estamos fazendo aqui? — perguntou Ellebere. — Visitando exilados?

Roiben levou um dedo aos lábios. Uma das tábuas de uma janela próxima se abriu. Um ogro apareceu, emoldurado pela abertura, os chifres curvados para trás como os de um carneiro, a comprida barba castanha esverdeada nas pontas.

— Ora, se não é Sua Sombria Majestade — disse ele. — Imagino que tenha ouvido sobre meu estoque de changelings. Os melhores que vai encontrar. Não foram entalhados de galhos ou gravetos, mas fabricados com esmero a partir de manequins; alguns com olhos de vidro genuíno. Até mesmo mortais com um pouco da Visão não são capazes de ver através de meu trabalho. A Rainha Luminosa mesmo usa meus serviços… mas aposto que já sabia disso. Entre pelos fundos. Estou ansioso para fazer algo para você.

Roiben balançou a cabeça.

— Estou aqui para fazer algo para *você*. Uma oferta. Me diga, há quanto tempo está no exílio?

Kaye descansava ao lado de Corny e Luis em um ninho de hera, a terra macia e a brisa suave a ninando. Flores de desabrochar noturno perfumavam o ar, salpicando a escuridão com constelações de pétalas brancas.

— É estranho. — Kaye se reclinou na grama. — Está escuro agora, mas era noite quando chegamos aqui, e estava iluminado. Pensei que seria dia eternamente ou algo assim.

— Isso é esquisito — concordou Corny.

Luis rasgou a embalagem de sua segunda barra de proteína e, fazendo uma careta, deu uma mordida.

— Não sei por que ela está me obrigando a ficar. Isso é besteira. Fiz tudo o que ela pediu. Dave é... — Ele parou.

— Dave é o quê? — perguntou Corny.

Luis olhou para a embalagem em suas mãos.

— Propenso a se meter em confusão quando não estou por perto para impedi-lo.

Kaye observava a chuva de pétalas. Àquela altura, a changeling humana com certeza já havia sido devolvida a Ellen, tomando o lugar de Kaye no mundo que a pixie conhecia. Com uma missão cumprida e outra impossível, ela não fazia ideia do que aconteceria a seguir. Duvidava muito que a rainha simplesmente a deixasse partir. Manter Luis na corte era ao mesmo tempo animador e desanimador: animador porque talvez Silarial o deixasse guiá-los de volta em algum-futuro-não-muito-distante, mas desanimador porque a Corte Seelie parecia uma teia, e se debater apenas a deixaria mais enredada.

Não que ela tivesse outro lugar para ir.

Duendes silenciosos trouxeram uma bandeja de bolotas ocas cheias de um líquido cristalino como água, e as colocou ao lado de pratos com pequenos bolos. Kaye já havia comido três. Erguendo um quarto, ela o ofereceu a Corny.

— Não — disse Luis quando Corny esticou a mão.

— O quê? — perguntou Corny.

— Não coma ou beba nada que venha deles. Não é seguro.

Música soou em algum lugar ao longe, e Kaye ouviu uma voz aguda começar a cantar a fábula de um rouxinol que era, na verdade, uma princesa, e de uma princesa que era, na verdade, um baralho de cartas.

Corny pegou o bolo.

Ela queria tocar o braço dele em um gesto de advertência, mas havia algo frágil em sua postura que a fez se conter. Os olhos do amigo faiscavam com fogo reprimido.

Ele riu e jogou o doce na boca.

— Não existe esse lance de segurança. Não para mim. Não tenho Visão. Não posso resistir a encantamentos e, no momento, não vejo por que deveria me preocupar em tentar.

— Porque não tentar é estupidez — argumentou Luis.

Corny lambeu os dedos.

— A estupidez tem um gosto ótimo.

Uma fada se aproximou, os pés descalços silenciosos sobre a terra macia.

— Para vocês — disse ela, e colocou três trouxas de roupa na grama.

Kaye esticou o braço para tocar uma delas. O tecido verde-aipo parecia seda sob seus dedos.

— Deixe-me adivinhar — disse Corny para Luis. — Também não devemos vestir nada que venha deles. Talvez você deva andar pelado por aí.

Luis franziu o cenho, mas Kaye podia ver que o rapaz estava constrangido.

— Para de ser babaca — disse ela, jogando para Corny sua pilha de roupas. Corny sorriu como se ela tivesse lhe elogiado.

Escondida atrás de uma moita, ela tirou a camiseta e deslizou o vestido pela cabeça. Estava usando as mesmas calças camufladas e camiseta desde que havia saído de Jersey, e mal podia esperar para se livrar delas. Quando ela colocou o vestido pela cabeça, o tecido das fadas parecia tão leve... leve como seda de aranha, e a fez lembrar do único outro vestido de fada que havia usado: aquele com o qual quase fora sacrificada, aquele que tinha se desmanchado na pia quando ela tentara lavar o sangue. Suas lembranças do Tithe rejeitado ainda eram um borrão arrepiante de deslumbramento e horror. Lembrava-se do hálito de Roiben fazendo cócegas em seu pescoço enquanto sussurrava: *O que lhe pertence, mas os outros usam mais do que você?*

Seu nome. O nome que ela havia o ludibriado a confessar, sem saber seu valor. O nome que tinha usado para comandá-lo e que ainda poderia usar. Não era de admirar que a corte de Roiben não gostasse dela; Kaye podia obrigar o rei a fazer sua vontade.

— Estou ridículo, não estou? — perguntou Corny, saindo de trás dos arbustos e sobressaltando Kaye. Ele vestia uma túnica de brocado preta e escarlate sobre calças pretas, e os pés estavam descalços. Parecia lindo e nada ridículo. Ele franziu o cenho. — Mas minhas roupas estão ensopadas. Pelo menos estas estão secas.

— Você parece um aristocrata decadente. — Kaye deu meia-volta, deixando a saia leve rodopiar ao seu redor. — Gosto do meu vestido.

— Legal. Todo esse verde destaca mesmo o rosa da membrana dos seus olhos.

— Cale a boca. — Pegando um graveto do chão, ela fez um coque e prendeu o cabelo, como fazia com os lápis na escola. — Onde está Luis?

Corny apontou com o queixo. Ao se virar, Kaye viu Luis encostado em uma árvore, mastigando o que devia ser a última barra de proteína. Ele a fuzilou com o olhar enquanto enfiava as mãos nos bolsos de uma comprida jaqueta marrom, fechada com três fivelas na altura da cintura. O casaco roxo molhado de Kaye estava pendurado em um galho.

— Imagino que devemos ir à festa assim — gritou Kaye.

Luis se aproximou.

— Eles chamam de festejo.

Corny revirou os olhos.

— Vamos.

Kaye seguiu na direção da música, deixando os dedos correrem pelas pesadas folhas verdes. Ela pegou uma enorme flor branca debaixo de um dos galhos e arrancou uma pétala atrás da outra.

— Bem-me-quer — disse Corny. — Malmequer.

Kaye fez cara feia e parou.

— Não é o que estou fazendo.

Silhuetas se moviam através das árvores, como fantasmas. Os risos e a música pareciam sempre um pouco mais distantes até que, de repente, ela se viu em meio a uma multidão de fadas. Grupos de membros do Povo dançavam em círculos largos e caóticos, jogavam dados ou simplesmente riam como se a brisa tivesse contado uma piada em seus ouvidos apenas. Uma fada estava inclinada na lateral de um lago, travando uma conversa intensa com o próprio reflexo, enquanto outra acariciava o tronco de uma árvore como se fosse a pelagem de um animal de estimação.

Kaye abriu a boca para dizer algo a Corny, mas parou quando seu olhar foi atraído por um cabelo branco e olhos como colheres de prata. Alguém serpenteava pela multidão, com manto e capuz, mas que não cobria o suficiente.

Kaye conhecia apenas uma pessoa com olhos como aqueles.

— Já volto — disse ela, já ziguezagueando entre uma menina com expressão desanimada usando um vestido feito de grama do rio e um duende equilibrado em grosseiras pernas de pau repletas de musgo.

— Roiben? — murmurou, tocando o ombro dele. Ela podia sentir o coração acelerado e odiou a sensação, odiava o modo como se sentia naquele momento, tão absurdamente grata que gostaria de dar em si mesma um tapa. — Seu desgraçado. Podia ter me dado a missão de lhe trazer uma maçã da mesa de banquete. Podia ter me dado como missão trançar seu cabelo.

A figura abaixou o capuz, e Kaye se lembrou de outra pessoa com os olhos como os de Roiben. A irmã dele, Ethine.

— Kaye — disse Ethine. — Eu tinha esperança de encontrá-la.

Mortificada, Kaye tentou se afastar. Não podia acreditar que acabara de deixar escapar coisas que, pensando bem, não tinha certeza se queria que Roiben escutasse.

— Tenho apenas um instante — avisou Ethine. — Preciso transmitir uma mensagem à rainha. Mas há algo que eu gostaria de saber. Sobre meu irmão.

Kaye deu de ombros.

— Não estamos exatamente nos falando.

— Ele jamais foi cruel quando éramos crianças. Agora é brutal e frio e terrível. Ele vai declarar guerra contra nós, a quem um dia amou...

Pensar em Roiben como um menino assustou Kaye.

— Vocês cresceram no Reino das Fadas?

— Não tenho tempo para...

— Arrume tempo. Quero saber.

Ethine encarou Kaye por um longo segundo, então suspirou.

— Roiben e eu fomos criados no Reino das Fadas por uma parteira humana. Ela havia sido afastada dos próprios filhos e nos chamava pelo nome deles. Mary e Robert. Eu detestava. Fora isso, ela era muito gentil.

— E quanto aos seus pais? Você os conhece? Os ama?

— Responda minha pergunta, se não se importa — insistiu Ethine. — Minha senhora quer que Roiben enfrente nosso campeão em duelo em vez de liderar a Corte Unseelie em batalha. Isso impediria uma guerra que a Corte Unseelie está muito enfraquecida para conseguir vencer, mas significaria a morte de meu irmão.

— Sua senhora é uma vaca — disse Kaye sem pensar.

Ethine retorceu as mãos, os dedos deslizando uns sobre os outros.

— Não. Ela o aceitaria de volta. Sei que o faria, se ele apenas lhe pedisse. Por que ele não pede a ela?

— Não sei — respondeu Kaye.

— Você deve ter alguma teoria. Ele sente certa afeição por você.

Kaye começou a protestar, mas Ethine a cortou.

— Ouvi o modo como falou comigo quando achou que eu fosse Roiben. Você se dirige a ele como faria com um amigo.

Não era como Kaye teria definido a situação.

— Olhe, eu fiz o lance da declaração. Em que você recebe uma missão. Ele praticamente me mandou cair fora. Independentemente do que você pense que sei sobre ele ou que possa te contar sobre ele, simplesmente não acredito ser possível.

— Eu vi você, embora não pudesse ouvir as palavras. Eu estava na colina naquela noite. — Ethine sorriu, mas franziu o cenho de leve, como se tentasse decifrar a sintaxe humana de Kaye. — Ainda assim, era de se supor que a missão não seria uma maçã da mesa de banquete ou uma trança no cabelo.

Kaye enrubesceu.

— Se pensou que o Rei da Corte Unseelie lhe daria uma missão tão simples, deve imaginar que ele está apaixonado.

— Por que não estaria? Ele disse que eu... — Kaye se interrompeu, se dando conta de que não deveria repetir aquelas palavras. *Você é a única coisa que desejo.* Não era seguro contar aquilo a Ethine, não importava o que havia acontecido.

— Uma declaração é algo muito sério.

— Mas... achei que fosse, tipo, contar a todo mundo que estávamos juntos.

— É bem mais imutável do que isso. Sempre há apenas um único consorte, e frequentemente não há nenhum. A declaração a une tanto a ele quanto à corte. Meu irmão se declarou antes, sabia?

— A Silarial — disse Kaye, embora não soubesse, não de verdade, não antes daquele exato instante. Ela se lembrou de Silarial parada no meio de um pomar humano, dizendo a Roiben que ele havia provado seu amor de modo satisfatório. De como Silarial havia se enfurecido quando ele lhe deu as costas. — Ele cumpriu a missão, não?

— Sim — respondeu Ethine. — Ele deveria ficar na Corte Unseelie, como cavaleiro jurado de Nicnevin, até o fim da trégua. A morte de Nicnevin pôs fim ao acordo. Ele poderia ser o consorte da Senhora Luminosa agora, se voltasse para nós. Uma declaração é um pacto, e ele cumpriu sua parte da barganha.

Kaye olhou ao redor, para os foliões, e se sentiu pequena e estúpida.

— Acha que eles devem ficar juntos, não acha? Você se pergunta o que ele viu em mim... uma pixie sórdida e mal-educada.

— Você é esperta. — A fada não sustentava o olhar de Kaye. — Imagino que foi o que ele viu.

Kaye baixou os olhos para as botas arranhadas. *Não tão esperta, afinal.*

Ethine parecia pensativa.

— Em meu coração, acredito que ele ama Silarial. Ele a culpa por sua dor, mas minha senhora... não foi a intenção dela que ele sofresse tanto...

— Ele não acredita nisso. Na melhor das hipóteses, ele acha que ela não se importava. E acho que ele queria desesperadamente que ela se importasse.

— Em que missão ele a enviou?

Kaye franziu o cenho e tentou manter a voz firme.

— Ele me pediu que lhe trouxesse uma fada capaz de dizer uma inverdade. — Doía repetir aquilo, as palavras eram como um castigo por ter pensado que ele gostava dela o suficiente para colocar o sentimento acima das aparências.

— Uma missão impossível — disse Ethine, ainda reflexiva.

— Como pode ver — começou Kaye —, provavelmente não sou a melhor pessoa para responder as suas perguntas. Eu também quis desesperadamente que ele se importasse. Não foi o caso.

— Se ele não se importa com você, com ela ou comigo — argumentou Ethine —, então não consigo pensar em mais ninguém com quem ele possa se importar, exceto ele mesmo.

Um cavaleiro loiro marchou até elas, a armadura verde fazendo o corpo quase desaparecer entre as folhas.

— Preciso mesmo ir — disse Ethine, dando meia-volta.

— Ele não se importa consigo mesmo — disse Kaye às costas dela. — Não acho que tenha se importado consigo mesmo há um bom tempo.

Corny caminhava pelo bosque, tentando ignorar como o coração martelava no peito. Tentava não fazer contato visual com nenhuma fada, mas se sentia atraído pelos rostos felinos, os longos narizes e olhos brilhantes. Luis estava com uma careta permanentemente estampada no rosto, independentemente do que viam. Até mesmo um rio cheio de nixies, com jatos de água perolando na pele nua, não o impressionou, enquanto Corny fazia de tudo para desviar o olhar.

— O que você vê? — perguntou Corny finalmente, quando o silêncio entre ambos se estendeu por tanto tempo que ele havia desistido de esperar que Luis falasse primeiro. — São mesmo bonitos? É tudo ilusão?

— Não são exatamente bonitos, são deslumbrantes. — Luis bufou. — Um porre, se você pensar bem. Eles têm a eternidade, e o que fazem? Passam o tempo todo comendo, transando e planejando maneiras elaboradas de matar um ao outro.

Corny deu de ombros.

— Com certeza é o que eu também faria. Consigo me ver comendo Cheetos sem parar, baixando pornografia e jogando *Avenging Souls* direto por semanas, se fosse imortal.

Luis encarou Corny por um longo instante.

— Besteira — disse ele.

Corny bufou.

— Sinal que você não sabe de nada.

— Lembra aquele bolo que você comeu mais cedo? — perguntou Luis. — Tudo o que vi foi um cogumelo velho.

Por um segundo, Corny pensou que fosse brincadeira.

— Mas Kaye comeu um.

— Ela comeu, tipo, *três* — disse Luis com tamanha alegria que Corny começou a rir, e logo os dois estavam rindo juntos, bobos e descontraídos, como se fossem virar amigos.

Corny parou de rir quando percebeu que queria que fossem amigos.

— Por que odeia o Povo das Fadas?

Luis se virou de modo que o olho turvo estava voltado para Corny, o que dificultava interpretar sua expressão.

— Tenho a Visão desde criança. Meu pai tinha e acho que herdei. Isso o deixava irracional; ou talvez fossem *eles*. — Luis balançou a cabeça, abatido, como se já estivesse cansado daquela história. — Quando eles descobrem que é capaz de vê-los, eles fodem com você de outras maneiras. Enfim, meu pai cismou que ninguém estava seguro. Ele atirou na minha mãe e no meu irmão; acho que estava tentando protegê-los. Se eu estivesse em casa, ele também teria me acertado. Meu irmão sobreviveu por pouco, e eu fiquei em dívida com uma fada para ajudá-lo a se recuperar. Consegue imaginar como o mundo seria sem seres encantados? Eu consigo. Seria um mundo normal.

— Devo avisar a você... um deles, um kelpie, matou minha irmã — confessou Corny. — Ele a afogou no oceano há uns dois meses. E Nephamael, ele fez coisas comigo, mas eu ainda queria... — As palavras morreram quando ele se deu conta de que talvez não fosse apropriado falar *daquele jeito* de um cara na frente de Luis.

— O que você queria?

Na clareira adiante, Corny avistou um grupo de fadas jogando o que pareciam ser dados em uma tigela grande. Eram adoráveis ou repugnantes ou as duas coisas ao mesmo tempo. Uma cabeça de cabelo dourado parecia desconfortavelmente familiar. Adair.

— Precisamos ir — sussurrou para Luis. — Antes que ele nos veja.

Luis deu uma rápida olhada por cima do ombro enquanto se afastavam cada vez mais depressa.

— Qual deles? O que ele fez?

— Ele me amaldiçoou. — Corny assentiu conforme se esgueiravam sob os ramos de um salgueiro-chorão. Nenhum dos dois mencionou que Silarial tinha prometido que mal nenhum lhes aconteceria. Corny imaginou que Luis estivesse tão cético quanto ele sobre os parâmetros daquela promessa.

Um emaranhado de fadas repousava perto do tronco de uma árvore: um púca de pelagem preta recostado em duas pixies de pele verde e asas marrons; um menino elfo esparramado ao lado de um homem fada de aparência sonolenta. Corny parou de repente, surpreso. Um deles recitava o que parecia ser um poema épico sobre vermes.

— Desculpe — disse Corny, dando meia-volta. — Não queríamos incomodar ninguém.

— Besteira — disse uma pixie. — Venham, sentem-se aqui. Vocês vão nos presentear com uma história também.

— Na verdade, eu não... — começou ele, mas uma fada com pés de bode o puxou para baixo, aos risos. A terra preta parecia macia e úmida sob suas mãos e joelhos. O ar, carregado com o perfume denso de solo e folha.

— O draco se ergueu com asas coriáceas — entoou uma fada. — Seu hálito incendiou toda a urze.

Talvez o poema fosse sobre *dragões-serpente.*

— Os mortais têm formas tão interessantes — disse o menino elfo, passando os dedos pelas orelhas macias de Corny.

— Neil — disse Luis.

O púca estendeu a mão para tocar a bochecha arredondada de Corny, como se estivesse fascinado. Um menino fada lambeu o interior do braço de Corny, que estremeceu. Ele era um fantoche. As criaturas puxavam as cordas e ele dançava.

— Neil — chamou Luis novamente, a voz remota e irrelevante. — Acorde do transe.

Corny se rendeu às carícias, esfregando a cabeça na palma da mão do púca. A pele parecia quente e supersensível. Ele deu um gemido.

Dedos longos puxaram suas luvas.

— Não faça isso — avisou Corny, mas queria que fizessem. Queria que acariciassem cada centímetro de seu corpo, mas se odiava por querer aquilo. Pensou na irmã, seguindo um kelpie ensopado para fora do píer, mas mesmo aquilo não arrefeceu seu desejo.

— Ora, ora — disse uma fada alta, com o cabelo tão azul quanto as penas de um pássaro.

Corny piscou.

— Vou machucar você — disse Corny, lânguido, e as fadas ao redor caíram na gargalhada. O riso não parecia particularmente cruel ou zombeteiro, mas magoava mesmo assim. Era a alegria de assistir a um gato ameaçar a própria cauda ou um lobo.

Eles tiraram suas luvas. Pó de borracha deteriorada se desprendia da ponta de seus dedos.

— Machuco tudo o que toco — disse Corny, estupidamente.

Ele sentiu mãos nos quadris, na boca. O solo estava fresco contra suas costas, um alívio quando o restante do corpo fervilhava de calor. Sem querer, ele esticou o braço na direção de uma das fadas, sentindo o cabelo fluir por suas mãos como seda, sentindo o calor alarmante de músculos.

Os olhos se abriram com a repentina noção dos próprios atos. Ele viu, como se estivesse a uma grande distância, os minúsculos buracos nas roupas onde seus dedos tocavam, os hematomas cor de amora florescendo em pescoços, as manchas senis se espalhando como poeira na pele milenar. Eles nem mesmo pareciam notar.

Um sorriso preguiçoso se abriu em seus lábios. Ele podia machucá-los mesmo que não pudesse resistir.

Ele deixou as pixies o acariciarem, arqueando o corpo e mordendo o pescoço exposto do menino elfo, inalando o estranho aroma mineral-e--terra, permitindo que a luxúria o dominasse.

— Neil! — gritou Luis, erguendo Corny pelas costas da camisa.

Corny tropeçou, esticando o braço para se equilibrar, e Luis se afastou antes que a mão do rapaz pudesse tocá-lo. Ele agarrou a blusa de Luis em vez disso, e o tecido esgarçou. Então Corny tropeçou e caiu.

— Saia do transe — ordenou Luis. Ele respirava depressa, talvez com medo. — Levante.

Corny ficou de joelhos. O desejo tornava a fala difícil. Até mesmo o movimento dos próprios lábios lhe causava prazer de um modo perturbador.

Uma fada pousou os dedos compridos na panturrilha de Corny. O toque parecia uma carícia, e ele se entregou à sensação.

Lábios quentes estavam próximos dos seus.

— Acorde, Neil. — Luis falou suavemente contra a boca de Corny, como se o desafiasse a obedecer. — Hora de acordar.

Luis o beijou. Luis, que podia fazer tudo o que ele não era capaz, que era inteligente e sarcástico e provavelmente o último cara no mundo a querer um nerd esquisito como Corny. Era inebriante abrir a boca sob a dele. Suas línguas deslizaram juntas por um segundo devastador, e, em seguida, Luis se afastou.

— Me dê suas mãos — pediu ele, e Corny obedientemente mostrou os pulsos. Luis os amarrou com um cadarço.

— O que você... — Corny tentou entender o que estava acontecendo, mas ainda não se sentia recuperado.

— Entrelace seus dedos — disse Luis em sua voz calma e competente, e pressionou a boca na do outro mais uma vez.

Ok. Luis estava tentando salvá-lo. Como salvou o homem com a boca cheia de centavos ou Lala com as vinhas serpenteantes. Ele conhecia curas e poções e o valor medicinal dos beijos. Ele sabia como distrair Corny tempo o suficiente para amarrar suas mãos, como usar a si mesmo como isca para atrair o jovem para longe do perigo. Ele enxergou através do desejo cuidadosamente escondido de Corny e — pior que usá-lo contra ele — o havia usado para resgatá-lo. Excitação se transformou em ácido no estômago de Corny.

Ele tropeçou para trás e cambaleou na direção da cortina de galhos. Os ramos arranharam seu rosto quando os atravessou.

Luis o seguiu.

— Desculpe! — gritou atrás de Corny. — Eu... Eu não... Eu pensei...

— Eu? Eu não? Eu pensei? — Corny gritou de volta. O rosto ficou subitamente quente. Depois, sentiu o estômago embrulhar. Ele mal teve tempo de se virar antes de vomitar pedaços de cogumelos mofados.

Previsivelmente, Luis estava certo sobre os bolos.

Os olhos amarelos de uma coruja refletiram o luar, sobressaltando Kaye. Ela havia desistido de chamar o nome de Corny e agora tentava apenas encontrar o caminho de volta ao festejo. Cada vez que se virava na direção da música, a melodia parecia vir de outro lugar.

— Perdida? — perguntou uma voz, e ela deu um pulo. Era um homem com cabelo verde-dourado e asas brancas de mariposa que se dobravam sobre suas costas nuas.

— Meio que sim — admitiu Kaye. — Suponho que não possa me mostrar o caminho.

Ele assentiu e apontou um dedo para a esquerda e o outro para a direita.

— *Hilário.* — Kaye cruzou os braços.

— Os dois caminhos eventualmente a levarão aos festejos. Só que um é um pouco mais longo. — Ele sorriu. — Me diga seu nome e eu lhe digo qual é o melhor caminho.

— Ok — disse ela. — Kaye.

— Esse não é seu verdadeiro nome. — Seu sorriso era provocante. — Aposto que nem mesmo sabe qual é.

— Provavelmente é mais seguro assim. — Ela olhou para o bosque repleto de árvores densas. Nada parecia familiar.

— Mas alguém deve conhecê-lo, não deve? Alguém que a nomeou?

— Talvez ninguém tenha me dado um nome. Talvez eu deva nomear a mim mesma.

— Dizem que coisas sem nome mudam constantemente... que os nomes as prendem a um lugar, como alfinetes. Mas, sem um nome, uma coisa tampouco é real. Talvez você não seja real.

— Eu sou real — assegurou Kaye.

— Mas você sabe de um nome que não é o seu, certo? Um nome verdadeiro, um alfinete de prata que pode prender um rei no lugar.

Seu tom era leve, mas os músculos dos ombros de Kaye se tensionaram.

— Eu disse a Silarial que não o usaria. E não vou.

— Mesmo? — Ele inclinou a cabeça para o lado, parecendo bizarramente um pássaro. — E você não o trocaria por outra vida? Uma mãe mortal? Um amigo imprudente?

— Está me ameaçando? Silarial está me ameaçando? — Ela recuou para longe da criatura.

— Ainda não — respondeu ele, com uma risada.

— Vou encontrar o caminho de volta — murmurou ela, e partiu, recusando-se a ficar perdida.

As árvores estavam carregadas de pesadas folhas veranis, e a terra, quente e perfumada, mas a floresta estava silenciosa como um túmulo. Até mesmo o vento parecia morto. Kaye caminhava cada vez mais rápido, até se deparar com um riacho salpicado de pedras. Uma figura atarracada estava inclinada junto à água, o cabelo de galhos e silvas a fazendo parecer um arbusto seco.

— Você! — ofegou Kaye. — O que está fazendo aqui?

— Tenho certeza de que você tem perguntas melhores do que essa. — disse a Bruxa do Cardo, com os olhos pretos brilhantes.

— Não quero mais saber de charadas — avisou Kaye, com a voz entrecortada. Ela se sentou na margem úmida, nada preocupada com a água que molhava seu vestido. — Ou cascas de ovos ou missões.

A Bruxa do Cardo estendeu um braço esguio para dar um tapinha em Kaye com dedos que pareciam tão ásperos quanto madeira.

— Pobre pequena pixie. Venha, repouse sua cabeça em meu ombro.

— Eu nem sequer sei de que lado você está — gemeu Kaye, mas se aproximou e se recostou contra o corpo familiar da fada. — Não tenho certeza de quantos lados existem. Quero dizer, isso é como um pedaço de papel com dois lados, ou como um daqueles dados esquisitos de Corny, que têm vinte lados? E se existem mesmo vinte lados, então *alguém* está do meu?

— Garota esperta — disse a Bruxa do Cardo, com aprovação.

— Fala sério, não faz sentido. Não há *nada* que você possa me dizer? Sobre qualquer coisa?

— Você já sabe do que precisa e precisa do que sabe.

— Mas isso é uma charada! — protestou Kaye.

— Às vezes a charada é a resposta — retrucou a Bruxa do Cardo, dando ao mesmo tempo um tapinha no ombro de Kaye.

Bela como a lua e alegre como a luz;
Não se abateu com a espera, sem a frágil melancolia;
Não como ela é, mas quando a esperança a ilumina radiante;
Não como ela é, mas como ela realiza seus sonhos.

— Christina Rossetti, *In an Artist's Studio*

Na escuridão da madrugada, Corny despertou com sinos distantes e o trovejante tropel de cascos. Ele se virou, desorientado, dolorido e dominado por um pânico repentino. De algum modo, ele havia conseguido a jaqueta de couro de volta, mas os punhos das mangas pareciam esfarrapados. Os pulsos doíam e quando, inadvertidamente, forçou o cadarço que os atava, o gesto os fez doer ainda mais. Ele estava com um gosto azedo na boca.

O terror e o desconforto logo foram explicados pelo fato de ainda estar na Corte Seelie. Mas quando viu Luis enrolado no casaco roxo de Kaye, utilizando a saliência de um abrunheiro próximo como travesseiro, ele se lembrou de tudo. Se lembrou do idiota que fora.

E da agonizante suavidade dos lábios de Luis.

E do modo como Luis havia afastado o cabelo de Corny do rosto enquanto ele vomitava na grama.

E do modo como Luis estava apenas sendo gentil.

A vergonha esquentou seu rosto e queimou seus olhos. A garganta se fechou com a ideia de realmente ter que tocar no assunto. Desajeitado, ele ficou de joelhos e se levantou, o distanciamento físico a única coisa capaz de acalmá-lo. Talvez Kaye estivesse na direção do barulho. Se ele pudesse encontrá-la, Luis talvez não falasse nada. Ele poderia agir como se nada tivesse acontecido. Corny abriu caminho por entre as árvores, até avistar a procissão.

Cavalos com cascos prateados passaram em disparada, com as crinas esvoaçantes e os olhos brilhantes, o rosto das fadas montadas em suas costas envolto por elmos. O primeiro cavaleiro estava trajado em uma armadura vermelho-escura que parecia descamar como tinta velha, o seguinte, com um branco coriáceo como o ovo de uma serpente. Então um corcel preto galopou na direção de Corny e empinou, as patas dianteiras agitando-se no ar. A armadura daquele cavaleiro era preta e brilhante como as asas de um corvo.

Corny recuou. A casca áspera de um tronco arranhou suas costas.

O cavaleiro trajado de preto desembainhou uma lâmina curva que brilhava como água sinuosa.

Corny tropeçou, o terror deixava-o estúpido. O cavalo trotou para mais perto, o hálito quente da besta em seu rosto. Ele levantou as mãos amarradas como se fosse um escudo.

A espada cortou o cadarço em seus pulsos. Corny gritou, caindo na terra.

O cavaleiro embainhou a espada e tirou o elmo estriado.

— Cornelius Stone — disse Roiben.

Corny soltou uma risada histérica de alívio.

— Roiben! O que está fazendo aqui?

— Vim barganhar com Silarial — respondeu. — Encontrei Tristeseiva do outro lado do lago. Quem amarrou suas mãos? Onde está Kaye?

— As amarras, humm, eram para o meu próprio bem — explicou Corny, erguendo os pulsos.

Roiben franziu o cenho, se inclinando na sela.

— Conceda-me o prazer dessa história.

Levantando a mão, Corny tocou uma folha verde com os dedos. O broto murchou e ficou cinza.

— Uma maldição bem escrota, hein? Me amarrar com um cadarço deveria me impedir de tocar alguém por acidente. Pelo menos acho que era essa a intenção... não me lembro de tudo que aconteceu na noite passada.

Roiben balançou a cabeça, sem sorrir.

— Deixe este lugar. O mais rápido possível. Tristeseiva vai escoltá-lo em segurança para fora das terras da Corte Luminosa. Nada é o que parece no momento, pelo visto, nem mesmo você. Kaye... ela precisa... — Ele hesitou. — Diga-me que ela está bem.

Corny queria dizer a Roiben que ele podia enfiar aquela conversa-fiada de falsa preocupação no rabo, mas ele ainda estava um pouco abalado pelo golpe de espada tão recentemente desferido em sua cabeça.

— Por que se importa? — perguntou, em vez disso.

— Eu me importo. — Roiben fechou os olhos, como se estivesse se forçando a se acalmar. — Independentemente do que pensa a meu respeito, tire-a daqui. — Ele se empertigou na sela e agitou as rédeas. O cavalo recuou.

— Espere — pediu Corny. — Há algo que quero perguntar a você há um tempo: como é ser rei? Qual a sensação de finalmente ser tão poderoso a ponto de ninguém poder controlá-lo? — Era um tipo de provocação, sim, mas Corny realmente queria a resposta.

Roiben soltou uma risada falsa.

— Certamente eu não saberia dizer.

— Ótimo. Não me conte.

Roiben inclinou a cabeça. Corny ficou desconcertado quando de repente conseguiu a atenção total do lorde das fadas. Quando ele falou, a voz soou séria:

— Quanto mais poderoso se torna, mais os outros vão encontrar meios de dominá-lo. Vão fazer isso através daqueles que ama e através daqueles que odeia; vão encontrar o freio e o cabresto que se encaixem em sua boca e o façam ceder.

— Então não há como ficar seguro?

— Se for invisível, talvez. Insignificante.

Corny balançou a cabeça.

— Não funciona.

— Faça-os ceder primeiro — argumentou Roiben, e o meio sorriso naqueles lábios não foi o bastante para tornar a sugestão frívola —, ou morra. Ninguém pode dominar os mortos. — Ele recolocou o elmo. — Agora encontre Kaye e vá embora.

Com um estalo das rédeas, Roiben manobrou o cavalo e seguiu pela trilha, deixando uma nuvem de poeira no rastro dos cascos brilhantes.

Corny seguiu o caminho pela floresta, apenas para encontrar Adair encostado em uma árvore.

— Você não combina com tamanha beleza — disse o homem fada, afastando do rosto o cabelo loiro-manteiga. — É um erro que vocês, humanos, cometem com frequência: serem tão feios.

Corny se lembrou das palavras de Roiben. *Faça-os ceder primeiro.*

— Esse é um dom bem legal — disse ele, correndo a mão pela casca de um carvalho próximo, escurecendo o tronco. — A maldição. Eu devia agradecer a você.

Adair deu um passo para trás.

— Você devia estar bem puto. A maldição definha até a carne de seres encantados. — Corny sorriu. — Agora só preciso decidir a melhor maneira de expressar minha gratidão. O que você acha que a Srta. Etiqueta aconselharia?

Kaye tentou manter a expressão impassível quando Roiben entrou sob o dossel de galhos que formava os aposentos de Silarial. O cabelo prateado derramava-se sobre os ombros como mercúrio, mas o suor havia escurecido as mechas na nuca.

O desejo revirava as estranhas de Kaye, acompanhado de uma expectativa terrível e vertiginosa que ela não parecia capaz de extinguir. O glamour humano com o qual Silarial a cobrira parecia apertado e pesado. Ela queria chamar por Roiben, tocar sua manga. Era fácil imaginar que houvera algum mal-entendido, que se ela pudesse só falar com ele por um segundo, tudo voltaria a ser como antes. É evidente que ela devia se postar perto do enorme salgueiro e manter os olhos no chão, como os criados humanos faziam.

O glamour parecera uma boa ideia a princípio, quando Silarial o havia sugerido. Kaye não deveria se aproximar de Roiben até cumprir sua missão. Como ainda não a completara, aquele feitiço faria parecer que ela não estava presente. Deveria apenas esperar que ele e Silarial acabassem de conversar, e então tentaria convencê-lo a concordar com o plano da Rainha Seelie. Se Kaye estivesse de acordo, óbvio. Ela tinha bastante certeza de que não estaria, mas pelo menos teria a satisfação presunçosa de irritá-lo.

Tinha soado uma hipótese melhor do que parecia agora, com ela parada ali, observando Roiben por entre os cílios, como se fossem dois estranhos.

Silarial ergueu o olhar preguiçoso das almofadas.

— Ethine me disse que você não vai concordar com minhas condições.

— Não creio que você esperasse que eu o fizesse, mi... — Ele se interrompeu de súbito, e Silarial riu.

— Você quase me chamou de "minha senhora", não foi? É um hábito difícil de mudar.

Ele baixou o olhar e franziu a boca.

— De fato. Você me pegou sendo um tolo.

— Besteira. Acho um charme. — Sorrindo, ela fez um gesto na direção de onde estava Kaye, entre os criados de Silarial. — Você deve estar sedento por um gole das terras imutáveis de sua juventude.

Uma humana esguia em um simples vestido azul se adiantou, em resposta a algum sinal que Kaye não podia discernir. A criada se debruçou sobre uma tigela de cobre na mesa, como se estivesse pegando maçãs. Em seguida, ajoelhando-se na frente de Roiben, ela se curvou e abriu a boca. A superfície do vinho cintilava entre seus dentes.

Kaye se lembrou, súbita e terrivelmente, do afogamento de Janet, de como os lábios da amiga estavam abertos do mesmo jeito, de como a boca havia parecido cheia de água do mar. Kaye cravou as unhas na palma das mãos.

— Beba — disse a Senhora Luminosa, e seus olhos transpareciam humor.

Roiben se ajoelhou e beijou a boca da garota, segurando sua cabeça e a inclinando de modo que ele pudesse engolir o líquido.

— Decadente — disse ele, ajeitando-se entre as almofadas. Ele parecia contente e relaxado demais, os longos membros superiores abertos como se ele estivesse na própria saleta. — Mas sabe do que realmente sinto falta? Chá de dente-de-leão tostado.

Silarial afagou o cabelo da garota antes de mandá-la buscar um gole de outra taça. Kaye se lembrou de não encarar, de erguer o olhar apenas por entre os cílios, de manter a expressão cuidadosamente impassível. Ela enfiou as unhas mais fundo na pele.

— Então me diga — começou Silarial. — Que condições você propõe?

— Você deve arriscar algo, se deseja que eu arrisque tudo.

— A Corte Unseelie não tem esperança de vencer uma batalha. Você precisa aceitar qualquer oferta de minha parte e ficar grato.

— Mesmo assim — disse Roiben —, se eu perder o duelo com seu campeão, você se tornará soberana da Corte Unseelie, e eu estarei morto. Um bocado para apostar contra sua oferta transitória de paz, mas não peço pelos mesmos riscos. Se eu vencer, só peço que concorde em coroar Ethine como rainha em seu lugar.

Por um segundo, Kaye pensou ter visto um brilho de triunfo nos olhos de Silarial.

— Só? E se eu não concordar?

Roiben se recostou nas almofadas.

— Então é guerra, vencível ou não.

Silarial estreitou os olhos, mas havia um sorriso nos cantos de sua boca.

— Você não é mais o cavaleiro que conheci.

Ele balançou a cabeça.

— Você se lembra da minha ânsia de me provar para você? Pateticamente agradecido até mesmo pela mínima atenção. Como você deve ter me achado enfadonho.

— Admito que o acho mais interessante agora, barganhando pela vida daqueles que despreza.

Roiben riu, e o som carregado de autodepreciação perturbou Kaye.

— Mas talvez você me despreze mais do que a eles. — observou Silarial.

Ele baixou o olhar para os dedos da mão esquerda, fitando enquanto mexiam no fecho de ônix do outro punho.

— Penso no modo como a desejei, e fico enojado. — Ele ergueu os olhos para encará-la. — Mas isso não significa que parei de desejar. Eu anseio por meu lar.

Silarial balançou a cabeça.

— Você disse a Ethine que nunca abdicaria de ser o Senhor da Corte Noturna. Jamais reconsideraria sua posição. Nunca serviria a mim. Isso ainda é verdade?

— Não mais serei o que um dia fui. — Roiben gesticulou na direção de Kaye e das outras garotas paradas ao longo da parede. Criadas silenciosas. — Não importa o que eu deseje.

— Você disse que nada em relação a mim o tenta — argumentou Silarial. — O que quer dizer?

Ele sorriu.

— Pedi a Ethine que lhe dissesse isso. Eu nunca falei as palavras.

— E é verdade?

Ele se levantou, cruzou a pequena distância que o separava de onde Silarial repousava e se ajoelhou na frente dela. Ergueu a mão até a bochecha da rainha, e Kaye podia ver os dedos trêmulos.

— Estou tentado — admitiu ele.

A Rainha Luminosa se inclinou para mais perto e pressionou a boca na dele. O primeiro beijo foi breve, cuidadoso e casto; mas o segundo, não. As mãos de Roiben lhe aninharam a nuca e dobraram as costas, beijando

Silarial como se quisesse parti-la ao meio. Quando ele se afastou, os lábios dela sangravam e os olhos estavam escurecidos pelo desejo.

O rosto de Kaye se acendeu e ela podia sentir a pulsação até mesmo nas bochechas. Para ela, o tremor nas mãos de Roiben quando ele tocou Silarial foi pior do que os beijos, pior do que qualquer coisa que tivesse dito ou que poderia dizer. Ela conhecia a sensação de estremecer antes de tocar alguém... um desejo tão incisivo que se tornava desespero.

Kaye se obrigou a olhar para o chão, a se concentrar nas raízes sinuosas perto de seu sapato. Ela tentou não pensar em nada. Não se dera conta de como nutria a esperança de que ele ainda a amasse, até sentir o quanto doía perceber que não.

Um farfalhar de roupas fez Kaye erguer o olhar de maneira automática, mas era apenas Silarial, se levantando das almofadas. Os olhos de Roiben pareciam cautelosos.

— Você deve querer muito que eu concorde com suas condições — disse a Rainha Luminosa de forma despreocupada, mas a voz soou hesitante. Ela afastou uma mecha de cabelo do rosto de Roiben.

— Ethine provavelmente lhe devolveria a coroa se a ganhasse — retrucou Roiben.

— Se você derrotar meu campeão... — começou Silarial, então fez uma pausa e o encarou. Ela pousou a mão pálida sobre a bochecha do cavaleiro. — Se você derrotar meu campeão, irá se arrepender.

Ele abriu um meio sorriso, e ela prosseguiu:

— Mas vou conceder seu desejo. Se você vencer, Ethine será rainha. Cuide para que não vença. — Ela se dirigiu para as vasilhas com líquidos, e Kaye viu o rosto de Silarial refletido em todas as superfícies. — É evidente que toda essa negociação perde a importância se você simplesmente se juntar a mim. Deixe a corte daqueles que detesta. Juntos podemos acabar com essa guerra hoje. Você seria meu consorte...

— Não — disse ele. — Eu disse a você que eu não...

— Há alguém aqui com os meios para convencê-lo.

Ele se levantou de repente, virando-se para a parede de criadas. Seu olhar passeou pelas garotas e parou em Kaye.

— Kaye. — Sua voz soou angustiada.

A pixie olhou ao redor, rangendo os dentes.

— Como adivinhou? — perguntou Silarial.

Roiben caminhou até Kaye e colocou a mão em seu braço. Ela deu um pulo, se desvencilhando do toque.

— Eu devia ter adivinhado antes. Foi muita esperteza tê-la enfeitiçado tão minuciosamente.

Kaye se sentiu mal ao lembrar do beijo que ele dera em Silarial. Queria esbofeteá-lo, cuspir naquele rosto.

— Mas como a escolheu entre minhas outras aias?

Ele pegou a mão de Kaye e a virou para que a rainha pudesse ver as meias-luas avermelhadas onde as unhas da pixie haviam se cravado na pele.

— Na verdade, foi isso. Não conheço mais ninguém com esse tique nervoso.

Kaye ergueu o olhar para encará-lo e viu apenas um rosto humano desconhecido refletido naqueles olhos.

Ela puxou a mão, esfregando a palma contra a saia, como se pudesse apagar seu toque.

— Você não devia me ver até eu conseguir resolver sua charada idiota.

— Sim, mereço todo desprezo que me dirigir — disse ele com a voz suave. — Mas o que está fazendo aqui? Não é seguro. Eu avisei Corny…

Os lábios ainda estavam vermelhos do beijo, e era difícil não se concentrar neles.

— Este é meu lugar, não é? É de onde eu vim. A outra Kaye está em casa agora, como sempre devia ter estado; com a mãe dela, Ellen.

Ele pareceu momentaneamente furioso.

— O que Silarial a obrigou a prometer em troca?

— Deve ser horrível amá-la, já que não confia nem um pouco nela — argumentou Kaye, sentindo a bile na língua.

Houve um silêncio, no qual ele a encarou com certo desespero terrível, como se quisesse muito falar, mas não conseguisse encontrar as palavras.

— Não importa o que ele pensa de mim ou de você — disse Silarial, aproximando-se de Kaye. As palavras saíram calmas, ditas com grande cuidado. — Use o nome dele. Acabe com a guerra.

Kaye sorriu.

— Eu poderia, sabe. Poderia mesmo.

Ele parecia muito sério, mas a voz soou tão suave quanto a da rainha.

— Vai reinar sobre mim, Kaye? Devo me curvar diante de uma nova senhora e temer o açoite de sua língua?

Kaye não respondeu. A raiva era uma coisa viva dentro dela, se contorcendo em suas entranhas. Ela queria machucá-lo, humilhá-lo, fazê-lo pagar por tudo o que sentia.

— E se eu prometer não usar o nome, nem mesmo repeti-lo? — perguntou Silarial. — Ele seria todo seu para comandar. Seu brinquedo. Eu apenas a instruiria sobre como usá-lo.

Kaye continuava calada. Tinha medo do que poderia deixar escapar se abrisse a boca.

Roiben empalideceu.

— Kaye, eu... — Ele fechou os olhos. — *Não* — disse, mas ela podia ouvir o desespero em sua voz. Aquilo a deixou ainda mais zangada. Aquilo a fazia querer se comportar de acordo com as expectativas dele.

Silarial falou tão perto do ouvido de Kaye que lhe deu arrepios.

— Você deve comandá-lo, sabe? Se não, eu iria ameaçar sua mãe, aquele seu garoto humano, sua irmã changeling. Você seria persuadida. Não se sinta mal por ceder agora.

— Diga que não vai repeti-lo — pediu Kaye. — Não apenas "se eu prometer", quero o juramento verdadeiro.

A voz da rainha ainda era um sussurro.

— Não vou pronunciar o nome verdadeiro de Roiben. Não vou controlá-lo com isso nem vou repeti-lo a ninguém.

— Rath Roiben — revelou Kaye. Ele estremeceu e a mão foi para o punho da espada na bainha, mas ficou ali. Os olhos permaneceram fechados. *Rye*. A palavra estava na ponta da língua. *Rath Roiben Rye*.

— Riven — terminou Kaye. — Rath Roiben Riven, faça o que eu digo.

Ele ergueu o olhar para ela rapidamente, os olhos arregalados de esperança.

Ela podia sentir o próprio sorriso se abrir, cruel. Era melhor que ele fizesse o que ela dissera, naquele exato instante. Se ele não o fizesse, Silarial saberia que Kaye tinha proferido o nome errado.

— Lamba a mão da Rainha da Corte Seelie, Rath Roiben Riven — ordenou ela. — Lamba como o cão que você é.

Ele curvou-se sobre um dos joelhos. Quase se levantou antes de cair em si e passar a língua pela palma de Silarial. A vergonha enrubescia seu rosto.

Ela riu e limpou a mão no vestido.

— Adorável. Agora, o que mais devemos obrigá-lo a fazer?

Roiben encarou Kaye.

Ela sorriu com malícia.

— Eu mereço — sussurrou ele. — Mas, Kaye, eu...

— Mande-o se calar — disse Silarial.

— Silêncio — ordenou Kaye. Ela se sentia zonza de ódio.

Roiben baixou o olhar e ficou quieto.

— Ordene-o a jurar lealdade a mim, um eterno criado da Corte Seelie.

Kaye ficou sem fôlego. Ela não faria aquilo.

A expressão de Roiben era sombria.

Kaye balançou a cabeça, mas a fúria foi substituída pelo medo.

— Ainda não terminei com ele.

A Rainha Luminosa franziu o cenho.

— Rath Roiben Riven — começou Kaye, tentando pensar em uma ordem que pudesse lhe fazer ganhar tempo; tentando pensar em um modo de distorcer as palavras de Silarial ou de fazer alguma objeção na qual a Rainha Luminosa acreditasse. — Quero que você...

Um grito rasgou o ar. Silarial se afastou alguns passos, distraída pelo som.

— Kaye... — disse Roiben.

Um grupo de fadas invadiu o dossel, Ethine entre elas.

— Minha senhora — disse um menino e em seguida fez uma pausa, como se estivesse perplexo com a visão do Senhor da Corte Noturna de joelhos. — Houve uma morte. Aqui.

— O quê? — A rainha lançou um olhar na direção de Roiben.

— O humano... — começou um deles.

— Corny! — gritou Kaye, abrindo caminho por entre a cortina de galhos de salgueiro, esquecendo-se de Silarial, das ordens, de qualquer coisa que não fosse Corny. Ela correu na mesma direção que os outros, na direção do local onde uma multidão estava reunida e Talathain empunhava um estranho arco. Na direção de Cornelius.

A terra onde estava sentado tinha definhado em dois círculos ao redor de suas mãos, minúsculas violetas secas e amarronzadas, cogumelos apodrecidos e o próprio solo pálido sob seus dedos. Ao lado de Corny jazia o corpo de Adair com uma faca ainda em punho, o pescoço e parte do rosto murchos e escurecidos. Os olhos sem vida encaravam o céu sem sol.

Kaye parou bruscamente, tão aliviada por ver Corny vivo que quase desmaiou.

Luis estava ali perto, o rosto pálido. O casaco roxo de Kaye estava pendurado em seus ombros.

— Kaye — disse ele.

— O que aconteceu? — perguntou ela, se dando conta de que Corny ainda não estava a salvo. Ajoelhando-se ao lado do corpo, Kaye escondeu a faca de Adair na manga, o punho da arma escondido em sua palma.

— Neil o matou — disse Luis, por fim, com a voz baixa. — Os seres encantados de Seelie não gostam de presenciar a morte… em especial aqui, em sua corte. A morte os ofende, faz com que se lembrem de que até mesmo eles, eventualmente…

Corny deu uma risada súbita.

— Aposto que ele não esperava por essa. Não de mim.

— Temos de dar o fora daqui — disse Kaye. — Corny! Levante!

Corny olhou para ela. Ele soou estranho, distante.

— Não acho que eles vão me deixar ir.

Kaye lançou um olhar para a multidão reunida de seres encantados. Silarial estava ao lado de Talathain. Ethine observava enquanto Roiben conversava com Ellebere e Ruddles. Alguns do Povo das Fadas apontavam para o corpo, incrédulos, outros rasgavam a própria roupa aos gritos.

— Você prometeu que Corny estaria em segurança — disse Kaye para a rainha. Estava ganhando tempo.

— Ele *está* seguro — argumentou Silarial —, enquanto um membro de minha corte está morto.

— Estamos de partida. — Kaye se afastou de Corny. As mãos tremiam e ela podia sentir a ponta afiada da faca contra a pele. Apenas mais alguns passos.

— Deixe-os ir — disse Roiben a Silarial.

Talathain mirou o arco em Roiben.

— Não presuma que manda em minha rainha.

Roiben riu e desembainhou a espada, lentamente, como se desafiasse Talathain a atirar. Os olhos estavam cheios de fúria, mas ele parecia aliviado, como se a lucidez do próprio ódio suplantasse a vergonha.

— Vamos — disse ele. — Vamos produzir nós dois outro cadáver.

Talathain abaixou o arco e pegou a própria lâmina.

— Por tanto tempo desejei este momento.

Eles andaram em círculos enquanto o Povo se afastava, abrindo espaço para os dois.

— Deixe-me lutar com ele — pediu Dulcamara, vestida toda em vermelho, o cabelo trançado com laços pretos.

Roiben sorriu e balançou a cabeça. Virando-se para Kaye, articulou, *Fuja*. Em seguida, golpeou Talathain.

— Impeça-os — disse Silarial a Kaye. — Ordene-o a parar.

Avançando e recuando, os dois pareciam parceiros em uma dança ágil e letal. As espadas se chocaram.

Ethine deu um passo na direção do irmão, depois parou. Ela voltou os olhos suplicantes para Kaye.

— Roiben — gritou Kaye. — Pare.

Ele ficou imóvel como uma pedra. Talathain baixou sua arma com o que parecia arrependimento.

Silarial caminhou até Roiben. Ela correu os dedos pelo rosto dele e então voltou o olhar para Kaye.

— Se quiser sair daqui com seus amigos, sabe o que precisa mandá-lo fazer — declarou Silarial.

Kaye assentiu, caminhando até eles, o coração batendo tão forte que parecia um peso dentro de si. Ela parou atrás de Ethine. Tinha de haver um modo de tirar Luis, Corny e ela dali antes que Silarial descobrisse que Kaye não havia usado o verdadeiro nome de Roiben. Ela precisava de algo com que barganhar, algo que estivesse disposta a fazer uma negociação.

Kaye encostou a faca de Adair no pescoço de Ethine.

Ela ouviu seu nome ecoar em meia dúzia de vozes atônitas.

— Corny! Levante! Luis, ajude ele! — Ela engoliu em seco. — Estamos indo embora agora.

Silarial não sorria mais. Ela parecia perplexa, os lábios estavam pálidos.

— Há coisas que eu poderia...

— Não! — gritou Kaye. — Se tocar em minha mãe, vou rasgar Ethine. Se tocar no irmão de Luis, vou rasgar Ethine. Vou sair daqui com Luis e Corny, e, se não quiser que eu a machuque, você e todos os seus vão simplesmente me deixar em paz.

— Minha senhora — ofegou Ethine.

Talathain apontava a espada na direção de Kaye, brandindo-a como uma promessa.

— Deixem a pixie e os humanos passarem — disse Silarial. — Embora eu ache que ela vá se arrepender.

Com um aceno da mão de Silarial, o glamour se foi. Kaye se viu respirando profundamente o ar, de súbito saboreando o verde das plantas e cheirando a terra escura e os vermes rastejantes sob ela. Havia se esquecido das inebriantes sensações de ser uma fada e o terrível peso de um glamour tão poderoso; tinha sido como tampar os ouvidos com algodão. Ela quase tropeçou, mas cravou as unhas nas mãos e se manteve firme.

— Não com minha irmã — disse Roiben. — Não minha irmã, Kaye. Não vou permitir.

— Rath Roiben Riv... — começou Kaye.

— Esse não é o meu nome — revelou ele, provocando exclamações de surpresa entre os outros seres encantados.

Kaye o encarou, colocando cada gota de fúria na própria voz.

— Não pode me deter. — Ela empurrou Ethine na direção de Luis e Cornelius. — Tente, e *vou* comandar você.

Um músculo latejou no queixo de Roiben. Os olhos pareciam frios como chumbo.

Eles seguiram em frente, abrindo caminho até a margem da ilha. Quando embarcaram no bote de gelo que haviam atracado entre os juncos, Ethine deixou escapar um som suave, que não parecia exatamente um soluço.

Remaram até a margem distante, coberta de neve, ultrapassando um rapaz parado, rígido como um quebra-nozes natalino, o cachecol vermelho e dourado enfiado em uma japona. Seus lábios e bochechas estavam tingidos de azul, e gelo cobria seu queixo, como uma barba por fazer. Seus olhos pálidos e fundos encaravam as ondas. Até na morte ele esperava para servir à Rainha Seelie.

Kaye nunca conseguiria correr longe ou rápido o suficiente para escapar de todos eles.

10

Conquistar cem vitórias em cem batalhas
não significa o máximo da excelência.
O máximo da excelência é subjugar o exército inimigo
sem chegar sequer a combatê-lo.

— Sun Tzu, *A arte da guerra*

O carro ainda estava estacionado na vala ao lado da rodovia, as janelas do lado do passageiro cobertas com borrifos congelados de lama. A porta fez um som de estalo quando Luis a abriu.

— Entre — disse Kaye a Ethine. O coração da pixie batia desordenado e o rosto estava tão frio quanto os dedos; todo o seu calor corporal havia sido devorado pelo pânico.

Ethine olhou para o carro, duvidosamente.

— O ferro — declarou ela.

— Por que eles não estão nos seguindo? — perguntou Luis, olhando por cima do ombro.

— Eles estão — disse uma voz.

Kaye gritou, erguendo a lâmina instintivamente.

Tristeseiva saiu para a estrada, as roupas pretas esvoaçando e as botas triturando o cascalho quando ele avançou na direção do grupo.

— Meu senhor Roiben está descontente comigo por deixá-la cruzar a água. — Havia um tom de ameaça na voz dele. — E, se você não partir imediatamente, ficará ainda mais descontente. Vá. Vou conter o que quer que apareça. Quando você atravessar a fronteira para a Corte Unseelie, estará segura.

— Precisa entender que seria insensatez me prender contra a minha vontade — disse Ethine, tocando o braço de Kaye. — Está longe da corte. Permita que eu volte e vou falar em seu nome. Eu juro.

Luis balançou a cabeça.

— O que vai impedi-los de caçar meu irmão se a deixarmos ir? Sinto muito. Não podemos. Todos temos pessoas que amamos e que precisamos proteger.

— Não deixe que me levem — implorou Ethine, se jogando aos pés de Tristeseiva e apertando a mão ossuda da criatura. — Meu irmão iria querer que eu fosse devolvida ao meu povo. Ele está à minha procura, mesmo agora. Se é leal a ele, irá me socorrer.

— Então suponho que Roiben não seja mais um vilão? — perguntou Kaye. — Agora ele é seu amado irmão?

Ethine comprimiu os lábios em uma linha fina.

— Não tenho ordens de ajudá-la — disse Tristeseiva, libertando os dedos do aperto de Ethine — e nenhum desejo de ajudar quem quer que seja. Faço o que me é ordenado.

Ethine se levantou lentamente e Luis a agarrou pelo braço.

— Sei que você é uma lady e essas coisas, mas precisa entrar no carro agora.

— Meu irmão vai odiá-la se me ferir — avisou ela a Kaye, semicerrando os olhos.

Kaye se sentiu enjoada ao se lembrar do último e terrível olhar que Roiben lhe dirigiu.

— Vamos, é apenas uma viagem de carro. Podemos brincar de *Eu espio.*

— Entre. Agora — disse Luis.

Ethine se acomodou no banco de trás e se afastou do vinil rasgado e da espuma esfarelada. O rosto dela estava tenso pelo medo e fúria.

Corny desenhou uma espiral no capô, que quase imediatamente se transformou em ferrugem. Ele não parecia notar que estava descalço na neve.

— Sou um assassino.

— Não, você não é — contestou Luis.

— Se não sou um assassino, como continuo matando pessoas? — perguntou Corny.

— Tem sacos plásticos aqui — disse Kaye. Ela esticou o braço no vão do banco traseiro e os puxou de uma pilha de latas vazias de Coca-Cola e embalagens de fast-food. — Use isso até conseguirmos luvas.

— Ah, ótimo — disse Corny com um meio sorriso irracional. — Não quero apodrecer o volante.

— Você não vai dirigir — disse Luis.

Kaye enfiou as mãos de Corny nos sacos e o guiou até o lado do passageiro. Ela se sentou na parte de trás, ao lado de Ethine.

Luis deu a partida, e enfim estavam em movimento. Kaye olhou pelo para-brisa traseiro, mas nenhuma fada parecia segui-los. Elas não os sobrevoaram, não desceram até eles como um enxame, parando o veículo.

O ar quente e carregado de ferro do aquecedor embotava os pensamentos de Kaye, mas ela se forçou a manter os olhos abertos. Cada vez que um torpor vertiginoso ameaçava dominá-la, o medo de que a horda os tivesse alcançado a fazia acordar, sobressaltada. Ela mantinha os olhos nas janelas, mas lhe parecia que as nuvens estavam repletas de asas e as florestas pelas quais passavam, cheias de bocas úmidas e famintas.

— O que faremos agora? — perguntou Luis.

Kaye pensou nos longos dedos de Roiben emaranhados nos cabelos ruivos de Silarial, as mãos puxando a rainha para junto de si.

— Para onde estamos indo mesmo? — perguntou Corny. — Onde fica esse lugar seguro aonde estamos com tanta pressa de chegar? Quero dizer, imagino que tenhamos melhor chance com Roiben do que com Silarial, mas o que acontece quando devolvermos Ethine? Acha mesmo que Silarial vai nos deixar em paz? Eu matei Adair. Eu o *matei.*

Kaye hesitou. A imensidão de seu isolamento e de sua impotência penetrou em seus ossos. Fizeram um refém que ambas as cortes queriam de volta, e Silarial precisava de uma informação que só Kaye sabia. Não havia nenhuma arma secreta daquela vez, nenhum misterioso cavaleiro fada para mantê-la a salvo. Havia apenas um carro velho e dois humanos que não mereciam ter sido envolvidos naquela situação.

— Não sei — respondeu ela.

— Não existe esse lance de segurança — argumentou Corny. — Exatamente como eu disse. Não para nós. Nunca.

— Ninguém está seguro — rebateu Luis. Kaye ficou surpresa com o quanto ele parecia calmo.

Ethine gemeu no banco de trás.

Luis a olhou pelo espelho retrovisor.

— É o ferro — comentou Corny.

Luis assentiu, incomodado.

— Eu já sabia que o metal os incomodava.

Corny sorriu, malicioso.

— Sim, tome cuidado. Ela pode vomitar em você.

— Cale a boca — disse Kaye. — Ela está se sentindo mal. Não está tão acostumada ao ferro quanto eu.

— Última saída em Nova York. — Corny leu uma placa. — Acho que podemos estacionar na próxima parada para ela tomar um ar. Devemos estar em terras Unseelie a essa altura.

Kaye verificou o céu atrás deles, mas não havia sinal de que estivessem sendo seguidos. Eles seriam alvos de alguma barganha? De flechas que se enterrariam em seus corações? Roiben e Silarial estariam trabalhando juntos para resgatar Ethine? Eles haviam deixado para trás o mapa do que Kaye conhecia, e ela se sentia como se estivesse prestes a cair da borda do mundo.

Uma rajada de vento fresco e gélido a despertou daquele devaneio deprimente.

Haviam parado em um posto de gasolina e Luis estava saindo do carro. Ele seguiu na direção da loja enquanto Corny começava a encher o tanque. As mãos envolvidas pelos sacos plásticos escorregaram, rasgando a superfície fina. Ele recuou, surpreso, enquanto gasolina espirrava na lateral do carro.

Kaye cambaleou para fora. O ar estava carregado de vapores.

— O que aconteceu lá? — perguntou ela, baixinho. — Você matou Adair? Por quê?

— Não passou pela sua cabeça que fiz isso porque podia? Eu matei Nephamael, não é? — Corny enfiou a mangueira de volta no tanque.

— Nephamael já estava morrendo — argumentou Kaye. A cabeça dela doía. — Por minha causa, lembra?

Ele passou os dedos envoltos em plástico pelo cabelo, com força, como se quisesse arrancá-lo. Então esticou a mão na frente do corpo.

— Tudo aconteceu tão depressa. Adair estava falando comigo, sendo ameaçador, e eu estava tentando agir da mesma forma. Então Luis apareceu. Adair o agarrou... e ficou falando que Silarial não havia feito nenhuma promessa sobre não ferir *Luis*. Ele disse que devia arrancar o outro olho de Luis, e colocou o polegar bem em cima. E eu só... só agarrei o pulso dele e o empurrei. Depois apertei sua garganta. Kaye, quando estava no ensino fundamental, eu vivia apanhando. Mas a maldição... nem precisei apertar muito. Simplesmente o segurei, e então ele estava morto.

— Sinto mui... — começou Kaye.

Corny balançou a cabeça.

— Não diga que sente muito. Eu não lamento.

Ela apoiou a cabeça no ombro do amigo, inalando o cheiro familiar de suor.

— Então eu também não lamento — disse ela.

Luis voltou da lojinha de conveniência com um par de luvas de lavar louça amarelo-limão e chinelos. Kaye olhou para baixo e se deu conta de que os pés de Corny ainda estavam descalços.

— Calce isso — disse Luis, evitando encarar qualquer um dos dois. — Tem uma lanchonete do outro lado da rua. Podíamos comer alguma coisa. Liguei para Dave e ele vai se esconder na casa de um amigo, em Jersey. Mandei ele sair do território Seelie... mesmo que a cidade esteja cheia de exilados.

— Você devia ligar para sua mãe — disse Corny, oferecendo o celular. — A bateria acabou, mas posso carregar na lanchonete.

— Temos que conseguir outras roupas, pelo menos — avisou Kaye. — Estamos vestidos como desequilibrados. Vamos chamar atenção.

Luis espiou dentro do carro. Ethine o observava com seus olhos cinzentos como punhais.

— Vocês não podem usar glamour? — perguntou ele.

Kaye balançou a cabeça. O mundo ao redor oscilou brevemente.

— Estou me sentindo uma merda. Talvez consiga, mas só um pouco.

— Não acho que algumas camisetas vão compensar o fato de você ser verde — argumentou Luis, se virando. — Tire ela daí. Vamos tentar a sorte com os clientes da lanchonete.

— Não presuma que pode me dar ordens. — Ethine pisou com cuidado no asfalto e imediatamente se virou para vomitar nas rodas do carro.

Corny sorriu.

— Vigie a garota... ela pode tentar fugir — disse Luis.

— Não sei, não... — Corny franziu o cenho. — Ela parece bem doente.

— Espere um minuto — disse Kaye. Ela se debruçou sobre Luis e enfiou a mão no bolso do casaco quadriculado roxo que ele vestia... o casaco dela. Pegou as algemas forradas de pelúcia. Depois de prender um lado no pulso de Ethine, fechou o outro no próprio braço.

— O que é isso? — protestou Ethine.

Luis soltou uma gargalhada.

— *Não.* — Ele olhou para Corny. — Ela *não* tem um par de algemas à mão para o caso de acabar fazendo um prisioneiro.

— O que posso dizer? — perguntou Corny.

Ethine estremeceu.

— Tudo fede a sujeira, a ferro e a podridão.

Corny tirou a jaqueta de couro e Ethine a pegou agradecida, vestindo o braço livre.

— É, Jersey é um saco — disse ele.

Kaye se concentrou, escondendo as asas, alterando os olhos e a cor da pele. Só tinha energia suficiente para aquilo. A viagem de carro e a retirada do glamour humano pela rainha a haviam exaurido. Ethine sequer se importara em fazer as próprias orelhas menos pontudas ou as feições menos elegantes ou inumanas. Conforme subiam os degraus, Kaye cogitou dizer algo, mas mordeu a língua quando Ethine se encolheu, afastando-se do metal da porta. Se Kaye se sentia mal, certamente Ethine sentia-se pior.

O exterior da lanchonete era composto de pedra falsa e reboco bege; na porta, havia um cartaz: BEM-VINDOS, CAMINHONEIROS. Alguém havia, de forma tosca, pintado renas, papais-noéis e enormes guirlandas nas vidraças. Do lado de dentro, o grupo foi conduzido, de forma indiferente, por uma garçonete atarracada com o cabelo branco cuidadosamente penteado. Ethine estudava o rosto enrugado com evidente fascinação.

Kaye ocupou uma das mesas, deixando o familiar aroma de café preencher seus sentidos. Ela não se importava com o fedor de ferro. Aquele era o mundo que conhecia. Quase a fazia sentir-se segura.

Um bonito garoto latino lhes entregou os cardápios plastificados e serviu-lhes água.

Luis bebeu, agradecido.

— Estou faminto. Comi minha última barra de proteína ontem.

— Vocês têm mesmo mais poder sobre nós se comermos sua comida? — perguntou Corny a Ethine.

— Sim — respondeu Ethine.

Luis lançou um olhar sombrio a ela.

— Então eu... — começou Corny, mas logo abriu seu cardápio, escondendo o rosto, e não terminou a frase.

— A influência enfraquece — disse Ethine. — Coma outra coisa. Vai ajudar.

— Preciso fazer uma ligação — disse Kaye a Corny.

Corny se inclinou para colocar o carregador em uma tomada abaixo de uma pintura de árvores felizes e um alce. Ele se empertigou e passou o pequeno celular a Kaye.

— Desde que você não o arranque da parede, pode usá-lo enquanto carrega.

Ela digitou o número da mãe, mas o telefone simplesmente tocou e tocou. Nada de caixa postal. Nada de secretária eletrônica. Ellen não acreditava em nada daquilo.

— Minha mãe não está em casa — disse Kaye. — Precisamos de um plano.

Corny baixou o cardápio.

— Como podemos bolar um plano se não sabemos o que Silarial está tramando?

— Precisamos fazer alguma coisa — argumentou Kaye. — Primeiro do que ela. Já.

— Por quê? — perguntou Luis.

— O motivo pelo qual Silarial queria que eu fosse até a Corte Seelie é porque sei o verdadeiro nome de Roiben.

Ethine olhou para Kaye com os olhos arregalados.

— Ah! — exclamou Corny. — Certo. Merda.

— Consegui enganar a rainha sobre o nome dele por um tempo, mas agora Silarial sabe que só estava jogando com ela.

— Que típica pixie você é — disse Ethine.

Talvez ela tivesse dito mais, porém naquele momento a garçonete chegou, tirando a caneta e o bloco do avental.

— O que vão querer, crianças? Ainda temos o especial de panqueca de gemada.

— Café, café, café e café — respondeu Corny, apontando ao redor da mesa.

— Um milk-shake de morango — pediu Luis. — Palitos de muçarela e um cheeseburger deluxe.

— Como gostaria do ponto da carne? — perguntou a garçonete.

Luis a encarou com uma expressão estranha.

— Tanto faz. Só num prato na minha frente.

— Bife e ovos — disse Corny. — Carne, queimada. Ovos, com a gema mole. Torrada de centeio sem manteiga.

— Espetinho de frango no pão sírio — disse Kaye. — Uma porção extra de molho tzatziki na batata frita, por favor.

Ethine olhava para eles sem entender, então voltou o olhar para o cardápio à sua frente.

— Torta de mirtilo — decidiu, enfim.

— Vocês foram à Feira da Renascença em Tuxedo, crianças? — perguntou a mulher.

— Na mosca — respondeu Corny.

— Bem, vocês estão mesmo uma gracinha. — Ela sorriu enquanto recolhia os cardápios.

— Que horrível passar a vida morrendo — declarou Ethine, com um tremor, conforme a garçonete se afastava.

— Você está mais perto da morte do que ela — disse Luis. Ele derramou um pouco de açúcar na mesa, lambeu o dedo e o passou pelos grãos.

— Vocês não vão me matar. — Ethine ergueu a mão algemada. — Não sabem o que fazer. São apenas crianças assustadas.

Kaye puxou abruptamente a outra ponta da algema, arrastando a mão de Ethine de volta ao assento de vinil.

— Ouvi algo sobre um duelo. Silarial concordou em ceder o reino a você se Roiben vencer. O que foi aquilo?

Ethine se virou para encarar Kaye com uma expressão confusa.

— Ela concordou?

— Bem, talvez ela tenha se distraído durante os beijos que antecederam o acordo.

— Opa! — exclamou Corny. — O quê?

Kaye assentiu.

— Não foi como se eles tivessem chegado às vias de fato bem ali, na minha frente, mas definitivamente ele a cortejou. — A voz dela soou firme.

Ethine sorriu de seu lugar na mesa.

— Ele a *beijou*. Isso me deixa contente. Ele ainda nutre sentimentos por ela, afinal.

Kaye tentou pensar em uma desculpa para puxar novamente a algema.

— Vamos voltar ao que você sabe sobre o duelo — sugeriu Luis.

Ethine deu de ombros.

— Deve acontecer em território neutro... Hart Island, na costa de Nova York... um dia a partir desta noite. Na melhor das hipóteses, meu irmão pode garantir alguns anos de paz para a Corte Unseelie, talvez tempo o suficiente para criar uma legião de seres encantados ou uma estratégia melhor. Na pior, pode perder suas terras e a vida.

— Não parece valer a pena — argumentou Corny.

— Não, espere — disse Kaye, balançando a cabeça. — O problema é que parece valer muitíssimo a pena. Acho que é *possível* uma vitória. Aposto que Roiben acha que pode derrotar Talathain. Silarial não queria que se enfrentassem hoje, mas Roiben não parecia se importar. Por que ela daria a ele uma chance de vencer?

Luis deu de ombros.

— Talvez não tenha graça se for muito fácil assumir o controle da Corte Unseelie.

— Talvez ela tenha outros planos — argumentou Kaye. — Alguma forma de dar uma vantagem a Talathain.

— Que tal balas de ferro frio? — perguntou Corny. — Isso se enquadra no uso dela daquele caminhão. Ela está completamente em uma fase de tecnologia mortal.

— Qualquer bala seria mesmo mais terrível do que uma ponta de flecha que corta sua carne até atingir o coração? — perguntou Ethine. — Nenhuma arma mortal o mataria.

Luis assentiu.

— Então o nome de Roiben. É o mais óbvio, certo? Assim o duelo se torna uma cortina de fumaça, porque ela pode forçá-lo a perder.

— Seja qual for o plano de minha rainha, imagino que esteja além da compreensão de vocês — disse Ethine.

A garçonete voltou e serviu café na xícara deles. Corny ergueu a dele com a mão na luva amarela.

— A nós. — Ele olhou para Ethine. — Reunidos nesta mesa por amizade ou destino... ou porque está em condição de prisioneiro. E também ao doce alívio do café, cuja graça nos permite cumprir a tarefa que nos foi apresentada e compreender o que precisamos compreender. Ok?

Os três ergueram as xícaras de café e brindaram. Kaye bateu sua xícara na de Ethine.

Corny fechou os olhos em êxtase enquanto tomava o primeiro gole. Em seguida, suspirou e olhou para os outros.

— Ok, então do que estávamos falando?

— Do plano — respondeu Kaye. — Do plano que não temos.

— É complicado bolar um esquema para impedir outro esquema do qual nem fazemos ideia qual é — explicou Luis.

— O que acho que devemos fazer é — começou Corny — ficar na nossa até depois do duelo. A gente se cerca de ferro e a mantém como garantia. — Ele gesticulou para Ethine com a colher de café, e algumas gotas espirraram na mesa. Uma caiu no vestido da fada, molhando o estranho tecido. — Então, Kaye, se você é a chave do plano de Silarial, ele não vai funcionar. O duelo vai acontecer de modo justo. Que vença o melhor monstro.

— Não sei — disse Kaye. A garçonete colocou um prato fumegante à sua frente. Sua boca encheu de água com o cheiro de cebolas assadas. Do outro lado da mesa, Luis pegou um palito de muçarela e o passou em uma tigela repleta de molho vermelho. — Tenho a sensação de que devíamos fazer algo mais. Algo importante.

— Conhece xadrez de fada? — perguntou Corny.

Kaye balançou a cabeça.

— É como eles chamam quando você muda as regras do jogo. Em geral, é apenas uma variação.

— Eles chamam mesmo desse jeito? — perguntou Kaye. — Como no clube de xadrez?

Ele assentiu.

— Eu era o presidente. Devia saber.

— Não havia mirtilo nenhum naquela torta, havia? — perguntou Ethine ao se acomodar ao lado de Kaye no carro, as algemas esticadas.

— Sei lá — respondeu Corny. — Estava boa?

— Mal dava para comer — respondeu Ethine.

— Isso mesmo, esse é o grande lance das lanchonetes. A comida é bem mais apetitosa do que se imagina. Como aqueles palitos de muçarela — disse Corny.

— *Meus* palitos de muçarela — disse Luis, enquanto dava partida no carro.

Corny deu de ombros, um sorriso malicioso tomando forma.

— Preocupado em pegar meus germes?

Luis parecia apavorado, depois abruptamente irritado.

— Cale a boca.

Kaye cutucou Corny na nuca, mas, quando ele se virou para ela, foi difícil decifrar sua expressão. Ela tentou articular uma pergunta, mas ele balançou a cabeça e retomou o foco na estrada à frente, deixando a amiga mais intrigada do que antes.

Ela se recostou no assento, despindo o glamour, aliviada. Estava começando a odiar o peso do feitiço.

— Mais uma vez, peço que me libertem — disse Ethine. — Estamos bem longe da corte, e meu contínuo aprisionamento vai apenas atraí-los até vocês.

— Ninguém gosta de ser refém — comentou Luis, e havia certa satisfação em sua voz —, mas acho que eles virão atrás de nós, quer você esteja conosco ou não. E estamos mais seguros com você aqui.

Ethine se virou para Kaye.

— E você vai deixar os humanos falarem em seu nome? Vai se aliar a eles contra seu povo?

— Imaginei que ficaria contente por estar aqui — disse Kaye. — Pelo menos não precisa assistir à sua amada rainha matar seu amado irmão. Por quem ela provavelmente está apaixonada. — Ao falar aquilo, seu estômago se contraiu. As palavras ecoaram em seus ouvidos, como se ela tivesse amaldiçoado Roiben.

Ethine comprimiu os lábios em uma linha fina e pálida.

— Sem contar a torta — disse Corny.

Kaye observava pela janela a sucessão de saídas da rodovia. Se sentia enjoada, impotente e culpada.

— Temos de pegar Dave em algum lugar? — perguntou Corny baixinho, a voz sussurrada de modo que Kaye percebeu que não estava incluída na conversa.

Luis balançou a cabeça.

— Vou ligar da sua casa. Minha amiga Val disse que o pegaria na estação e ficaria de olho nele. Provavelmente até pode lhe dar uma carona, se for necessário. — Ele suspirou. — Só espero que meu irmão tenha embarcado mesmo no trem.

— Por que ele não faria isso? — perguntou Corny.

— Ele não gosta de fazer o que mando. Há cerca de um ano, Dave e eu estávamos vivendo em uma estação de metrô abandonada. Era uma merda, mas o ferro mantinha as fadas longe, e minha barganha com os seres encantados afastava quase todos os outros. Então Dave encontrou uma drogada e a levou para morar com a gente. Lolli. As coisas estavam tensas entre meu irmão e eu antes disso, mas Lolli tornou tudo ainda pior.

— Os dois gostavam dela? — perguntou Corny.

Luis lhe lançou um olhar rápido.

— Na verdade, não. Dave vivia atrás dela, como um cachorrinho. Estava obcecado. Mas ela... Inexplicavelmente, ela gostava de mim.

Corny riu.

— Eu sei — disse Luis, balançando a cabeça, visivelmente constrangido. — Hilário, não é? Eu odeio essa menina, sou cego de um olho e mesmo assim... Enfim, Dave nunca me perdoou de verdade. Ele usou essa droga, Nuncamais... uma mágica... para se parecer comigo. Ficou bem viciado e matou algumas fadas para conseguir mais.

— É por isso que você tem que trabalhar para Silarial? — perguntou Corny.

— Sim, só a proteção da Rainha Seelie o mantém seguro em Nova York. — Luis suspirou. — Mas não funciona tão bem. Os exilados não são leais a ninguém, e era a eles que meu irmão estava matando. Se ele ao menos se endireitasse... Sei que as coisas se ajeitariam. No ano que vem ele faz dezoito. Poderíamos pegar empréstimos com o governo por conta de sermos órfãos. Ir à escola...

Kaye se lembrou do que Dave tinha dito quando estavam em Nova York, sobre se divertir antes de morrer. Ela se sentiu péssima. Ele não estava preocupado com a própria educação.

— Ir à escola para quê? — perguntou Corny.

Luis suspirou.

— Vai parecer idiota, mas pensei em me tornar bibliotecário... como minha mãe... ou médico.

— Quero dar uma passada em casa — avisou Kaye, em voz alta, interrompendo a conversa dos dois. — Se entrar aqui, vamos estar bem perto.

— O quê? — Corny se virou no assento. — Você não pode. Temos que ficar juntos.

— Preciso ver se minha avó está bem e pegar algumas roupas.

— Isso é idiotice. — Corny se virou ainda mais no assento para encará-la. — Além do mais, você está algemada a nossa prisioneira.

— Tenho a chave. Você pode se algemar a ela. Olha, vou te encontrar na sua casa depois que pegar minhas coisas. — Ela fez uma pausa, procurando algo no bolso. — Preciso dar comida aos meus ratos. Eles estão sozinhos há dias e aposto que estão ficando sem água.

— Você nunca mais vai dar comida a eles se for *capturada pelas fadas*!

— E eu não quero ser deixada sozinha com dois garotos mortais — disse Ethine, a voz suave. — Se não vai me libertar, então é responsável pelo meu bem-estar.

— Ah, por favor! — exclamou Kaye. — Corny é *gay*. Não precisa se preocupar com... — Ela parou quando Corny a fuzilou com o olhar, então tomou fôlego. Ele gostava de Luis e achava que Luis sabia, mas que o sentimento não era recíproco. Por isso toda aquela postura defensiva sobre os palitos de muçarela e germes. — Desculpe — articulou ela, mas aquilo só o fez intensificar o olhar. — Dobre aqui — disse ela, finalmente, e Luis obedeceu.

— Você interpretou errado minha preocupação — disse Ethine, mas Kaye a ignorou.

— Sei que você quer dar uma olhada em sua avó e em sua mãe. — A voz de Corny soou baixa. — Mas mesmo que sua avó saiba de algo do que está acontecendo com sua mãe... o que é um tiro no escuro... duvido muito que você vá gostar do vai ouvir.

— Olhe — disse Kaye, e a voz soou tão suave quanto a dele —, não sei o que vai acontecer, não sei como consertar as coisas. Mas não posso simplesmente sumir sem dizer adeus.

— Tudo bem. — Ele sinalizou para Luis. — Pare aqui. — Então olhou para Kaye. — Seja rápida.

— Eles estacionaram na frente da casa da avó de Kaye. Ela soltou a algema do pulso, entregou a chave a Corny e saiu do carro.

Luis abaixou a janela.
— Vamos esperar por você.
Ela balançou a cabeça.
— Encontro vocês no trailer.

Todas as luzes do segundo andar estavam acesas, brilhantes como lanternas de abóbora. Nenhum pisca-pisca adornava os degraus da frente, embora todas as casas da vizinhança estivessem iluminadas e cintilantes. Kaye subiu a árvore em frente ao seu quarto, a casca do tronco congelada e áspera, familiar sob suas palmas. Quando pisou no asfalto coberto de neve das telhas, pôde ver as silhuetas no quarto. Abaixada, se esgueirou para mais perto.

Ellen, parada no corredor, falava com alguém. Por um segundo, Kaye tocou a janela com a mão, pronta para abri-la e chamar pela mãe, mas então notou que a gaiola dos ratos havia sumido e suas roupas tinham sido empilhadas em dois sacos de lixo no chão. *Chibi-Kaye*, dissera Corny, de brincadeira. Chibi-Kaye entrou no quarto, vestindo a camiseta do Chow Fat de Kaye, que batia nos joelhos arranhados.

A pequena garota realmente parecia com uma versão em miniatura de Kaye — cabelo loiro-escuro caindo em cachos sobre os ombros, olhos castanhos e um nariz arrebitado. Olhar pela janela era como assistir a uma cena do próprio passado.

— Mãe — sussurrou Kaye. A palavra ficou condensada no ar, como um fantasma que não conseguia se manifestar direito. O coração martelava no peito.

— Precisa de alguma coisa, Kate? — perguntou Ellen.

— Não quero dormir — disse a garotinha. — Não gosto de sonhar.

— Tente — insistiu a mãe de Kaye. — Acho que...

Lutie voou de um galho no alto da árvore, e Kaye levou um susto tão grande que caiu, escorregando um pouco no telhado. Do lado de dentro, ela ouviu um grito agudo.

Ellen caminhou até a janela e olhou para o telhado nevado, a respiração condensando no vidro. Kaye rastejou para trás, para longe do campo de visão de Ellen. Como um monstro. Como um monstro à espera de que uma criança caísse no sono para poder se esgueirar para dentro e devorá-la.

— Não é nada — disse Ellen. — Ninguém vai te roubar de novo.

— Quem é *ela*? — sussurrou Lutie, pousando no colo de Kaye. As asas da fadinha roçaram nos dedos da pixie, como um pestanejar de cílios. — Por que ela está dormindo em sua cama e usando suas roupas? Eu esperei e esperei, como você mandou, mas você demorou muito tempo para voltar.

— Ela é o bebê que foi levado para abrir caminho para mim. Ela é quem eu pensei ser.

— A changeling? — perguntou Lutie.

Kaye assentiu.

— A menina cujo lugar é aqui. A verdadeira Kaye.

O frio da neve penetrou no vestido de Kaye. Ainda assim, ela se sentou no telhado, espiando a menina do lado de dentro da casa enquanto Ellen desligava tudo, à exceção da luz noturna.

Era uma coisa simples, esperar até a luz do corredor se apagar, subir um pouco e, em seguida, abrir a janela do sótão. Kaye se abaixou, passando os pés pelo parapeito, e esgueirou-se para dentro.

Os pés tocaram as tábuas cobertas de poeira do assoalho, e ela puxou a cordinha para acender a lâmpada solitária.

Seu quadril acertou uma caixa, derrubando o conteúdo. Na súbita luminosidade, ela viu dúzias e dúzias de fotografias. Algumas estavam coladas juntas enquanto outras pareciam mastigadas nas bordas, mas todas retratavam uma garotinha. Kaye se debruçou. Às vezes a menina estava enrolada, dormindo em um pedaço de relva, às vezes era uma coisa magrela, dançando em polainas. Kaye não sabia quais fotos eram dela e quais eram da outra garota; não se lembrava da idade que tinha quando a troca havia ocorrido.

Ela correu os dedos pela fina camada de poeira. *Impostora*, escreveu. *Falsa*.

Uma rajada de vento soprou pela janela aberta, espalhando as fotografias. Com um suspiro, ela começou a recolhê-las. Podia sentir o cheiro das fezes de esquilos, da madeira roída pelos cupins, do parapeito apodrecido. No beiral, alguma coisa havia feito um ninho com material de isolamento térmico rosado. Ao observá-lo, ela se lembrou mais uma vez de cucos. Enfiou as fotos em uma caixa de sapatos e caminhou até as escadas.

Não havia ninguém no banheiro do segundo andar, mas outra luz noturna brilhava ao lado da pia. Kaye se sentiu vazia naquele espaço familiar, como se seu coração tivesse sido esvaziado. Mas havia adivinhado; ninguém tinha empacotado suas roupas sujas.

Vasculhando o cesto, ela separou camisetas, suéteres e jeans que usara na semana anterior, reuniu tudo e jogou pela janela, em direção ao gramado coberto de neve. Ela também queria levar seus discos, cadernos e livros, mas não queria correr o risco de ir até o quarto para pegá-los. E se a changeling gritasse? E se Ellen entrasse e a visse ali, segurando aquele cordão estúpido de borracha que tinha roubado em uma feira de rua?

Com cuidado, Kaye abriu a porta e saiu para o corredor, atenta ao som de seus ratos. Ela não podia simplesmente abandoná-los para serem jogados na neve ou deixados em um pet-shop, como a avó ameaçava fazer sempre que a gaiola ficava especialmente suja. Kaye ficou em pânico com a ideia de não conseguir encontrá-los. Talvez alguém tivesse colocado os ratos na varanda fechada? Ela se esgueirou pela escada, mas, quando sorrateiramente entrou na sala, a avó ergueu o olhar do sofá.

— Kaye — disse ela. — Não ouvi você entrar. Onde esteve? Estávamos muito preocupadas.

Kaye poderia ter se enfeitiçado para ficar invisível ou ter fugido, mas a voz da avó soou tão natural que a fixou ao chão. Ainda estava nas sombras, e o verde de sua pele, camuflado pela escuridão.

— Sabe onde estão Isaac e Armageddon?

— Lá em cima, no quarto da sua mãe. Estavam incomodando sua irmã. Ela tem medo deles... e uma baita imaginação. Diz que estão sempre falando com ela.

— Ah — soltou Kaye. — Certo.

Havia uma árvore de Natal ao lado da televisão, enfeitada com anjos e uma guirlanda de glitter. Era natural... Kaye podia sentir o perfume de agulhas de pinheiro amassadas e resina úmida. Sob os galhos, caixas embrulhadas em papel de presente dourado. Kaye não conseguia se lembrar da última vez que haviam montado uma árvore, quanto mais de comprado uma.

— Onde esteve? — A avó se inclinou para a frente, estreitando os olhos.

— Por aí — sussurrou Kaye. — As coisas não deram muito certo em Nova York.

— Ande, sente-se. Está me deixando nervosa, parada aí onde não posso vê-la.

Kaye recuou mais um passo, mais para dentro da escuridão.

— Estou bem aqui.

— Ela nunca me contou sobre Kate. Acredita? Nada! Como ela pôde esconder de mim o sangue do meu sangue? Uma cópia exata de você na mesma idade. Uma menina tão doce, crescendo roubada do amor de uma família. Me parte o coração pensar no assunto.

Kaye assentiu novamente, de forma estúpida e apática. *Roubada*. E ela mesma era a ladra, a larápia da infância de Kate.

— Ellen disse por que Kate está aqui agora?

— Achei que ela tivesse te contado... O pai de Kate está numa clínica de reabilitação. Ele tinha prometido não incomodar Ellen, mas foi o que fez e estou contente com isso. Kate é uma criança estranha e é evidente que teve uma criação terrível. Sabia que tudo o que ela come são grãos de soja e pétalas de flores? Que tipo de dieta é essa para uma menina em fase de crescimento?

Kaye queria gritar. A contradição entre a normalidade do que a avó lhe dizia e o que ela sabia ser verdade parecia insustentável. Por que a mãe contou à avó uma história como aquela? Alguém a havia enfeitiçado para acreditar que aquela era a verdade? A magia sufocava Kaye, as palavras que poderiam conjurar o silêncio afiadas em sua boca. Mas ela as engoliu, porque também queria que a avó continuasse a falar, queria que tudo continuasse normal por mais um minuto.

— Ellen está feliz? — perguntou Kaye em vez disso, baixinho. — Com a presença... de Kate?

A avó bufou.

— Ela nunca esteve realmente pronta para ser mãe. Como vai se virar naquele apartamentozinho? Tenho certeza de que ela está feliz por estar com Kate... que mãe não estaria feliz de ter o filho por perto? Mas ela está se esquecendo de quanto trabalho tudo isso dá. Elas vão ter de se mudar para cá, tenho certeza.

Com medo crescente, Kaye se deu conta de que Corny estivera certo o tempo todo. Dar à mãe uma criança trocada havia sido um plano terrível. Ellen havia acabado de começar a progredir na banda e no trabalho, e uma criança atrapalharia as coisas. Kaye havia ferrado com tudo, realmente ferrado, de um jeito que não sabia como consertar.

— Kate vai se espelhar em você — disse a avó. — Não pode continuar sumindo por aí, perdendo eventos familiares importantes. Não precisamos de duas crianças rebeldes.

— Pare! Pare! — exclamou Kaye, mas não havia magia em suas palavras. Ela pôs as mãos nos ouvidos. — Apenas pare. Kate não vai se espelhar em mim...

— Kaye? — chamou Ellen do topo das escadas.

Em pânico, Kaye se dirigiu para a porta da cozinha. Ela a abriu, grata pelo ar gelado no rosto ardente. Naquele instante, odiava todo mundo: odiava Corny por ter razão, Roiben por ter sumido, a mãe e a avó por terem a substituído. Mas, acima de tudo, ela se odiava por ser a responsável por tudo aquilo.

— Kaye Fierch! — gritou Ellen da soleira, em sua raramente utilizada "voz de mãe". — Volte já aqui.

Kaye parou automaticamente.

— Desculpe — lamentou Ellen, e, ao virar-se para ela, Kaye percebeu a angústia em seu rosto. — Eu não encarei bem a situação, admito. Por favor, não vá embora. Não quero que você vá.

— Por que não? — perguntou Kaye, a voz suave. Sentia um nó na garganta.

Ellen balançou a cabeça, saindo para o pátio.

— Quero que explique. O que você ia dizer da última vez, no meu apartamento… me conte agora.

— Certo — concordou Kaye. — Quando eu era pequena, fui trocada com a… a humana… e você me criou, em vez da… da menina humana. Eu não sabia disso até voltarmos para cá e eu encontrar outras fadas.

— Fadas — ecoou Ellen. — Tem certeza de que você é uma fada? Como sabe disso?

Kaye ergueu a mão verde e a virou.

— O que mais eu seria? Um alien? Uma menina marciana verde?

Ellen inspirou fundo e soltou o fôlego de uma só vez.

— Não sei. Não sei o que pensar de tudo isso.

— Não sou humana — disse Kaye, como se aquelas palavras estivessem atingindo o âmago da mais terrível e incompreensível verdade.

— Mas você parece… — Ellen parou, se corrigindo. — Óbvio que você se parece com você. Você é você.

— Eu sei — disse Kaye. — Mas não sou quem você pensava que eu fosse, certo?

Ellen balançou a cabeça.

— Quando vi Kate, senti tanto medo… Imaginei que você tivesse feito alguma idiotice para trazê-la de volta de quem quer que estivesse com ela. Não foi isso? Veja bem, eu conheço você. *Você.*

— O nome dela não é Kate. Ela é Kaye, a verdadeira…

Ellen ergueu uma das mãos.

— Você não respondeu minha pergunta.

— Sim. — Kaye suspirou. — Fiz algo bem idiota.

— Viu? Você é exatamente quem achei que fosse. — Os braços de Ellen envolveram os ombros de Kaye e ela deu sua risada profunda, áspera de cigarro. — Você é a minha menina.

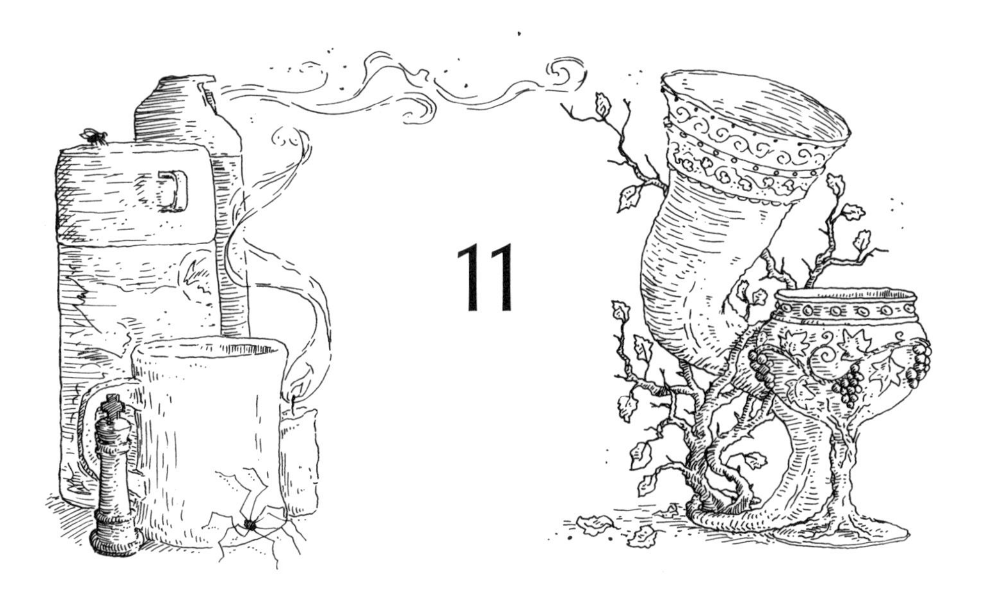

11

embora eu tenha me fechado como dedos, nalgum lugar
me abres sempre pétala por pétala como a primavera abre
— E.E. Cummings, *Nalgum lugar em que eu nunca estive*

O gramado na frente do trailer de Corny estava decorado com um gigante pinguim inflável usando um cachecol verde, chapéu e uma camiseta vermelha de *Jornada nas Estrelas*, completa com uma insígnia no lado esquerdo do peito. Aquilo piscava de modo errático no jardim. Assim que Luis estacionou na entrada de cascalho, luzes multicoloridas pulsaram no telhado do trailer vizinho, transformando todo o lote em uma boate.

— Não vai me dizer como minha casa é bonita? — ironizou Corny, mas a piada parecia forçada e patética.

Ethine se inclinou para a frente, com os dedos no banco de plástico.

Luis trancou o carro.

— Aquele pinguim está vestido de…

— Ponta do iceberg — disse Corny.

Puxando Ethine pela algema forrada de pelúcia, Luis esperou Corny destrancar a porta da frente. Do lado de dentro, a árvore de fibra ótica colorida iluminava uma pilha de pratos sujos. Amostras de ponto-cruz emolduradas enfeitavam a parede ao lado de fotos do Capitão Kirk e do Sr. Spock. Um gato aterrissou com um baque e começou a miar.

— Meu quarto é no fim do corredor — sussurrou Corny. — Lar, doce lar.

Luis caminhou pelo tapete gasto, com Ethine atrás de si. Havia um odor almiscarado que Corny não havia percebido antes. Ele se perguntou se tinha apenas se acostumado àquilo.

A mãe de Corny abriu a porta do corredor. Havia algo de melancólico na camisola fina, no cabelo emaranhado e nos pés descalços. Ela o abraçou antes que ele pudesse falar qualquer coisa.

— Mãe — disse Corny —, estes são Luis e... Eileen.

— Como pode aparecer aqui desse jeito? — perguntou ela, recuando para poder vê-lo melhor. — Você perdeu o Natal, logo este ano. O primeiro desde o funeral de sua irmã... Achamos que também tivesse morrido. Seu padrasto chorou como nunca tinha visto.

Corny estreitou os olhos, como se algum problema de visão pudesse explicar as palavras da mãe.

— Eu perdi o Natal? Que dia é hoje?

— Vinte e seis — respondeu ela. — O que vocês três estão vestindo? E seu cabelo está preto. Onde esteve?

Cinco dias haviam se passado. Corny soltou um gemido de frustração. Lógico. O tempo corria diferente no Reino das Fadas. Aparentemente, tinham se passado dois dias, quando, na verdade, havia sido mais do que o dobro. A travessia para aquela ilha foi como atravessar um fuso horário, como voar para a Austrália, só que aquele tempo era algo que não havia como recuperar.

— O que há de errado com você? O que tem feito que nem sabe por quanto tempo esteve fora?

Corny cutucou a túnica com a mão envolta na luva amarela.

— Mãe...

— Não sei se posso te perdoar um dia. — Ela balançou a cabeça. — Mas já é tarde e estou muito cansada para ouvir suas desculpas. Estou exausta de preocupação.

Ela se virou para Luis e Ethine.

— Tem mais cobertores no armário, se sentirem frio; lembrem Corny de ligar o aquecedor.

Ethine parecia prestes a dizer alguma coisa, mas Luis se antecipou.

— Muito obrigado por nos deixar ficar. — Ele parecia quase tímido. — Vamos tentar não ser um transtorno.

A mãe de Corny assentiu, distraída, então semicerrou os olhos para Ethine.

— As orelhas dela são... — Ela se virou para Corny. — Onde você *esteve*?

— Em uma convenção sci-fi. Desculpa, mãe.

Corny abriu a porta do quarto e acendeu a luz, deixando Luis e Ethine entrarem na sua frente.

— Sério, não sei como perdi a noção do tempo assim.

— Uma convenção? NatalCon? Espero ouvir uma história bem mais convincente pela manhã — disse ela, fazendo menção a se dirigir para o próprio quarto.

Um computador zumbia na mesa, o protetor de tela alternando entre várias fotos de *Farscape*. Um pôster de dois anjos estava colado acima da cabeceira da cama: um tinha asas pretas e o outro, brancas, as mãos unidas por uma coroa de espinhos. O sangue era o único ponto de cor no enorme papel brilhante. Pilhas de livros estavam amontoadas onde ele as havia largado antes de dormir: volumes de mangás sobre graphic novels e livros de brochura. Ele chutou alguns para debaixo da cama, constrangido.

Sempre pensara em seu quarto como uma extensão dos próprios interesses. Agora, olhando ao redor, achou que parecia tão nerd quanto o pinguim no gramado.

— Você pode dormir aqui — disse ele a Ethine, com um aceno na direção da cama. — Os lençóis estão bem limpos.

— Que galante — zombou ela.

— Sim, eu sei. — Ele foi até a cômoda, na qual um rei branco e um rei preto jaziam lado a lado. Ele gostava de indicar seu humor pela peça de xadrez que deixava na frente, mas parou de fazer aquilo depois da morte de Janet; não havia uma irmã irritante para alertar. E, além disso, aquilo o fazia lembrar do quanto sentia a falta dela. Abrindo as gavetas, pegou uma camiseta e cuecas, e jogou-as na cama. — Pode vestir isso, se quiser. Para dormir.

Luis desamarrou as botas.

— Posso tomar um banho?

Corny assentiu e revirou a gaveta em busca da camiseta com o logo menos patético. Encontrou uma azul-marinho desbotada que dizia CONSIGO TOMAR MAIS CAFÉ DO QUE VOCÊ. Erguendo o olhar, pronto para entregar a peça de roupa a Luis, congelou quando viu Ethine despindo o vestido com total indiferença. As escápulas estavam cobertas pelo que pareciam brotos de asas, cor-de-rosa contra o branco leitoso de sua pele. Enquanto ela subia as cuecas pelas pernas esbeltas, olhou para ele com uma expressão arrepiante.

— Obrigado — agradeceu Luis em um tom exagerado, pegando as roupas das mãos de Corny. — Vou pegar emprestada uma calça jeans, se não se importa.

Corny assentiu na direção de alguns pares guardados no cesto de roupa limpa.

— Pegue o que quiser.

Ethine se sentou na beirada da cama, os dedos dos pés descalços eram estranhamente longos e afundavam no tapete conforme Luis saía do quarto.

— Eu poderia enfeitiçar você — disse Ethine.

Corny recuou, desviando o olhar do rosto dela.

— Não por muito tempo. Luis ou Kaye iriam interferir, e você não pode enfeitiçá-los. — Mas, lógico, Kaye estava na casa da avó, e Luis, no chuveiro. Uma olhada rápida lhe fez perceber que não havia se preocupado em prender a outra algema a nada. Ethine teria bastante tempo.

— Até com o som da minha voz eu poderia obrigá-lo a fazer a minha vontade.

— Se fosse mesmo fazer isso, você não me contaria. — Ele pensou na pequena fada que tinha capturado na noite da coroação, e deslizou a mão para trás da cômoda, onde o atiçador de ferro estava apoiado. — Assim como se eu dissesse que poderia fazer sua pele enrugar como a da velha atendente na lanchonete, você poderia ter certeza de que essa não seria minha real intenção.

— E sua doce mãe, posso enfeitiçá-la também.

Ele se virou, brandindo o atiçador no ar, na direção do pescoço de Ethine.

— Prenda a outra algema. Faça isso agora.

Ela deu uma risada, em alto e bom som.

— Só queria dizer que você deve se lembrar de que, ao me trazer aqui, está colocando aqueles que ama em risco.

— Prenda a algema mesmo assim.

Ethine se inclinou e se algemou no pilar da cabeceira. Em seguida, se virou para deitar de bruços. Os olhos cinzentos cintilaram ao refletir a luz do abajur; eram tão inumanos quanto os de uma boneca.

Corny foi até a janela, tirou a chave do bolso da jaqueta, abriu a vidraça e jogou-a em um monte de folhas.

— Boa sorte ao tentar mandar em mim agora. Com feitiço ou não, vai levar um tempo para alguém encontrar aquela chave.

Ele a vigiou, com o atiçador em punho, até Luis voltar, vestindo o jeans de Corny e com uma toalha desbotada em volta das tranças. A pele negra do peito ainda estava corada pelo calor do banho.

Corny baixou o olhar depressa para os dedos enluvados, para a fina camada de borracha que o impedia de arruinar tudo o que tocava. Era melhor olhar para baixo, em vez de arriscar que os olhos se demorassem demais naquela pele nua.

Luis desenrolou a toalha da cabeça e, de repente, pareceu notar o atiçador e a algema fechada.

— O que aconteceu?

— Ethine estava me provocando — respondeu Corny. — Nada demais. — Ele pousou a haste de metal e se levantou, indo até o corredor e se apoiando na parede por um segundo com os olhos fechados, a respiração ofegante. Onde estava Kaye? Quase meia hora tinha se passado; se ela fosse rápida ao pegar suas coisas e caminhasse depressa, apareceria a qualquer momento. Ele queria que ela chegasse logo. Ela sempre o ajudou, tirando seu rabo da reta quando ele pensava não haver mais salvação.

Mas tinham uma refém bizarra e nenhuma ideia de como seria o próximo ataque ou quando aconteceria, e ele acreditava que nem mesmo Kaye conseguiria os safar daquela.

Ela podia estar em grande perigo.

Ela estava muito chateada para pensar direito.

E ele a tinha deixado sair do carro. Sequer pensou em lhe dar seu celular.

Desencostando da parede, ele pegou um monte de cobertores e travesseiros de uma prateleira em cima do aquecedor de água, no armário do corredor. Tudo se resolveria... as coisas ficariam bem. Kaye voltaria e teria um plano brilhante. Eles trocariam Ethine pela promessa de segurança para suas famílias e para si mesmos... algo assim, porém mais inteligente. Kaye não revelaria o nome de Roiben, e, sem Silarial saber seu nome, ele venceria o duelo contra o campeão da Corte Seelie. Roiben se desculparia com Kaye e as coisas voltariam ao normal, independentemente do que fosse o normal.

Corny lavaria as mãos no mesmo oceano que matara a irmã, e a maldição se quebraria.

Luis o convidaria para um encontro, porque ele era muito bacana e controlado.

Voltando ao quarto, Corny largou a pilha de cobertores na cama.

— Kaye pode dividir a cama com Ethine quando aparecer. A gente pode espalhar alguns desses no chão. Acho que dá para enganar.

Luis vestia a camiseta emprestada e estava sentado no chão, folheando uma cópia com orelhas de *Swordspoint*. Ele ergueu o olhar.

— Já dormi em coisa muito pior.

Corny desdobrou uma manta com uma estampa de ziguezague amarelo e verde-néon, e a ajeitou, depois desenrolou por cima um edredom azul-claro um pouco manchado.

— Aqui — disse ele, começando a arrumar a própria cama ao lado daquela.

Luis se acomodou, puxando o cobertor até o pescoço e se espreguiçando ostensivamente. Corny se deitou na cama improvisada. O quarto parecia diferente visto do chão, como uma paisagem alienígena cheia de papel descartado e CDs caídos. Inclinando a cabeça para trás, estudou as manchas de umidade do teto, que se espalhavam a partir de um centro mais escuro, como os anéis de uma árvore antiga.

— Vou apagar a luz — avisou Luis, se levantando.

— Ainda estamos esperando Kaye. E seu irmão, certo?

— Tentei ligar de novo, mas não consegui falar com ele. Deixei seu endereço com Val, caso ele ligue para ela ou apareça. Espero que tenha feito o que disse que faria e pegado um trem. — Luis hesitou. — Mas, sabe, Val disse mais uma coisa. Ela tem um amigo entre os seres encantados exilados na cidade. Ele recebeu uma visita de seu Lorde Roiben alguns dias atrás. *Antes* da visita de Roiben à Corte Seelie.

Corny franziu o cenho. O cérebro cansado não conseguia decifrar nada do que ele havia dito.

— Humm. Estranho. Bem, imagino que agora só nos resta esperar. Kaye conhece o caminho e talvez seu irmão possa nos dizer mais sobre a visita de Roiben. O melhor a fazer é tentar dormir.

Luis apertou o interruptor e Corny piscou, deixando os olhos se acostumarem ao cômodo. Pisca-piscas enfeitando os trailers vizinhos forneciam claridade suficiente para que ele pudesse ver Luis se ajoelhar nos cobertores.

— Você é gay? — sussurrou Luis.

Corny assentiu, embora Luis talvez não enxergasse o gesto na iluminação suave.

— Você sabia, não é? Agiu como se soubesse, me beijou como se soubesse.

— Imaginei que não faria diferença.

— Legal — murmurou Corny.

— Não, não foi isso que eu quis dizer — falou Luis, chutando os pés para fora da manta. Ele riu baixinho. — Quero dizer, você estava enfeitiçado. Garotas, garotos, tanto fazia. Se tivesse uma boca, você a beijaria.

— E você tinha uma boca — argumentou Corny. Ele podia sentir a proximidade dos corpos, notava cada movimento daquelas coxas, a umidade das próprias mãos dentro das luvas. O coração batia tão alto que ele temia que Luis pudesse ouvir. — Mas foi esperto. Raciocínio rápido.

— Obrigado. — A voz de Luis soou pausada de algum modo, como se ele estivesse ofegante. — Eu não tinha certeza se iria funcionar.

Corny queria se debruçar sobre ele e sorver aquelas palavras.

Ele queria dizer que teria funcionado mesmo que não estivesse enfeitiçado.

Queria dizer a ele que teria funcionado naquele momento.

Em vez disso, Corny se virou para que Luis não pudesse ver seu rosto.

— Boa noite — disse, e fechou os olhos, apesar do arrependimento.

Corny despertou de um sonho em que estivera nadando, estilo cachorrinho, em um oceano de sangue. As pernas se cansavam e, quando perdia uma pernada, afundava e vislumbrava, através do carmim, uma cidade sob as ondas, cheia de demônios amigáveis acenando para ele.

Ele acordou quando a perna chutava inutilmente as cobertas. Viu uma silhueta na janela dos fundos e, por um segundo, pensou que fosse Kaye, se esgueirando para dentro a fim de não incomodar a mãe e o padrasto.

— Nos guiou até seu esconderijo, guiou, sim — sibilou uma voz. — Por um pingo de néctar.

Uma onda de ar frio arrepiou Corny.

— Já entendi. — Ele ouviu Luis sussurrar. A silhueta era dele, mas Corny não conseguia ver com quem conversava. — Vou negociar. Ethine por meu irmão. Vou levá-la até a porta da frente.

O corpo inteiro de Corny enrijeceu com aquela traição.

Metal refletiu o luar quando a criatura passou a chave da algema pela janela aberta. Corny se sentiu um idiota. Ele havia jogado a chave direto nas mãos dos seres encantados.

Ele ficou imóvel enquanto Luis dirigia-se até a cama, então lhe agarrou a perna. Luis caiu, e Corny rolou para cima do garoto. Arrancou a luva com os dentes e abriu os dedos como uma rede a centímetros do rosto de Luis.

— Traidor — disse Corny.

Luis inclinou a cabeça para trás, o mais longe que conseguia da mão de Corny. Engoliu em seco, os olhos arregalados.

— Ah, merda. Neil, por favor.

— Por favor, o quê? Com açúcar? Por favor, me deixe foder você?

— Eles estão com David. Meu irmão. Ele não pegou o trem… foi atrás deles em vez disso. Vão matá-lo.

— Ethine é a única garantia que temos de nos mantermos seguros — argumentou Corny. — Não pode negociar nossa segurança.

— Não posso deixá-lo com eles — explicou Luis. — Ele é meu *irmão*. Achei que entenderia. Você mesmo disse que não havia segurança para nós.

— Ah, fala sério. Achou que eu entenderia? Por isso fez tudo pelas costas, no escuro. Parece *mesmo seguro*. — A mão nua se fechou em punho a apenas alguns centímetros da garganta de Luis. — Ah, eu entendo muito bem. Entendo que você nos traiu.

— Não é isso… — começou Luis. — *Por favor*. — Corny podia sentir o corpo trêmulo de Luis debaixo de si. — Meu irmão é um fodido… mas não posso reprimir o desejo de salvá-lo. Ele é meu irmão.

As palavras de Roiben voltaram para assombrá-lo: *Quanto mais poderoso se torna, mais os outros vão encontrar meios de dominá-lo. Vão fazer isso através daqueles que ama e através daqueles que odeia.*

Corny hesitou, a mão nua tremia. Ele se lembrou de Janet, afogada depois de saltar de um píer atrás de um garoto. Ele se lembrou de estar sob a colina, ajoelhado aos pés de um lorde fada enquanto a irmã engolia golfadas de água do oceano. Ele se lembrou da água se fechando acima de si.

O que quer que amasse, era essa sua fraqueza.

Aquilo não impediu Corny de desejar ter salvado a própria irmã. Ele a imaginou afundando cada vez mais, só que dessa vez, quando esticou as mãos, os dedos de Janet apodreceram nos seus.

Se tivesse tido uma chance, gostava de pensar que teria feito o que fosse necessário para salvá-la. Mas ele *sabia* que Luis o faria. Ele olhou para o menino sob ele: as cicatrizes e os piercings, o modo como as tranças haviam começado a desfiar… Luis era *bom* de um modo que Corny não era. Não precisava se esforçar para ser bom: ele simplesmente era.

Corny se desvencilhou de Luis, a mão amaldiçoada esgarçando o acrílico do carpete. Ele sentiu o frio o invadir ao pensar no que quase fizera. No que havia se tornado.

— Vá em frente. Leve Ethine. Faça a troca.

Luis continuava com os olhos arregalados, a respiração entrecortada. Ele se levantou depressa.

— Sinto muito — desculpou-se.

— É o que você precisa fazer — argumentou Corny.

A chave refletia a escassa iluminação do cômodo, cintilando como um dos piercings de metal na pele de Luis enquanto desalgemava Ethine. Ela ofegou, ficando de joelhos e estendendo os braços como se esperasse ter de lutar.

— Seu povo veio buscá-la — contou Luis.

Ela esfregou o pulso e não disse nada. As sombras faziam seu rosto parecer muito jovem, embora Corny soubesse não ser esse o caso.

Com a mão enluvada, ele amassou as roupas dela em uma trouxa.

— Sinto muito mesmo — sussurrou Luis.

Corny assentiu. Ele sentia como se tivesse cem anos de idade, cansado e derrotado.

Eles se esgueiraram pelo corredor, até a porta da frente, que se abriu com um estalo, revelando três criaturas paradas na neve suja, com expressões sombrias. A mais adiantada tinha o rosto de uma raposa e dedos compridos que se afunilavam em garras.

— Onde está Dave? — perguntou Luis.

— Nos dê Lady Ethine e o terá.

— E prometem não nos ferir depois que a libertarmos? — perguntou Corny. — Dave e Luis, Kaye, eu e nossa família. Vocês vão partir e nos deixar em paz.

— Prometemos — disse a fada raposa em um tom monocórdio.

Luis assentiu e soltou o braço de Ethine. Ela disparou para fora descalça e de cueca, colocando-se entre as outras fadas. Uma delas tirou um manto e o colocou sobre os ombros de Ethine.

— Agora nos dê Dave — disse Luis.

— Ele mal vale sua barganha — falou um deles. — Sabe como os encontramos? Ele nos trouxe até aqui em troca de um papelote de pó.

— Apenas o traga para mim!

— Como desejar — disse o outro ser encantado, assentindo para alguém atrás da lateral do trailer, e mais dois deles apareceram, segurando entre eles um menino com um saco na cabeça.

Eles o largaram nos degraus e ele caiu pesadamente, com a cabeça flácida.

Luis deu um passo à frente.

— O que fizeram com ele?

— Nós o matamos — respondeu um ser encantado com escamas nas bochechas.

Luis congelou. Corny podia escutar a própria pulsação ecoando em seu sangue. Tudo soava muito escandaloso. Os carros na estrada rugiam ao passar e o vento fazia com que as folhas estalassem.

Corny se abaixou e puxou o saco de pano. O rosto pálido de Dave parecia feito de cera. Olheiras escuras emolduravam os olhos fundos, e as roupas estavam amassadas e imundas. Os sapatos haviam sumido, e os dedos tinham um tom cinzento, como se queimados pelo frio.

— Minha rainha deseja informá-lo de que seu irmão viveu enquanto você a serviu — disse a fada raposa. — Esta era a promessa. Considere-a cumprida.

Uma feroz rajada de vento arrancou o saco da mão de Corny e açoitou os mantos. Ele fechou os olhos em resposta à ferroada de neve e sujeira, mas, quando os abriu, as fadas haviam partido.

Luis gritou, correndo até onde as criaturas tinham estado, dando meia-volta. O grito soou primitivo, terrível. As mãos estavam cerradas em punho, mas não havia nada para golpear.

Luzes piscaram nas janelas de dois dos trailers. Corny estendeu a mão enluvada para tocar o rosto frio de Dave; parecia impossível que não o tivessem salvado. Morto como Janet. Igualzinho a Janet.

A mãe de Corny apareceu à porta, com o telefone sem fio na mão.

— Vocês acordaram metade da... — Então ela viu o corpo. — Ah, meu Deus!

— É o irmão dele — explicou Corny. — Dave. — Aquilo parecia importante. Do outro lado da rua, a Sra. Henderson foi até a porta e olhou pelo vidro.

O padrasto de Corny apareceu à porta.

— O que diabos está acontecendo? — perguntou ele. A mãe de Corny começou a digitar números no telefone. — Estou chamando os primeiros-socorros. Não toquem nele.

Luis se virou. A expressão parecia vazia.

— Ele está morto. — A voz soou rouca. — Não precisamos de uma ambulância. Ele está *morto*.

Corny se levantou e se aproximou de Luis, não fazia ideia do que fazer ou dizer. Não havia palavras que pudessem melhorar aquela situação. Queria abraçar Luis, confortá-lo, lembrá-lo de que não estava sozinho. Conforme estendia a mão sem luva para o ombro de Luis, olhou para os dedos, horrorizado.

Antes que pudesse afastar a mão, Luis o agarrou pelo pulso. Seus olhos cintilavam com lágrimas; uma lhe escorria pelo rosto.

— Sim, ótimo — disse ele. — Me toque. Não importa porra nenhuma agora, importa?

— O quê? — perguntou Corny. Ele ergueu a outra mão, mas Luis segurou aquela também, lutando para descalçar a luva de borracha.

— Quero que me toque.

— Pare com isso — gritou Corny, tentando se afastar, mas o aperto de Luis parecia irredutível.

Luis pressionou a palma de Corny contra a bochecha. Suas lágrimas molharam os dedos de Corny. — Queria mesmo que me tocasse — confessou ele, baixinho, e o desejo em sua voz foi uma surpresa. — Não podia te contar que te queria. Então agora tenho o que quero, e isso me mata.

Corny lutou contra ele.

— Pare com isso! Não!

Os dedos de Luis eram mais fortes, mantendo a mão de Corny no lugar.

— Eu quero — disse ele. — Não há mais ninguém que se importe comigo.

— Pare! Eu me importo! — gritou Corny, e então ficou imóvel. A pele do rosto de Luis não estava manchada ou enrugada sob o toque da mão nua. O rapaz soltou os pulsos de Corny com um soluço.

Corny correu os dedos de modo reverente pela curva da bochecha de Luis, pintando a pele com lágrimas.

— Água — disse Corny. — E sal.

Seus olhos se encontraram. A distância, uma sirene ecoava cada vez mais próxima, mas nenhum deles desviou o olhar.

12

No entanto, todo homem
Mata aquilo que adora,
Alguns procedem com dureza no olhar
Outros com uma palavra lisonjeira.
O covarde o faz com um beijo,
Enquanto o bravo o faz com a espada!
— Oscar Wilde, *A balada do cárcere de Reading*

Kaye viu as luzes piscando a um quarteirão de distância. Ela disparou pela rua de cascalho do estacionamento de trailers no momento em que a ambulância se afastava. Vizinhos estavam parados nos gramados cobertos de neve em roupões ou casacos vestidos às pressas por cima dos pijamas. A porta do trailer de Corny permanecia fechada, mas as luzes lá dentro estavam acesas. Lutie pairava sobre Kaye, dardejando de um lado para o outro, as asas batendo tão depressa quanto o coração de Kaye.

Ela tinha a impressão de que não havia mais decisões corretas, apenas sucessões infinitas de decisões erradas.

Ela abriu a porta do trailer e parou, vendo a mãe de Corny despejar água quente em uma chaleira. O marido estava sentado em uma poltrona, com uma xícara equilibrada na perna. Os olhos estavam fechados e ele roncava de leve.

— Kaye? O que está fazendo aqui, a essa hora da noite? — perguntou Sra. Stone.

— Eu... — começou Kaye. Uma leve brisa denunciou a entrada de Lutie no cômodo. A fadinha se alinhou ao topo da cabeça de um busto do Capitão Kirk, o que fez um dos gatos dar uma patada na estátua.

— Eu liguei para ela — explicou Corny. — Ela conhecia Dave.

Conhecia Dave. Conhecia. Kaye se virou para Luis, que segurava a própria xícara com tanta força que os dedos estavam pálidos. Havia papéis no chão ao seu lado, uma pilha espalhada de cópias de formulários. Ela notou os olhos vermelhos.

— O que aconteceu?

— O irmão de Luis teve uma overdose nos degraus de nossa casa. — A sra. Stone estremeceu, parecendo prestes a vomitar. — Eles não podiam formalizar o óbito, porque eram apenas voluntários, mas o levaram para o hospital.

Kaye olhou na direção de Corny em busca de uma explicação, mas ele apenas balançou a cabeça. Ela afundou no piso de linóleo até estar sentada, com as costas apoiadas na parede.

A Sra. Stone pousou sua xícara na pia.

— Corny, posso falar com você um minuto?

Ele assentiu, seguindo-a pelo corredor.

— O que realmente aconteceu? — perguntou Kaye a Luis, a voz baixa. — Ele não teve uma overdose, teve? Onde está Ethine?

— Barganhei com uma fada para salvar a vida de Dave há muito tempo, depois que meu pai atirou nele. Tentei tomar conta dele, como se espera de um irmão mais velho... mantê-lo longe de confusão... mas não fiz um bom trabalho. Ele se meteu em mais problemas. Ou seja, mais barganhas para mim.

Medo invadiu os ossos de Kaye.

— Quando liguei para ele da parada, Dave foi direto atrás das fadas — explicou Luis. — Ele trocou minha localização por Nuncamais. Mesmo tendo fritado as próprias entranhas com a droga. Mesmo eu sendo o irmão dele. E sabe do que mais? Não estou nem surpreso, não é a primeira vez. Mas agora ele está morto e eu deveria sentir alguma coisa, certo?

— Mas como ele morreu...? — começou Kaye.

— Estou *aliviado.* — Suas palavras eram como chicotadas na própria pele. — Dave está morto e eu me sinto aliviado. Agora, o que isso faz de mim?

Kaye se perguntou se todo mundo sentia como se houvesse um monstro debaixo da pele. Parecia óbvio que alívio não era a parte crucial do que ele sentia. Era óbvio que estava sofrendo, que estivera chorando. E, ainda assim, era naquilo que se prendia, como um luto imperfeito.

Corny e a mãe retornaram à sala. Ele tinha o braço sobre os ombros dela e falava baixinho. Kaye gritou ao ver a mão nua do amigo sobre o braço da mãe, mas o tecido sob aqueles dedos não estava puído nem desbotado.

— Desculpe — disse ela, se dando conta do grito que soltara.

Luis olhou ao redor, como se tivesse acabado de despertar de um sonho. Desajeitado, ele se levantou.

A mãe de Corny esfregou o rosto.

— Vou acordar Mitch. Vocês três, vão e tentem dormir um pouco.

Kaye parou Corny no corredor.

— Ela está bem?

Ele balançou a cabeça.

— Perdemos o Natal, sabe. Minha mãe surtou, pensando em Janet e sem saber onde eu estava. Me sinto um babaca. E agora isso.

Kaye se lembrou das caixas de presentes fechadas sob a árvore na casa da avó, e se deu conta de que deviam ser para ela.

— Ah — disse, e pegou os dedos quentes e secos do amigo. Ele não recolheu a mão. — E quanto à maldição?

— Mais tarde — respondeu ele. — Conselho de guerra em meu quarto.

Kaye se jogou no emaranhado de lençóis sobre a cama, balançando os pés em uma das extremidades. Luis se sentou no chão com Corny, esparramado, ao seu lado, perto o bastante para suas pernas se tocarem.

Lutie chegou voando e pousou no computador de Corny. Luis não devia tê-la notado antes, porque ficou tenso como uma corda esticada.

— É só Lutie-loo — disse Kaye.

Luis encarou a fadinha com desconfiança.

— Certo, só... só mantenha isso... ela... longe de mim neste momento.

— Kaye, aqui vai o resumo a jato do que você perdeu — disse Corny, rapidamente. — A Corte Seelie queria trocar o irmão de Luis por Ethine. Nós trocamos, mas Dave já estava morto. Eles o mataram.

— E a maldição? — perguntou Kaye.

— Foi... acidentalmente quebrada — respondeu Luis. Ele olhava para as fibras do carpete, e Kaye podia ver um pedaço puído do qual não se lembrava.

Ela assentiu, já que evidentemente nenhum dos dois queria conversar sobre o assunto. Lutie estava empoleirada em um porta-celular.

— É estranho — disse Corny, pousando a cabeça no joelho. — Silarial estava atrás de Ethine, mas não de você. Ela podia ter mandado seu pessoal descer do céu e te pegar, ou pelo menos tentar.

— Talvez Tristeseiva ainda esteja zelando Kaye — sugeriu Luis.

Corny fez uma careta.

— Ok, mas se você fosse a Rainha Seelie e seu plano fosse usar o nome de Roiben, perderia tempo resgatando um de seus cortesãos?

— Ele tem razão — disse Kaye. — Não faz sentido nenhum. Matar Dave… — Ela lançou um olhar rápido para Luis. — É como se ela já tivesse conseguido tudo o que queria. Então, tem tempo de sobra para mesquinhez.

— Então Silarial precisa de Ethine? Para quê? — questionou Corny.

Luis franziu o cenho.

— Você não falou que Ethine ficaria com o trono se Roiben vencesse o duelo?

Kaye assentiu.

— Ele disse alguma coisa sobre como a irmã provavelmente apenas devolveria a coroa, já que é muito leal. Talvez Silarial precise dela para isso? Quero dizer, já foi estranho que a rainha tenha concordado com a barganha, para início de conversa.

— Não sei — disse Corny. — Se houvesse a mínima chance de perder minha coroa, eu ficaria bem feliz que a pessoa em favor de quem eu precisasse abdicar sumisse. É óbvio, minha coroa teria "tirano" soletrado em pedraria, então ninguém iria querer roubá-la também.

Kaye bufou.

— Idiotices à parte, você tem razão. Uma pessoa poderia pensar que ela *quer* a morte de Ethine.

— Talvez ela queira — argumentou Luis.

— Então o quê? Silarial mata Ethine e põe a culpa em nós? Não sei…

Eles ficaram sentados em silêncio enquanto os segundos passavam. Corny bocejou enquanto Luis encarava a parede, com olhos cintilantes. Kaye imaginou Talathain duelando com Roiben, o rosto pesaroso de Ethine na plateia, a rainha sorrindo como se tivesse comido o último biscoito do pacote, Ruddles e Ellebere assistindo a tudo. Havia algo que estava deixando passar, alguma coisa bem debaixo de seu nariz.

Ela se levantou com um sobressalto.

— Esperem! Esperem! Quem Roiben vai enfrentar?

Luis estreitou o olhar para ela.

— Bem, não temos certeza. Imagino que o cavaleiro de Silarial ou qualquer cortesão que ela julgue que possa vencê-lo. Quem quer que empunhe sua arma secreta.

— Lembram o que a gente estava conversando na lanchonete... como parecia que Roiben tinha uma boa chance de derrotar Talathain? Como tudo parecia simples demais? — Kaye balançou a cabeça, a emoção da descoberta se desvanecendo em uma náusea trepidante.

Corny assentiu.

— Não acho que exista uma arma secreta — disse Kaye. — Nenhuma armadura, nenhum espadachim invencível. Arrancar de mim o nome verdadeiro de Roiben... ela jamais precisou disso.

Luis abriu a boca, em seguida a fechou novamente.

— Não entendo o que você quer dizer — admitiu Corny.

— Ethine — disse Kaye, o nome soando como uma bofetada. — Silarial vai fazer Roiben enfrentar Ethine.

— Mas... Ethine não é uma cavaleira — argumentou Luis. — Ela nem conseguiu fugir da gente. Ela não sabe lutar.

— Essa é a questão — disse Kaye. — Não é uma disputa de habilidades. Se não matar a própria irmã, Roiben morre. Ele precisa escolher entre matá-la e morrer.

Ela queria permanecer furiosa com Roiben, se agarrar ao sentimento de traição para que pudesse sufocar toda a mágoa, mas naquele momento não podia evitar sentir pena dele por amar Silarial. Talvez mais do que sentia pena de si mesma por ainda amá-lo.

— Isso é... — Corny hesitou.

— E sem ele, ninguém poderá impedir Silarial de fazer o que quiser com quem quiser — disse Luis.

— E enfeitiçar um exército infinito de pessoas — acrescentou Kaye. — Dezenas de sentinelas congeladas.

— Você era uma distração — disse Luis. — Uma pista falsa. Algo para atrair a atenção de Roiben, tão preocupado que Silarial descobrisse seu verdadeiro nome que não notou o que estava bem debaixo de seu nariz.

— Gato por lebre — disse Kaye, baixinho. — Um cachorro. É isso, não? Engraçado. É o que eu fui: um cachorro bem treinado.

— Kaye — disse Corny. — Não é sua culpa.

— Temos de avisá-lo — disse ela, dando voltas no quarto. Ela não queria admitir que a incomodava o fato de que não seria o Tithe, não era a chave, nem mesmo era importante. Tinha apenas piorado as coisas para Roiben, havia o distraído. Silarial enganara a ambos.

— Nem sabemos onde ele está — disse Corny. — A colina oca no cemitério nem sequer continua oca.

— Mas sabemos onde ele *vai* estar — argumentou ela. — Hart Island.

— Amanhã à noite. Nesse mesmo horário, basicamente. — Corny foi até o computador e movimentou o mouse, então digitou algumas palavras. — Ao que parece, é uma ilha na costa de Nova York. Com um imenso cemitério. E uma prisão; embora ache que não está mais em uso. E... ah, perfeito... é completamente ilegal ir até lá.

Os três dormiram espremidos na cama de Corny: ele no meio, com o braço sobre as costas de Kaye, e a cabeça de Luis apoiada em seu ombro. Quando acordou, já era de tarde. Kaye ainda estava encolhida ao seu lado, mas Luis estava sentado no tapete, falando baixinho no celular de Corny.

Luis disse algo sobre "cinzas" e "bancar", mas balançou a cabeça quando viu Corny o observando, então se virou para a parede. Passando por ele, Corny foi até a cozinha e ligou a cafeteira. Devia estar preocupado: estavam a horas de embarcar no perigo. Ainda assim, enquanto avaliava a situação, um sorriso se abriu em seu rosto.

Imediatamente se sentiu culpado. Não devia estar tão feliz quando Luis ainda chorava a morte do irmão. Mas estava.

Luis gostava dele. Luis. Gostava. Dele.

— Ei! — chamou Kaye, penteando com a mão o cabelo embaraçado. Ela havia roubado uma das camisas do amigo, que nela parecia um vestido. Pegou uma xícara azul no armário. — Um brinde ao doce alívio do café.

— Cuja graça nos permite cumprir a tarefa que nos foi apresentada.

— Acha que vamos conseguir cumprir? — perguntou Kaye. — Nem sei se Roiben vai me escutar.

A cafeteira deu um último ruído, e Corny serviu três xícaras.

— Eu acho. Ele vai, sério. Beba.

— Então... você e Luis? — A xícara quase escondia seu sorriso.

Ele assentiu.

— Quero dizer, não agora, com tudo o que está acontecendo, mas sim, talvez.

— Fico feliz. — O sorriso dela sumiu. — Você não precisa ir esta noite. Não estou tentando ser uma mártir; é só que o fato de Luis ter perdido o irmão... O problema é meu. Eles são o meu povo.

Ele deu de ombros e colocou o braço ao redor da amiga.

— Sim, bem, e você é problema meu. Você é meu povo.

Ela recostou a cabeça contra ele. Mesmo tendo acabado de levantar da cama, ela cheirava a grama e terra.

— E quanto a seu medo de inimigos megalomaníacos? Não achei que nossa recente aventura fosse a receita para superá-lo.

Ele transbordava autoconfiança. Luis gostava dele. A maldição havia sido quebrada. Tudo parecia possível.

— Vamos pegar os malditos antes que eles nos peguem.

Luis veio do quarto, fechando o celular contra o peito.

— Vi sua mãe de manhã. Ela disse que queria falar com você quando voltasse do trabalho. Eu não disse nada a ela.

Corny assentiu, se lembrando de aparentar calma. Se lembrando de não beijar Luis. Não havia escovado os dentes e aquele não parecia o melhor momento para isso, afinal.

— Vou deixar um bilhete. Depois é melhor irmos. Luis, se você tiver que ficar e resolver as coisas…

— O que preciso é impedir Silarial de machucar mais alguém. — Ele sustentou o olhar de Corny, como se o desafiasse a sentir pena dele.

— Ok — disse Kaye. — Estamos todos juntos. Agora precisamos de um mapa e de um barco.

— Hart Island fica no estuário de Long Island, fora de City Island, que fica ao largo do Bronx. Não é exatamente acessível a remo. — Corny entregou uma xícara a Luis. Quando este a pegou, os dedos se roçaram, e ele se sentiu o oposto de amaldiçoado.

— Então precisamos de um barco a motor — argumentou Kaye. — Há uma loja de artigos náuticos na Rota 35. Posso transformar uma pilha de folhas em dinheiro. Ou podemos encontrar uma marina por lá e roubar um.

Luis estava ocupado, colocando açúcar no café.

— Nunca pilotei um barco ou li uma carta náutica. Vocês já?

Kaye balançou a cabeça, e Corny teve de admitir que também não.

— Existem sereias no East River — disse Luis. — Provavelmente, também no estuário. Não sei muito sobre elas, mas, se não quiserem que cheguemos a Hart Island, podem nos jogar na água. Elas têm dentes ferozes. A boa notícia é que fazem parte do Reino Submarino, não de alguma das cortes terrestres.

Corny estremeceu com a ideia. Ele se lembrou de Janet, mantida submersa por um kelpie maravilhado.

— Talvez pudéssemos negociar com elas — sugeriu ele. — Talvez nos levem até lá por um preço.

Kaye olhou para ele, desconfiada. Ele imaginou que ela estivesse se lembrando de como haviam trocado, com aquele mesmo kelpie, um antigo cavalo de carrossel por informações... antes de descobrirem o quão perigoso era. Antes que a criatura matasse Janet.

Ela assentiu lentamente.

— Do que as sereias gostam?

Luis deu de ombros.

— Joias... música... marinheiros?

— Elas comem pessoas, certo? — perguntou Corny.

— Sim. Quando terminam de brincar.

Corny sorriu.

— Vamos levar uns bons filés para elas.

Compraram um bote inflável verde e dois remos na loja de barcos. O funcionário encarou Kaye com estranheza enquanto ela contava centenas de dólares amassados e enrolados, mas o sorriso da pixie o enfeitiçou, deixando-o calado.

Eles voltaram ao carro.

Luis foi de copiloto e Kaye se sentou atrás, com a cabeça deitada na caixa de papelão do bote. Quando Corny trocou de faixa na rodovia, lançou um olhar para Luis, mas Luis olhava pela janela, sem se fixar a nada. Seja lá o que visse, não era algo que Corny pudesse compartilhar. Silêncio invadiu o carro.

— Quem era? — perguntou Corny finalmente. — No telefone?

Luis olhou rapidamente para ele.

— Era do hospital. Estão irritados porque não tenho um cartão de crédito ou uma linha de telefone fixa, e por ele ter menos de dezoito anos. E muito embora eles não saibam se terei permissão para reivindicar o corpo, começaram a discutir minhas opções. Basicamente, tenho de descolar dinheiro para a cremação.

— Kaye pode...

Luis balançou a cabeça.

— Poderíamos vender o bote no fim de tudo, quando terminarmos com isso. — Luis sorriu, um pequeno curvar de lábios. — Quero que ele tenha um enterro decente, sabe.

No funeral de Janet havia um caixão e uma cerimônia, flores e uma lápide. Corny jamais tinha questionado o preço, mas a mãe não era rica. Ele se perguntou o quanto ela se endividara para a irmã ser enterrada com estilo.

— Meus pais... eles estão lá, aonde estamos indo. — Luis mexeu no piercing do lábio.

— Hart Island?

Ele assentiu.

— É onde fica a vala comum. Onde enterram os mortos "sem amigos". O que basicamente significa os mortos sem parentes, que são inquilinos e devedores do cartão de crédito. Meus pais. Eu era menor de idade, então não pude reivindicá-los. Se tivesse sequer tentado, com certeza teriam arrastado Dave e eu para a assistência social.

As possíveis respostas rolaram diante dos olhos de Corny. *Uau. Você está bem? Sinto muito.* Eram todas inadequadas.

— Nunca fiz uma visita — confessou Luis. — Vai ser bom ir até lá.

Dirigiram pela ponte levadiça até o limite de City Island, e estacionaram atrás de um restaurante. Em seguida, sentados na neve, se revezaram para encher o bote, como se estivessem compartilhando um baseado.

— Como vamos atrair aquelas sereias? — perguntou Corny, enquanto soprava no pequeno tubo.

Kaye pegou um recibo do chão do carro.

— Tem alguma coisa pontuda?

Corny vasculhou a mochila até encontrar um alfinete de segurança esquecido.

Ela espetou o dedo e, com uma careta, manchou o papel com o próprio sangue. Caminhando até a margem, ela o jogou na água.

— Sou Kaye Fierch — disse, com firmeza. — Uma pixie. Uma changeling da Corte Seelie em uma missão para o Rei da Corte Noturna. Venho em busca de ajuda. Peço sua ajuda. Três vezes, peço sua ajuda.

Corny a encarava, parada diante da água, o cabelo verde afastado do rosto enfeitiçado, o casaco roxo açoitado pelo vento. Pela primeira vez pensou que, mesmo naquele disfarce humano, de algum modo ela havia se tornado formidável.

Cabeças romperam a água escura, cabelos claros flutuando como alga marinha ao redor.

Kaye ficou de joelhos.

— Peço que nos leve em segurança a Hart Island. Temos um bote. Tudo o que precisam fazer é rebocá-lo.

— E o que você nos dará em troca, pixie? — perguntaram em sua voz melodiosa. Os dentes eram translúcidos e afiados, como se fossem feitos de cartilagem.

Kaye voltou ao carro e pegou o saco de supermercado cheio de carne. Ela estendeu a elas um pernil cru e suculento.

— Carne — respondeu.

— Nós aceitamos — disseram as sereias em uníssono.

Kaye, Corny e Luis arrastaram o bote até a água e o lançaram. As sereias o cercaram, empurrando a embarcação e cantando suavemente enquanto o faziam, as vozes tão bonitas e insistentes que Corny se flagrou hipnotizado. Kaye parecia tensa, sentada à frente como uma figura de proa.

Debruçado sobre a amurada, Corny viu uma sereia cortando a água e, por um momento, a criatura parecia usar o rosto de sua irmã, azul de frio e morte. Ele desviou o olhar.

— Eu sei quem você é — disse uma delas a Luis, a mão pálida membranosa se erguendo para segurar a lateral do bote. — Você entregava a poção do troll.

Ele assentiu, engolindo em seco.

— Posso te ensinar como se recuperar — sussurrou a sereia. — Se vier comigo, para debaixo da água.

Corny pôs a mão no braço de Luis, que pulou como se tivesse levado um choque.

A sereia virou a cabeça para Corny.

— E quanto a vingança? Posso lhe dar isso. Você perdeu alguém para o mar.

Corny engasgou.

— O quê?

— Você quer isso. Eu sei que quer — disse ela.

A sereia estendeu o braço, a mão com membranas pousando na lateral do bote, próximo a Corny. Escamas se soltaram, brilhando na borracha.

— Posso lhe dar o poder — prometeu ela.

Corny baixou o olhar para aqueles olhos gelatinosos e os dentes afiados. Inveja embrulhou seu estômago. Ela era linda, terrível e mágica. Mas a sensação parecia alheia, como sentir inveja de um pôr do sol.

— Não preciso de mais poder nenhum — argumentou ele, e ficou surpreso ao perceber que falava sério. E, se quisesse vingança, ele a conseguiria por conta própria.

Kaye deixou escapar um ruído suave. Corny ergueu os olhos.

Na margem distante, atrás de montes de conchas de mexilhão, uma grande multidão de criaturas havia se reunido. E, mais além, prédios abandonados se erguiam ao lado de fileiras e mais fileiras de túmulos.

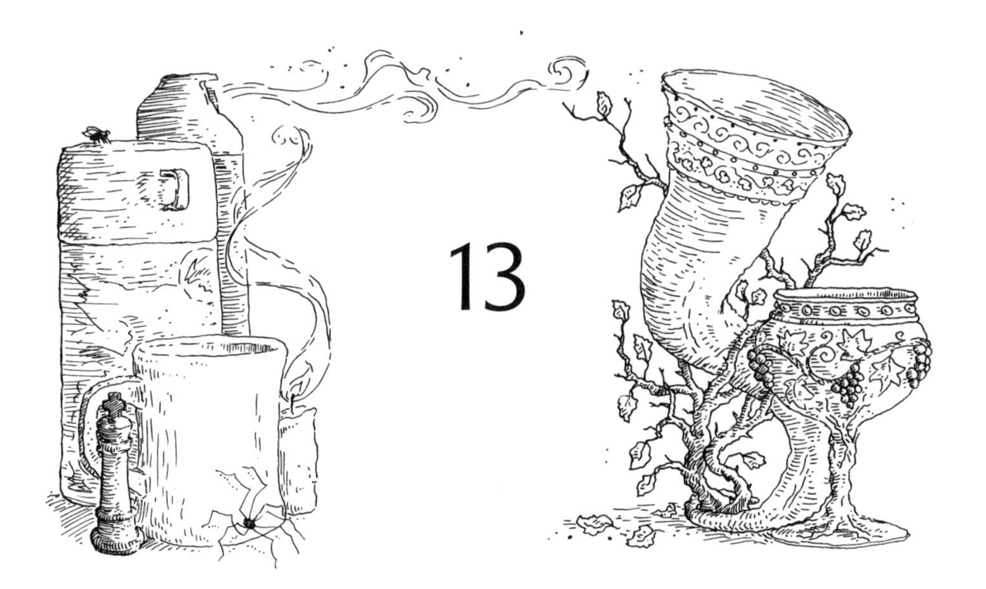

13

Tu és a pergunta sem resposta;
Pudesses ver teu próprio olho,
Ele não para de perguntar, perguntar;
E cada resposta é uma mentira...
— Ralph Waldo Emerson, *A esfinge*

Kaye abriu caminho por entre a multidão, acompanhada por Corny e Luis, empurrando corpos de pele lavanda e espantando nuvens de fadinhas do tamanho de alfinetes. Um púca com cabeça de bode e mortiços olhos brancos a chamou enquanto passava, lambendo os dentes com uma língua de gato.

— Brinque-se toque-se pixie!

Ao passar debaixo do braço de um ogro, Kaye pulou em uma lápide para evitar três duendes emaranhados em um abraço apertado na terra.

De cima da sepultura, ela esquadrinhou a corte. Viu Ruddles bebendo de uma taça e passando-a para um grupo de outras criaturas com cabeça de animal. Ellebere estava ao seu lado — o cabelo clareando do borgonha ao dourado conforme lhe caía pelos ombros e a armadura de um verde profundo e musgoso.

O próprio Roiben conversava animadamente com uma mulher tão esguia quanto uma varinha, o longo cabelo preto trançado em uma capa cravejada de joias ondulando às costas, que combinava com a cauda oscilante, também adornada de joias. De onde estava, Kaye não sabia dizer se os dois discutiam ou não. A mulher gesticulava excessivamente com as mãos.

Então, de súbito, Roiben se virou e olhou na direção de Kaye. Ela ficou tão surpresa que caiu; esqueceu-se de bater as asas. A cabeça se chocou contra uma pedra e lágrimas inundaram seus olhos. Por um segundo, apenas ficou ali, com a cabeça sobre a terra, ouvindo a movimentação do Povo das Fadas ao seu redor. Era horrível ficar tão perto dele, horrível a forma como seu coração acelerava.

— Você não devia comer os ossos se os rói assim. — Ela ouviu alguém por perto dizer. — São muito afiados, podem cortar suas entranhas.

— Olhe só quem ficou exigente — retrucou outra voz. — Tutano é melhor que carne, mas é preciso roer os ossos para alcançá-lo.

Corny estendeu a mão para ajudar Kaye a se levantar.

— Acho que ele não te viu.

— Talvez, mas eu, sim. — Uma mulher, as asas tão esfarrapadas que apenas veias lhe caíam das costas, encarava Kaye de cima. Ela empunhava uma faca curva como uma serpente, e sua armadura cintilava com o mesmo púrpura brilhante de uma carapaça de besouro.

— Dulcamara — disse Kaye, ficando de pé. — Meus amigos precisam falar com Roiben.

— Talvez após o duelo — disse ela. Os olhos rosados observavam Kaye com desdém.

— Eles precisam falar com ele *agora* — rebateu Kaye. — Por favor. Ele não pode lutar. Precisa cancelar o duelo.

Dulcamara lambeu o fio da lâmina, tingindo a boca de sangue.

— Vou bancar o mensageiro. Me dê suas palavras e as levarei até ele com minha própria língua.

— Eles precisam contar a ele pessoalmente.

Dulcamara balançou a cabeça.

— Não permitirei mais nenhuma distração de sua parte do que ele já suportou.

Corny se adiantou.

— Só um segundo, só vai levar um segundo. Ele me conhece.

— Mortais são mentirosos. Não conseguem evitar — disse a cavaleira fada. Kaye reparou que seus dentes eram tão afiados quanto a lâmina em sua mão, e, diferente dos das sereias, os dela eram feitos de osso. Dulcamara sorriu para Corny. — É a sua natureza.

— Então me deixe ir — implorou Kaye. — Não sou mortal.

— Você não pode. — Luis colocou a não em seu ombro. — Lembra? Ele não tem permissão para vê-la.

Mortais são mentirosos. Mentirosos.

— De fato — disse Dulcamara. — Aproxime-se dele e vou cortar você ao meio. Nada dos jogos de glamour que usou na Corte Seelie.

Repetidas vezes, Kaye ouviu aquelas palavras: *mentirosos, inverdade, mentira, mentindo, morrendo, morto.* Ela se lembrou do xadrez de fada de Corny. Era necessário mudar as regras do jogo. Tinha que resolver a questão, precisava ser a única variação. Mas como poderia mentir sem de fato mentir?

Kaye olhou para Roiben, cuja armadura estava sendo amarrada nas costas. O cabelo comprido tinha duas tranças nas laterais da cabeça, cada uma com um afiado fecho de prata na ponta. Ele parecia pálido, o rosto contraído como se estivesse sentindo dor.

— Ah — disse Kaye, e então se lançou no ar.

— Pare! — gritou Dulcamara, mas Kaye já estava voando, as asas batendo de maneira frenética. Por um segundo ela teve um vislumbre do farol na distante costa de City Island, e das luzes cintilantes da cidade além. Em seguida, meio aterrissou, meio caiu aos pés de Roiben.

— Você — disse ele, e ela não conseguiu discernir o tom daquela voz.

Ellebere agarrou seus pulsos e os torceu para trás das costas.

— Este não é lugar para uma pixie da Corte Seelie.

Ruddles apontou para ela com as garras.

— Para se postar diante de nosso senhor e rei, deve ter cumprido sua missão. Se não, o costume nos permite rasgá-la...

— Não me importo com o que manda o costume... — declarou Roiben, dispensando o mordomo com um gesto de mão. Quando encarou Kaye, seus olhos pareciam desprovidos de qualquer emoção conhecida. — Onde está minha irmã?

— Silarial a pegou — respondeu Kaye, em um fôlego só. — É sobre Ethine que vim falar com você. — Pela primeira vez desde o Tithe, ela sentiu medo dele. Não acreditava mais que Roiben seria incapaz de machucá-la. Aparentemente, ele iria saborear sua dor.

Lamba a mão da Rainha da Corte Seelie, Rath Roiben Riven. Lamba como o cão que é.

— Meu senhor — começou Ruddles —, embora não seja minha escolha o contradizer, ela não pode continuar em sua presença. Ela não completou a missão que o senhor lhe concedeu.

— Eu disse para deixá-la aqui! — gritou Roiben.

— Eu consigo mentir — desabafou Kaye, o coração batendo como um tambor contra o peito. A terra oscilou sob seus pés, e todos ao redor ficaram em silêncio. Ela não fazia ideia se poderia levar aquilo adiante. — Eu consigo mentir. Sou a fada que pode mentir.

— Isso é besteira — disse Ruddles. — Prove.

— Está dizendo que não posso? — perguntou Kaye.

— Nenhuma fada pode contar uma inverdade.

— Então — argumentou Kaye, soltando o ar em um fôlego vertiginoso —, se digo que posso mentir e você diz que não posso, então um de nós deve estar dizendo uma inverdade, certo? Então ou eu sou uma fada que consegue mentir ou você é. De uma maneira ou de outra, completei minha missão.

— Isso me parece ser uma charada, mas não encontro falha — disse o mordomo.

Roiben soltou um muxoxo, mas ela não sabia dizer se era uma objeção.

— Esperta. — O sorriso de Ruddles era cheio de dentes, mas ele deu um tapinha em suas costas. — Aceitamos sua resposta com prazer.

— Suponho que tenha vencido, Kaye — disse Roiben. A dele era suave. — Desse momento em diante, seu destino está ligado à Corte Unseelie. Até o dia de minha morte, você é minha consorte.

— Diga a eles para me soltarem — pediu Kaye. Ela havia vencido, mas a vitória parecia tão oca quanto um ovo quebrado. Afinal, Roiben não a queria.

— Como minha consorte, você mesma pode fazer isso — argumentou Roiben. Ele não a encarava. — Eles não negarão uma ordem sua.

Ellebere soltou os braços de Kaye antes que ela pudesse falar. Aos tropeços, ela se virou para fuzilar o cavaleiro e Ruddles com o olhar.

— Vão — disse ela, tentando soar autoritária. A voz falhou.

Eles olharam para Roiben e, ao seu aceno, saíram. Aquilo ainda não poderia ser considerado privacidade, mas provavelmente era o mais próximo que ela conseguiria de algo assim.

— Por que veio até aqui? — perguntou ele.

Kaye queria implorar a ele que fosse o Roiben que ela conhecia, aquele que dissera que ela era a única coisa que desejava, aquele que não a traíra e que não a odiava.

— Olhe para mim. Por que não olha para mim?

— Olhar para você é um tormento. — Quando ele ergueu os olhos, estavam cheios de sombras. — Pensei que, se a afastasse da guerra, seria o mesmo que mantê-la a salvo. Mas lá estava você, no meio da Corte Seelie, como se quisesse me mostrar como fui tolo. E aqui está de novo, cortejando o perigo. Eu só queria salvar uma coisa, apenas uma coisa, para provar que ainda existia alguma bondade em mim afinal.

— Eu não sou uma *coisa* — retrucou Kaye.

Ele fechou os olhos por um instante, cobrindo-os com os dedos longos.

— Sim, com certeza. Eu não devia ter dito isso.

Ela pegou as mãos dele e Roiben a deixou afastá-las do próprio rosto. Estavam frias como a neve.

— O que está *fazendo* a si mesmo? O que está acontecendo?

— Quando me tornei Rei da Corte Unseelie, achei que não pudéssemos vencer a guerra. Achei que lutaria e morreria. Há uma espécie de alegria irracional em aceitar a morte como um preço inevitável.

— Por quê? — perguntou Kaye. — Por que se submeter a um destino tão infeliz? Por que simplesmente não dizer "Dane-se, vou construir casas de passarinho ou qualquer coisa?"

— Para matar Silarial. — Os olhos dele cintilavam, cortantes como cacos de vidro. — Se ela não for impedida, ninguém estará livre de sua crueldade. Foi tão difícil não esmagar aquele pescoço quando a beijei. Conseguiu ler minha expressão, Kaye? Você viu minha mão tremendo?

Kaye ouvia o próprio sangue latejar nas têmporas. Podia mesmo ter confundido ódio com desejo? Ao rememorar o sangue na boca de Silarial, ela se lembrou do modo que os olhos de Roiben pareciam vidrados de paixão. Agora, aquele brilho parecia mais próximo da insanidade.

— Então por que você beijou...

— Porque eles são meu povo. — Roiben fez um gesto amplo de mão, abarcando a vista do cemitério e da prisão. — Quero salvá-los. Eu precisava que ela acreditasse que eu estava sob seu poder para que concordasse com meus termos. Sei que deve ter parecido...

— Pare. — Kaye sentiu o toque frio do medo na coluna. — Vim até aqui te dizer uma coisa — revelou ela. — Algo que descobri sobre o duelo.

Ele ergueu uma sobrancelha prateada.

— O que é?

— Silarial vai escolher Ethine como campeã.

O riso de Roiben foi quase um soluço, breve e terrível.

— Cancele o duelo — disse Kaye. — Invente uma desculpa. Não lute.

— Eu me perguntava que coisa terrível ela poderia lançar contra mim, que monstro, que magia. Me esqueci do quanto ela é ardilosa.

— Você não precisa lutar contra Ethine.

Ele balançou a cabeça.

— Você não entende. Há coisas demais em jogo esta noite.

Uma onda de frio se desprendeu do coração de Kaye, congelando-lhe o corpo.

— O que vai fazer? — A voz soou mais incisiva do que ela pretendia.

— Vou ganhar — disse ele. — E você me faria um grande favor se dissesse isso a Silarial.

— Você não machucaria Ethine.

— Acho que é hora de ir, Kaye. — Roiben passou a tira do boldrié pelo ombro. — Não vou pedir que me perdoe, porque não mereço, mas eu realmente amei você. — Ele baixou o olhar quando disse as palavras. — Eu te amo.

— Então pare com isso. Pare de não me contar as merdas que acontecem. Não interessa se é para meu próprio bem ou por qualquer outro motivo idiota…

— Eu *estou* te contando a merda — disse Roiben, e o ouvir xingar a fez rir. Ele devolveu o sorriso, só um pouco, como se entendesse a graça da situação. Naquele instante, ele parecia dolorosamente familiar.

Ele estendeu a mão, ainda sorrindo, como se fosse lhe tocar o rosto, mas, em vez disso, traçou a curva de seu cabelo. Sequer foi um toque de verdade, suave e inquieto, como se ele temesse ousar mais. Ela estremeceu.

— Se pode mesmo mentir — começou ele —, me diga que tudo vai acabar bem esta noite.

Ar gelado soprou uma fina rajada de neve, despenteando o cabelo de Roiben conforme ele marchava pelas sepulturas até a área designada para o duelo. As Cortes Noturna e Luminosa aguardavam impacientes, reunidas em um círculo displicente, sussurrando e tagarelando, apertando os mantos de pele, pelo e tecido junto ao corpo. Kaye correu à margem da multidão até onde os cortesãos da Rainha Luminosa aguardavam, os trajes cintilantes sendo açoitados pelo vento.

Ellebere e Dulcamara caminhavam ao lado de Roiben, as armaduras de inseto cintilando contra a paisagem coberta de neve e as lápides. Roiben estava todo vestido em um traje cinza, como o céu nublado. Talathain e outro cavaleiro flanqueavam Silarial. Trajavam couro pintado de verde com espinhos dourados nos ombros e braços, como os de uma lagarta. Roiben se inclinou em uma mesura tão profunda que quase beijou a neve. Silarial fez apenas uma leve reverência.

Roiben pigarreou.

— Por décadas, houve uma trégua entre as Cortes Seelie e Unseelie. Sou tanto prova quanto testemunha dessa velha barganha, e a negociaria outra vez. Lady Silarial, concorda que, se eu derrotar seu campeão, estabelecerá a paz entre nossas cortes?

— Se desferir em meu campeão um golpe fatal, assim eu juro — respondeu Silarial. — Se meu campeão cair morto neste campo, você terá sua paz.

— E aposta algo mais nessa batalha? — perguntou ele à rainha.

Silarial sorriu.

— Também abdicarei de meu trono em favor de Lady Ethine. De bom grado, colocarei a coroa da Corte Seelie sobre a cabeça de sua irmã, lhe beijarei o rosto e renunciarei para me tornar apenas uma súdita, caso você vença.

Kaye podia ver o rosto de Roiben de onde estava, mas não conseguiu decifrar sua expressão.

— E se eu morrer no campo de batalha, você governará a Corte Unseelie em meu lugar, Lady Silarial — declarou Roiben. — Estou de acordo.

— E agora devo nomear meu campeão — disse Silarial, um sorriso lhe cruzando o rosto. — Lady Ethine, às armas. Você será a defensora da Corte Seelie.

Um terrível silêncio caiu sobre a multidão reunida. Ethine balançou a cabeça, calada. O vento e o torvelinho de neve fustigavam os presentes em meio ao impasse.

— Como você deve me odiar — disse Roiben com suavidade, mas o vento parecia capturar as palavras e soprá-las para a audiência.

Silarial deu meia-volta em seu vestido branco-neve e deixou o campo na direção de seu caramanchão de hera. Os súditos Seelie vestiram uma armadura fina em Ethine e prenderam uma espada longa em seu punho lânguido.

— Vão — ordenou Roiben a Ellebere e Dulcamara. Com relutância, os dois deixaram o campo. Kaye podia ver a dúvida nos semblantes da Corte Unseelie, a tensão conforme Ruddles cerrava os dentes e observava Ethine com os brilhantes olhos escuros. Haviam apostado todas as fichas em Roiben, mas a lealdade do rei era duvidosa e nunca tanto como naquele momento.

Duendes perambulavam no lado externo do círculo, arrancando ervas daninhas para demarcar seus limites.

No centro do banco de neve, Roiben fez uma reverência rígida e desembainhou a espada. Era curva como uma lua crescente e brilhava como água.

— Você não quer fazer isso — disse Ethine, mas em sua boca as palavras soaram como uma pergunta.

— Está pronta, Ethine? — Roiben empunhou a espada de modo que a lâmina parecia dividir seu rosto, deixando metade na sombra.

Ethine balançou a cabeça. *Não*. Kaye podia ver como a irmã de Roiben tremia convulsivamente. Lágrimas escorriam pelas bochechas pálidas. Ela deixou a espada cair.

— Pegue a espada — disse ele, paciente, como se falasse com uma criança.

Apressada, Kaye caminhou até onde a Senhora Luminosa da Corte Seelie estava sentada. Talathain levantou o arco, mas não a impediu. O som do choque de lâminas a fez se virar novamente para a luta. Ethine cambaleava para trás, o peso da própria espada nitidamente a desequilibrando. Kaye se sentiu mal.

Silarial olhava do alto de seu pedestal, o cabelo cobre trançado com mirtilos ao redor de uma tiara dourada sobre sua cabeça. Ela alisou a saia do vestido branco.

— Kaye — disse ela. — Que surpresa. Você está surpresa?

— Ele sabia que enfrentaria Ethine antes de entrar na arena.

Silarial franziu o cenho.

— Como?

— Eu contei a ele. — Kaye se sentou no altar. — Depois de resolver aquela missão ridícula.

— Então você é a consorte do Rei da Corte Unseelie? — Silarial ergueu uma sobrancelha. Seu sorriso era indulgente. — Estou surpresa que ainda o queira.

Aquilo doeu. Kaye teria protestado, mas as palavras pareciam presas na boca.

— Mas, enfim, você será sua consorte apenas enquanto ele viver. — A Senhora Luminosa direcionou o olhar para as duas figuras lutando na neve.

— Ah, fala sério — disse Kaye. — Você age como se ele fosse o mesmo menino que você mandou embora. Sabe o que ele me disse quando lhe contei sobre Ethine? Ele riu. Riu e disse que venceria.

— Não — disse Silarial, se virando com muita rapidez. — Não posso acreditar que ele brincaria de gato e rato antes, se a intenção fosse matá-la.

Kaye semicerrou os olhos.

— É isso que ele está fazendo? Talvez não seja tão fácil matar a própria irmã.

Silarial balançou a cabeça.

— Ele anseia pela morte, assim como anseia por mim, embora talvez preferisse não desejar nenhuma das duas. Ele vai deixar a irmã o apunhalar e talvez lhe diga coisas belas com a boca cheia de sangue. Toda essa provocação é para a enfurecer, fazer com que ataque com força suficiente para um golpe mortal. Eu o conheço melhor do que você.

Kaye fechou os olhos ao ouvir aquilo, e então se forçou a abri-los. Ela não sabia. Sinceramente, não sabia se ele mataria a irmã ou não. Ela nem mesmo sabia o que queria: ambas as opções eram terríveis demais.

— Não acredito — disse ela, com cautela. — Não acho que seja o que Roiben quer, mas ele já matou muitas pessoas que não queria matar.

Como um sinal, a audiência deixou escapar um grito. Ethine jazia na neve, se esforçando para sentar com a ponta da lâmina curva de Roiben na garganta. Ele sorria para a irmã com gentileza, como se ela simplesmente tivesse caído e ele estivesse prestes a ajudá-la a se levantar.

— Nicnevin o forçou a matar — disse Silarial, depressa.

Kaye deixou a raiva que sentia se infiltrar em sua voz.

— Agora é você a forçá-lo.

As palavras de Roiben flutuaram pelo campo.

— Já que a coroa da Corte Luminosa será passada a você *depois* de sua morte, me diga a quem quer que eu a dê. Permita-me este último gesto como seu irmão.

Uma onda de alívio inundou Kaye. Existia um plano. Ele tinha um plano.

— Espere! — gritou Silarial, levantando de um pulo do trono improvisado e marchando pelo campo. — Isso não faz parte da barganha. — Quando ela atravessou o círculo de ervas, estas se acenderam com um fogo esverdeado.

Um grito se ergueu entre o Povo de Unseelie enquanto a Corte Luminosa caía em um silêncio mortal. Roiben recuou, afastando a lâmina do pescoço da irmã. Ethine tombou mais uma vez na neve, virando a cabeça para que ninguém pudesse ver seu rosto.

— Também não faz parte do acordo você interromper a luta — argumentou ele. — Você não pode reconsiderar nossa barganha agora que ela não a favorece mais. — As palavras silenciaram os protestos da Corte Unseelie, mas Kaye podia ouvir o restante os murmúrios confusos da multidão.

Ethine levantou aos tropeços. Roiben estendeu a mão para ajudá-la, mas ela não a pegou; o encarava com ódio, mas havia menos ódio do que quando olhou para sua senhora. Ela pegou a espada e a segurou com tanta força que os nós dos dedos ficaram brancos.

— Meu juramento foi de que a coroa iria para Ethine se você matasse meu campeão. Não prometi que ela poderia escolher um sucessor. — A voz de Silarial soou estridente.

— Não cabe a você prometer — disse Roiben. — O que lhe pertence na morte, ela pode ceder com seu último suspiro. Talvez até mesmo a devolva para você. Ao contrário da coroa Unseelie, que é conquistada em sangue, o sucessor Seelie é escolhido.

— Não permitirei que minha coroa seja passada adiante por uma de minhas aias, nem serei humilhada por aquele que outrora se ajoelhava aos meus pés. Você não é nem um décimo do que Nicnevin foi.

— E você é parecida demais com ela — disse Roiben.

Três cavaleiros Seelie entraram em campo, cercando Roiben de modo que, se o rei atacasse Silarial, eles poderiam ser mais rápidos.

— Permita-me lembrá-lo de que minhas forças superam as suas — avisou Silarial. — Se nosso povo se enfrentasse, mesmo agora, eu venceria. Acho que isso me dá o direito de ditar os termos.

— Então vai anular nosso acordo? — perguntou Roiben. — Vai parar o duelo?

— Antes que eu o deixe tomar minha coroa! — cuspiu Silarial.

— Ellebere! — gritou Roiben.

O cavaleiro Unseelie tirou uma pequena flauta de madeira da manopla da armadura e a levou à boca. Ele soprou três notas límpidas que pairaram sobre a multidão subitamente quieta.

Nas margens da ilha, coisas começaram a se mover. Sereianos se arrastaram até a praia. Fadas surgiram dos prédios abandonados, saindo das florestas e ergueram-se dos túmulos. Um ogro com uma barba esverdeada cruzou um par de foices de bronze no peito. Um troll magro, com cabelo preto bagunçado. Goblins empunhando adagas de cacos de vidro. Moradores dos parques, ruas e prédios lustrosos tinham surgido.

Os seres encantados exilados.

Os murmúrios da multidão transformaram-se em gritos. Alguns na assistência foram em busca de armas. Os seres encantados solitários e a Corte Noturna tentaram cercar a nobreza da Corte Seelie.

— Você planejou uma emboscada? — exigiu saber Silarial.

— Andei fazendo alianças. — Roiben parecia conter uma risada. — Alguns... muitos... dos seres encantados exilados ficaram interessados ao saber que eu os aceitaria em minha corte. Até mesmo garantiria a segurança deles... por meros um dia e uma noite de serviço. Esta noite. Este dia. Você não é a única capaz de trapaças, minha senhora.

— Vejo que fez maquinações com algum propósito em mente — disse Silarial, olhando para ele como se fosse um estranho. — O que é? Pelo que está conspirando? A morte de Ethine pesaria sobre sua cabeça e o sangue dela ficaria entranhado em sua pele.

— Sabe o que eles desejam a você quando lhe dão a coroa Unseelie? — O tom de voz de Roiben era baixo, como se ele contasse um segredo. Kaye mal conseguia ouvir suas palavras. — Que seja feito de gelo. O que a faz pensar que faz diferença como me sinto? O que a faz pensar que sinto qualquer coisa sequer? Renda-se. Entregue a coroa à minha irmã.

— Não — disse Silarial. — Nunca.

— Então será travada uma batalha — declarou Roiben. — E quando a Corte Unseelie sair vitoriosa, vou arrancar essa coroa de sua cabeça e fazer dela o que eu bem entender.

— Toda guerra tem baixas. — Silarial assentiu para alguém na multidão.

A mão de Talathain fechou-se sobre a boca de Kaye, os dedos cravados no volume macio de sua bochecha e na carne de seu quadril enquanto ela era arrastada pelo campo.

— Um único movimento, uma única ordem — disse Silarial, se virando para Kaye com um sorriso — e ela será a primeira.

— Ah, Talathain, o quão baixo você desceu — zombou Roiben. — Pensei que fosse o cavaleiro dela, mas apenas se tornou seu caçador... arrastando garotinhas até a floresta para lhes arrancar o coração.

O aperto de Talathain em Kaye se intensificou, fazendo-a arquejar. Ela tentou reprimir o terror, tentou se convencer de que, se ficasse bem quieta, conseguiria arquitetar um plano para sair daquela situação. Mas nenhuma ideia lhe ocorreu.

— Agora desista da coroa, Roiben — disse Silarial. — Dê a coroa para mim, como deveria ter feito quando a conseguiu, como um tributo digno de sua rainha.

— Você não é a rainha dele — disse Ethine, a voz entorpecida. — E também não é a minha. — Silarial se voltou para ela, e Ethine cravou a lâmina no peito da Rainha Luminosa. Sangue quente manchou a neve, que derreteu em dúzias de minúsculas crateras, como se alguém a tivesse salpicado de rubis. Silarial cambaleou, o rosto uma máscara de surpresa, e então caiu.

Talathain gritou, mas era tarde demais, muito tarde. Ele empurrou Kaye de seu abraço, fazendo-a cair de quatro, perto do corpo da Rainha Luminosa. Passando por cima de ambas, ele brandiu a espada dourada na direção de Ethine. Ela esperou pelo golpe, sem qualquer movimento para se defender.

Roiben colocou-se à frente da irmã a tempo de interromper o movimento da lâmina com as próprias costas. O fio cortou sua armadura, abrindo um longo talho sangrento estendendo-se do ombro ao quadril. Ofegante, ele caiu sobre Ethine, e ela deu um grito de pânico.

Roiben rolou de cima de Ethine e ficou agachado, mas Talathain tinha se ajoelhado ao lado de Silarial, virando o rosto pálido da rainha com a mão enluvada. Os olhos milenares encaravam o céu cinzento, mas nenhuma respiração agitava seus lábios.

Roiben se levantou de forma rígida e lenta. O corpo de Ethine tremia com soluços arfantes.

Talathain olhou para ela.

— O que você fez? — perguntou ele.

Ethine rasgou o vestido e puxou o cabelo até Kaye segurar suas mãos.

— Ele não merecia ser usado assim — argumentou ela, a voz carregada de lágrimas, soltando uma insana risada de fada. As unhas afiadas se cravaram na palma de Kaye, mas a pixie não a soltou.

— Está feito — apaziguou Kaye, mas era perceptível que estava assustada. Sentia como se estivesse no palco, encenando uma peça, enquanto as hordas de seres encantados da Corte Unseelie e exilados aguardavam impacientemente por um sinal para cair sobre a Corte Seelie, que estava cercada. — Vamos. Levante-se, Ethine.

Roiben cortou o diadema dourado do cabelo de Silarial. Mechas de tranças acobreadas e frutos silvestres cascateavam da coroa enquanto ele a erguia no alto.

— Essa coroa não é sua — disse Talathain, mas a voz carecia de convicção. Ele olhou da Corte Unseelie para os seres encantados exilados. Atrás dele, os campeões da Corte Luminosa haviam se afastado até o limite do campo de duelo, mas a expressão deles era sombria.

— Estava apenas pegando-a para minha irmã — explicou Roiben.

Ethine estremeceu à visão da tiara tomada por cabelo e gelo.

— Aqui — disse Roiben, limpando a coroa com dedos ágeis e polindo-a no couro do peitoral da armadura. Mas o metal ficou vermelho como rubis. Ele franziu as sobrancelhas, atônito, e Kaye notou que a armadura dele estava encharcada de sangue, escorrendo por seu braço e cobrindo a mão como uma luva gotejante.

— Sua... — começou Kaye, mas parou. *Sua mão*, quase dissera, mas não era a mão dele que estava ferida.

— Coloque sua marionete no trono — disse Talathain. — Você pode torná-la rainha, mas não reinará por muito tempo.

Ethine estremeceu. O rosto estava pálido como papel.

— Meu irmão precisa de assistência.

— Você lhe trouxe flores — disse Roiben. — Não se lembra?

Talathain balançou a cabeça.

— Isso foi há muito tempo, antes de ela matar minha rainha. Não, ela não vai governar por muito tempo. Cuidarei disso.

O rosto de Roiben foi tomado por uma expressão perplexa.

— Muito bem — soltou ele, lentamente, como se decifrasse as palavras conforme as dizia. — Se não vai jurar lealdade a ela, talvez prefira se ajoelhar e jurar lealdade a mim.

— A coroa Seelie deve ser dada... não pode abrir caminho para o trono com morte. — Talathain apontava a espada para Roiben.

— Espere — disse Kaye, ajudando Ethine a se levantar. — Quem você quer que fique com a coroa?

A espada de Talathain não vacilou.

— A opinião dela não importa.

— Importa! — gritou Kaye. — Sua rainha tornou Ethine herdeira. Goste ou não, ela decide o que acontece agora.

Ruddles entrou no campo, abrindo um sorriso para Kaye quando passou por ela. Ele pigarreou.

— Quando uma corte faz uma emboscada e conquista a nobreza de outra, as regras de sucessão não mais se aplicam.

— Vamos seguir o costume Unseelie — ronronou Dulcamara.

— Não — protestou Kaye. — É Ethine quem escolherá se alguém ganhará a coroa ou se decidirá ficar com ela.

Ruddles começou a falar, mas Roiben balançou a cabeça.

— Kaye está certa. Deixe minha irmã decidir.

— Fique com ela — disse Ethine, a voz despida de emoção. — Fique com ela e maldito seja.

Os dedos de Roiben traçaram os símbolos na coroa. Ele soou distante e alheio.

— Parece que vou voltar para casa, no fim das contas.

Talathain deu um passo na direção de Ethine. Kaye lhe soltou a mão, queria estar preparada, embora não tivesse ideia do que faria caso ele atacasse.

— Como pode dar a esse monstro autoridade sobre nós? Ele teria comprado a paz com sua morte.

— Ele não a teria matado — argumentou Kaye.

Ethine desviou o olhar.

— Todos vocês se tornaram monstros.

— Agora o preço da paz é apenas seu ódio — disse Roiben. — Isso estou disposto a pagar.

— Jamais o aceitarei como Rei da Corte Seelie — cuspiu Talathain.

Roiben colocou o diadema na testa. Sangue manchou seu cabelo prateado.

— Está feito, quer você aceite ou não — disse Ruddles.

— Deixe eu terminar o duelo no lugar de sua irmã — sugeriu Talathain. — Lute comigo.

— Covarde — disse Kaye. — Ele já está ferido.

— Sua Senhora Luminosa rompeu o trato — argumentou Dulcamara. Ela se virou para Roiben. — Permita que eu mate esse cavaleiro em seu nome, meu senhor.

— Lute comigo! — exigiu Talathain.

Roiben assentiu. Procurando na neve, pegou a própria espada. Estava embaçada pelo frio.

— Vamos dar a eles o duelo a que vieram assistir.

Kaye quis gritar, mas achou que compreendia o que estava acontecendo. Roiben ganhou aquela coroa com sangue. Se recuasse agora, teria um alvo nas costas na Corte dos Cupins. Em contrapartida, se matasse Talathain, o restante da Corte Seelie entraria na linha.

Talathain e Roiben começaram a lentamente circundar um ao outro, os pés cuidadosos, os corpos oscilando como serpentes na direção do adversário. Ambas as lâminas esticadas, quase se tocando.

O cavaleiro Seelie desceu a espada. Roiben bloqueou com vigor, fazendo-o recuar. Talathain manteve distância; ele se aproximava, golpeava, então se afastava rapidamente, ficando fora do alcance de Roiben, como se estivesse à espera de que o outro se cansasse. Um único filete de sangue corria como suor pelo braço da espada de Roiben até a lâmina.

— Você está ferido — lembrou Talathain. — Quanto tempo realmente acha que pode aguentar?

— Tempo o suficiente — respondeu Roiben, mas Kaye viu a umidade na armadura e a brusquidão dos movimentos e não teve tanta certeza. Tinha a impressão de que Roiben lutava contra o próprio reflexo, como se estivesse desesperado para extinguir o que poderia ter se tornado.

— Silarial estava certa sobre você, não é? — provocou Talathain. — Ela disse que queria morrer.

— Venha descobrir. — Roiben brandiu a espada em um arco com tanta rapidez que o ar cantou. Talathain bloqueou, as lâminas se chocando, gume com costas.

Talathain se recuperou depressa e golpeou o flanco esquerdo de Roiben. Desviando-se, Roiben agarrou o pomo da espada do cavaleiro, forçando-a para cima e chutando a perna do outro.

Talathain caiu na neve.

Roiben se postou acima dele, apontando a espada para a garganta do cavaleiro. Talathain ficou imóvel.

— Venha pegar a coroa, se quiser. Venha e tire-a de mim.

Kaye não tinha certeza se reconhecera uma ameaça ou uma súplica naquelas palavras.

Talathain não se moveu.

Uma fada com pele como pinhas, áspera e rachada, pegou a espada dourada das mãos do cavaleiro. Outra cuspiu na neve suja.

— Você jamais governará as duas cortes — disse Talathain, lutando para ficar de joelhos.

Roiben cambaleou de leve, e Kaye se adiantou para ampará-lo. Ele hesitou um instante antes de apoiar-se nela, que quase caiu.

— Vamos governar a Corte Luminosa assim como sua senhora teria nos governado — ronronou Dulcamara, agachando-se ao lado de Talathain, uma faca reluzente tocando a bochecha do cavaleiro, a ponta lhe pressionando a pele. — Deite-se na neve. Agora diga a seu novo senhor que belo cachorrinho a esperteza dele lhe rendeu. Diga a ele que vai latir ao seu comando.

Ethine fechou os olhos. Tinha a postura imóvel e rígida.

— Não servirei a Corte Unseelie — disse Talathain a Roiben. — Nunca serei como você.

— Invejo sua escolha — comentou Roiben.

— Vou obrigá-lo a latir — disse Dulcamara.

— Não — disse Roiben. — Deixe-o ir.

Ela ergueu o olhar, surpresa, mas Talathain já estava de pé, abrindo caminho pela multidão conforme Ruddles anunciava:

— Contemplem nosso incontestável Lorde Roiben, rei das Cortes Seelie e Unseelie. Façam suas reverências a ele.

Robin cambaleou levemente, e Kaye o segurou com ainda mais força. De algum modo, ele continuava de pé, embora seu sangue cobrisse a mão da pixie.

— Vou ser melhor do que ela. — Ela o ouviu dizer. A voz era um só fôlego.

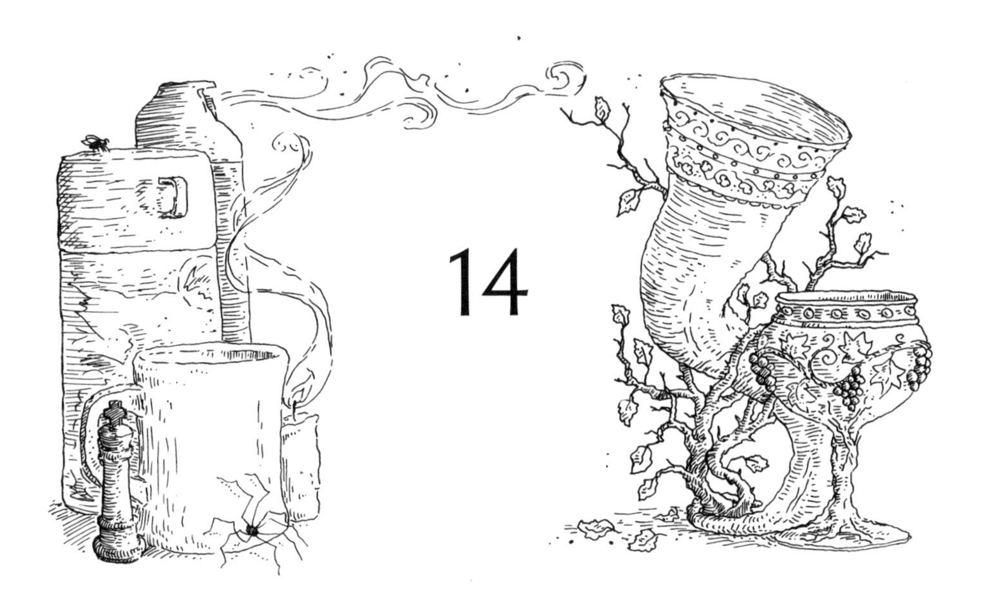

14

Em uma certa terra distante, o frio é tão intenso que as palavras congelam assim que são proferidas, e depois de algum tempo descongelam e se tornam audíveis, assim, as palavras ditas no inverno não são ouvidas até o verão seguinte.

— PLUTARCO, *OBRAS MORAIS.*

Quando Kaye e Corny entraram no pequeno apartamento, Kate estava no chão, deitada em um colchão inflável. Ela desenhava em uma revista. Kaye podia ver que a menina tinha rabiscado os olhos de Angelina Jolie e estava no processo de desenhar asas de morcego nos ombros de Paris Hilton.

— Criança fofa — disse Corny. — Me lembra de você.

— Temos macarrão chinês e guioza vegetariano. — Kaye ajeitou a sacola nos braços. — Pegue um prato; está pingando na minha mão.

Kate ficou de pé, afastando uma mecha do cabelo loiro-escuro para trás.

— Não quero isso.

— Ok. — Kaye pousou as embalagens no balcão da cozinha. — O que você quer?

— Quando Ellen volta para casa? — Kate ergueu o olhar e Kaye viu que os olhos castanhos estavam vermelhos, como se tivesse acabado de chorar.

— Quando o ensaio acabar. — Quando Kaye conheceu Kate, a menina havia se escondido debaixo da mesa. Kaye não tinha certeza se aquilo era melhor. — Ela disse que não chegaria tarde, então não fique ansiosa.

— A gente não morde — acrescentou Corny.

Kate pegou a revista e subiu na cama de Ellen, se afastando para a ponta mais distante. Ela rasgou pedacinhos de papel e os enrolou entre os dedos.

Kaye respirou fundo. O apartamento tinha cheiro de cigarro e menina humana, ao mesmo tempo familiar e estranho.

Kate franziu o cenho, furiosa, e jogou bolinhas de papel em Corny. Ele desviou.

Abrindo a geladeira, Kaye pegou uma laranja ligeiramente murcha. Havia um pedaço de cheddar mofado em um dos cantos. Kaye cortou a parte esverdeada e colocou o que sobrou em uma fatia de pão.

— Vou fazer um queijo quente para você. Coma a laranja enquanto isso.

— Não quero — disse Kate.

— Dê logo pão e água a ela, como a pequena prisioneira que é. — Corny se recostou na cama de Ellen, usando uma pilha de roupa suja como travesseiro. — Cara, odeio bancar a babá.

Kate pegou a laranja e a jogou na parede. A fruta quicou como uma bola de couro, acertando o chão com um baque oco.

Kaye não tinha ideia do que fazer, se sentia paralisada pela culpa. A garota tinha todo o direito de odiá-la.

Corny ligou o minúsculo aparelho de televisão. Os canais tinham chuvisco, mas ele enfim encontrou um com imagem nítida o bastante para mostrar Buffy enfiando estacas em três vampiros enquanto Giles a cronometrava.

— Reprise — disse Corny. — Perfeito. Kate, isso deve te ensinar tudo o que precisa saber sobre como ser uma adolescente americana normal. — Ele olhou para Kaye. — Tem até mesmo o súbito aparecimento de uma irmã.

— Ela não é minha irmã — argumentou a garota. — Só roubou meu nome.

Kaye parou, as palavras soando como um soco no estômago.

— Não tenho um nome só meu — disse ela, lentamente. — O seu é o único que tenho.

Kate assentiu, os olhos ainda fixos na tela.

— E como é? — perguntou Corny. — O Reino das Fadas?

Kate rasgou um pedaço maior da revista e o amassou.

— Havia uma moça que fazia tranças no meu cabelo, me dava maçãs e cantava para mim. E havia outros... o homem-bode e o garoto-amora. Às vezes eles implicavam comigo. — Ela franziu o cenho. — E às vezes esqueciam de mim.

— Sente falta deles? — perguntou ele.

— Não sei. Eu dormia muito. Às vezes acordava e as folhas tinham mudado de cor sem eu ver.

Kaye sentiu o frio a invadir. Ela se perguntou se algum dia se acostumaria com a crueldade casual das fadas; esperava que não. Pelo menos ali, entre humanos, Kate acordaria todos os dias, até não haver mais despertar.

Kaye remexeu nas mangas do suéter, enfiando os dedos pela malha.

— Você quer ser Kaye e eu passo a ser Kate?

— Você é idiota e nem mesmo se comporta como uma fada.

— E se fizéssemos um acordo? — sugeriu Kaye. — Eu ensino você a ser humana e você me ensina a ser fada. — Ela fez uma careta quando viu como aquilo soava patético, até mesmo para ela.

Kate não havia desfeito a carranca, mas parecia analisar a proposta.

— Vou até ajudar — disse Corny. — A gente pode começar te ensinando alguns palavrões humanos. Mas talvez a gente deva ignorar as maldições das fadas. — Corny pegou um baralho de cartas na mochila. No verso de cada uma havia a imagem de um robô de cinema. — Ou podemos tentar pôquer.

— Você não deveria barganhar comigo — disse a garota, de forma automática. Ela parecia presunçosa. — Promessas mortais não valem o pelo na cauda de um rato. Esta é sua primeira lição.

— Anotado — disse Kaye. — Ei, também podemos te ensinar as alegrias da comida humana.

Kate balançou a cabeça.

— Quero jogar cartas.

Quando Ellen chegou, Corny havia derrotado as duas e levado todos os trocados que elas encontraram nos bolsos ou debaixo da cama de Ellen. Estava passando *Law&Order* na televisão, e Kate tinha concordado em comer um único biscoito da sorte. A sorte dizia: "Alguém vai convidar você para um karaokê."

— Ei, um cara na rua estava vendendo filmes pirata por dois paus — disse Ellen, jogando o casaco na cadeira e largando o restante das coisas no chão. — Comprei dois para vocês, meninos.

— Aposto que a nuca de alguém tapa a tela — avisou Kaye.

Ellen mexeu no macarrão chinês sobre o balcão.

— Alguém vai comer isso?

Kaye se aproximou.

— Kate não quis.

Ellen baixou a voz.

— Não sei dizer se ela é só difícil para comer ou se é outra *coisa*; não gosta de molhos, não suporta alimentos cozidos. Bem diferente de você, que comia como se tivesse um buraco no estômago.

Kaye se ocupou guardando o que sobrou da comida. Ela se perguntava se cada lembrança iria se desfiar, como lã em um espinho, fazendo-a refletir se aquele era um sintoma de sua estranheza.

— Está tudo bem? — perguntou Ellen.

— Acho que não estou acostumada a dividir você — respondeu Kaye, baixinho.

Ellen acariciou o cabelo verde de Kaye, afastando-o do rosto.

— Você sempre será o meu bebê. — Ela encarou Kaye por um longo instante. Em seguida, se virou e acendeu um cigarro no fogão. — Mas seus dias de babá estão só começando.

Luis não queria que feitiços ou glamour pagassem pelo funeral do irmão, então escolheu o que podia bancar: uma caixa de cinzas e nada de velório. Corny o levou de carro para pegar as cinzas com um agente funerário, que as entregou no que parecia ser uma lata de biscoito.

Apesar do céu nublado, a neve no chão havia se tornado lama. Luis tinha ficado em Nova York desde o duelo, lidando com clientes e tentando levantar a papelada para provar que Dave era realmente seu irmão.

— O que você vai fazer com as cinzas? — perguntou Corny, voltando para o carro.

— Acho que eu deveria espalhá-las — respondeu Luis. Ele se recostou contra o assento de plástico craquelado. Alguém havia retocado suas tranças, que brilhavam como cordas de seda preta quando ele mexia a cabeça. — Mas isso me assusta. Não consigo deixar de pensar nas cinzas como leite em pó. Sabe, é só colocar água que meu irmão vai voltar à vida.

Corny pousou as mãos no volante.

— Você pode ficar com elas. Descolar uma urna. Descolar uma cornija onde colocar a urna.

— Não. — Luis disse, sorrindo. — Vou levar as cinzas a Hart Island. Ele era bom em descobrir coisas, lugares; teria amado uma ilha totalmente abandonada. E assim ele vai repousar ao lado dos nossos pais.

— Isso é legal. Mais legal do que uma funerária com um monte de parentes que não sabem o que dizer.

— Poderia ser no Ano-Novo. Como um velório.

Corny assentiu, mas, quando estendeu o braço para colocar a chave na ignição, a mão de Luis o impediu. Quando ele se virou, suas bocas se encontraram.

— Desculpe... por eu andar — começou Luis, entre beijos — distraído... por tudo. É esquisito... que eu esteja falando...?

Corny murmurou algo que esperava que soasse como um sim quando os dedos de Luis se cravaram em seus quadris, o puxando para perto até que estivessem com os corpos inteiramente colados.

Três dias depois, eles compraram outra bandeja de carne para as sereias em troca de uma carona até Hart Island. Corny tinha encontrado o paletó de um smoking vintage azul para vestir sobre uma calça jeans, enquanto Luis vestira o moletom folgado e as botas de obra. Kaye havia pedido emprestado um dos vestidos pretos da avó e prendido o cabelo verde com minúsculas borboletas de strass. Lutie zumbia ao redor de sua cabeça. As sereias insistiram em ficar com três de seus grampos, além dos filés.

Corny olhou para a cidade a suas costas, tão brilhante que o céu acima parecia dia. Mesmo àquela distância, estava muito claro para que fosse possível enxergar estrelas.

— Acha que a guarda costeira vai nos ver? — perguntou Corny.

Luis balançou a cabeça.

— Roiben disse que não.

Kaye ergueu o olhar.

— Quando você falou com ele?

Tocando a cicatriz ao lado do piercing no lábio, Luis deu de ombros.

— Ele veio me ver, disse que me estendia formalmente sua proteção. Posso ir aonde quiser e ver o que quiser em suas terras, e ninguém pode mexer em meus olhos. Vou te dizer, foi um alívio maior do que pensei que seria.

Kaye baixou o olhar para as mãos.

— Não sei o que vou dizer a ele esta noite.

— Você é uma consorte. Não deviam estar consortando? — perguntou Lutie. — Ou talvez pudesse mandar o rei em uma missão pessoal. Fazê-lo construir um palácio de pratos de papel.

A boca de Kaye se curvou no canto.

— Você definitivamente devia pedir um palácio melhor que aquele. Feito de papelão reforçado, no mínimo. — Corny a cutucou na lateral do corpo. — Como resolveu o lance da missão, afinal?

Ela se virou e abriu a boca, mas alguém gritou da margem.

Uma garota com a cabeça coberta por uma penugem acobreada chamava por eles enquanto arrastava a própria canoa até a ilha. Ao seu lado, um troll de olhos dourados descarregava garrafas de champanhe rosé e um pacote de taças de plástico. Outra garota humana dançava na areia, o sobretudo manchado de tinta esvoaçando ao seu redor como uma saia. Ela se virou para acenar quando os avistou.

Até mesmo Roiben já estava ali, encostado em uma árvore, o casaco comprido de lã molhado na bainha.

Kaye saltou, pegando a corda e agitando-a na água rasa. Ela manteve o bote estável o suficiente para que Luis e Corny a acompanhassem.

— Aquele é Ravus — disse Luis, assentindo na direção do troll —, Val e Ruth.

— Ei! — chamou Val, a garota com a cabeça raspada.

Luis apertou a mão de Corny.

— Já volto.

Ele caminhou até elas no momento em que Val abriu uma garrafa de champanhe. A rolha estourou nas ondas e ela deu um gritinho. Corny queria ir atrás de Luis, mas não tinha certeza se seria bem-vindo.

Especialmente quando as duas garotas envolveram Luis nos braços.

Kaye prendeu uma mecha de cabelo atrás da orelha e observou as ondas.

— É possível ver a cidade inteira daqui. Pena que não dá para ver a queda da bola da Times Square.

— Isso me lembra de algo que li em um livro de fantasia — comentou Corny. — Você sabe, ilha misteriosa. Eu, com minha fiel parceira élfica.

— Sou sua fiel parceira élfica? — bufou Kaye.

— Talvez não fiel — disse ele, com um sorrisinho malicioso. Então balançou a cabeça. — Mas é burrice, a parte de mim que ama isso. É a parte que vai me fazer ser morto. Como Dave. Como Janet.

— Ainda queria não ser humano?

Corny franziu o cenho, olhando na direção de Luis e de seus amigos.

— Achei que fossem nossos desejos *secretos*.

— Você me mostrou!

— Mesmo assim. — Ele suspirou. — Não sei. Neste exato momento, ser humano está funcionando para mim. O que é meio que uma novidade. E quanto a você?

— Acabei de me dar conta de que não tenho que fazer coisas normais... sendo uma fada — respondeu Kaye. — Não preciso de um emprego, certo? Posso transformar folhas em dinheiro, se precisar. Não preciso ir para a faculdade... qual o objetivo? Como disse, não preciso de um emprego.

— Imagino que educação seja por si só uma recompensa.

— Alguma vez pensa no futuro? Quero dizer, você lembra sobre o que estava conversando no carro com Luis?

— Acho que sim. — Ele se lembrou de que Luis tivera esperança de que Dave frequentasse a escola com ele.

— Estava pensando em abrir um café — confessou ela. — Imaginei que talvez pudesse ter uma fachada, nos fundos haveria uma biblioteca... com informações válidas sobre fadas... e talvez um escritório para Luis quebrar maldições. Você poderia trabalhar nos computadores, manter a internet funcionando, criar alguns bancos de dados.

— É? — Corny conseguia visualizar paredes verdes, molduras de madeira escura e máquinas de cappuccino de cobre sibilando ao fundo.

Ela balançou a cabeça.

— Você acha que é bobagem, não é? E que Luis nunca se interessaria, e que provavelmente sou muito irresponsável de qualquer maneira.

Ele abriu um sorriso amplo.

— Acho genial. Mas... e quanto a Roiben? Você não quer ser a Rainha das Fadas ou coisa assim?

Do outro lado do campo, Corny viu o troll pousar a mão monstruosa e colossal no ombro de Luis. O garoto relaxou contra a silhueta da criatura. A garota com o cabelo escuro — Ruth — disse alguma coisa e Val riu. Logo após, Roiben se afastou das árvores e seguiu na direção do grupo. Lutie disparou do ombro de Kaye, lançando-se ao ar.

— Pensei que Luis odiasse fadas — comentou Kaye.

Corny deu de ombros.

— Sabe como são os humanos. Falamos um monte de merda.

O funeral foi simples. Eles formaram um semicírculo ao redor de Luis enquanto ele segurava a caixa de metal com as cinzas. Cavaram um fosso raso à margem das sepulturas numeradas e dividiram o champanhe.

— Se conhecessem meu irmão — disse Luis, com a mão visivelmente trêmula —, com certeza já teriam uma opinião própria sobre ele. E acho que seriam todas verdadeiras, mas não precisa haver uma única verdade. Prefiro me lembrar de David como a criança que encontrou um lugar para nós dois dormirmos quando eu não sabia aonde ir, e como o irmão que eu amava.

Luis abriu a lata de cinzas e as derramou. O vento soprou uma parte no ar, enquanto o restante preenchia o buraco. Corny não tinha certeza de como imaginou que seriam, mas o pó era tão cinzento quanto jornal velho.

— Feliz Ano-Novo, irmãozinho — disse Luis. — Queria que pudesse beber com a gente esta noite.

Parado próximo à água, Roiben girava nas mãos uma garrafa de champanhe. Havia soltado o cabelo pálido como sal e as mechas cobriam a maior parte de seu rosto.

Kaye caminhou até ele, tirando uma língua de sogra do bolso e colocando-a na boca. Ela soprou e a comprida faixa de papel quadriculado se desdobrou com um ruído.

Ele sorriu.

Kaye suspirou.

— Você é mesmo um péssimo namorado, sabia?

Ele assentiu.

— Um excesso de canções românticas resulta em noções incorretas sobre o amor.

— Mas as coisas não funcionam assim — disse Kaye, pegando a garrafa da mão dele e bebendo do gargalo. — Como baladas, canções ou poemas épicos em que as pessoas fazem tudo errado pelos motivos certos.

— Você completou uma missão impossível e me salvou da Rainha das Fadas — disse ele, com suavidade. — Igualzinho a uma canção romântica.

— Olhe, só não quero que continue escondendo coisas de mim — argumentou Kaye, devolvendo a garrafa a ele. — Ou que magoe meus sentimentos porque acredita que isso vai me manter em segurança, ou que se sacrifique por mim. Só converse comigo. Me conte o que está acontecendo com você.

Ele inclinou o champanhe para que o líquido fervilhasse na neve, manchando o branco de cor-de-rosa.

— Eu me treinei para não sentir nada. E você me faz sentir.

— Por isso sou uma fraqueza? — A respiração dela se condensou como uma nuvem no ar gelado.

— Sim. — Ele olhou para o oceano sombrio e, então, de volta para ela. — Dói. Voltar a sentir. Mas fico contente com isso, fico contente com a dor. — Ele suspirou. — Na maior parte do tempo, fico contente.

Kaye deu um passo na direção de Roiben. O céu brilhante prateava seu rosto e destacava o modo como as orelhas pontudas lhe dividiam o cabelo. Ele parecia ao mesmo tempo extraterrestre e absolutamente familiar.

— Sei que a decepcionei — disse Roiben. — Nos contos de fada, quando você se apaixona por uma criatura...

— Primeiro sou uma coisa, agora sou uma criatura? — rebateu Kaye.

Roiben riu.

— Bem, nos contos de fada geralmente é uma criatura, uma espécie de fera. Uma serpente que se transforma em mulher à noite, ou alguém amaldiçoado a ser um urso até poder despir a própria pele.

— E que tal uma raposa? — perguntou Kaye, se lembrando da história de Silarial sobre o espinheiro.

Ele franziu o cenho.

— Se quiser. Você é ardilosa o bastante.

— Sim, digamos uma raposa.

— Nessas histórias, geralmente é exigido da pessoa que faça algo inconcebível, terrível à criatura. Cortar sua cabeça, digamos. Uma prova. Não uma prova de amor, mas de confiança. A confiança quebra o feitiço.

— Então acha que devia ter cortado minha cabeça? — Kaye sorria com malícia.

Ele revirou os olhos.

— Eu devia ter aceitado sua declaração, independentemente de a achar prudente ou não. Eu te amava demais para confiar em você. Eu falhei.

— Ainda bem que não sou uma raposa de verdade — disse Kaye. — Ou uma serpente, ou um urso. E ainda bem que sou esperta o bastante para encontrar uma alternativa para sua missão estúpida.

Roiben suspirou.

— Mais uma vez eu quis salvá-la, e, no entanto, você veio em meu socorro. Se não tivesse me avisado sobre Ethine, eu teria feito exatamente o que Silarial esperava.

Ela baixou a cabeça para que ele não pudesse ver suas bochechas corarem de prazer e enfiou os dedos nos bolsos do casaco, ficando surpresa ao sentir um círculo de metal frio.

— Fiz uma coisa para você — disse Kaye, mostrando o bracelete de cabelo verde trançado com fios de prata.

— É seu cabelo? — perguntou ele.

— É uma prenda — respondeu ela. — Como a de uma lady a um cavaleiro. Para quando eu não estiver por perto. Eu ia te dar antes, mas não tive coragem.

Ele passou os dedos pelo bracelete e encarou Kaye, atônito.

— E foi você que fez? Para mim?

Ela assentiu, e ele estendeu a mão para que ela pudesse abotoar o fecho. A pele dele parecia quente ao toque dos dedos de Kaye.

Do outro lado da água, ao longo da costa, fogos de artifício pipocavam. Raios de fogo se inflavam em cravos de luz e explosões douradas choviam ao redor dos dois. Ela olhou para Roiben, mas ele ainda estudava o próprio pulso.

— Você disse que era para quando não estiver por perto. Você não vai ficar por perto? — ele perguntou a ela ao erguer os olhos.

Ela se lembrou da fada de olhos de coruja na Corte de Silarial e do que ela havia lhe dito. *Dizem que coisas sem nome mudam constantemente... que nomes as prendem a um lugar, como alfinetes.* Kaye não queria ficar presa no mesmo lugar. Não queria fingir ser mortal quando não era, ao mesmo tempo que não queria precisar deixar o mundo mortal. Ela não queria pertencer a um lugar ou ser um tipo único de coisa.

— Como vai governar ambas as cortes? — perguntou, ao invés de responder.

Roiben balançou a cabeça.

— Tentarei manter um pé de cada lado, me equilibrar no fio da navalha entre as duas cortes pelo tempo que for possível. Haverá paz pelo tempo que eu puder segurá-los. Desde que eu não declare guerra a mim mesmo, quero dizer.

— Isso é possível?

— Devo admitir uma boa dose de autoaversão. — Ele sorria.

— Pensei em abrir um café — disse ela, rapidamente. — No Reino de Ferro. Talvez ajudar humanos com problemas de fadas. Como Luis faz. Talvez até mesmo ajudar fadas com problemas de fadas.

— Sabe, eu acabei de fazer uma barganha muito vantajosa baseada no fato de que nenhuma fada quer viver na cidade. — Ele suspirou e balançou a cabeça, como se só então se desse conta de que discutir com ela era inútil. — Como vai se chamar o seu café?

— Lua na Xícara — respondeu ela. — Eu acho. Não tenho certeza. Estava pensando que talvez eu pudesse me mudar para a casa da minha avó... passar metade do tempo trabalhando na loja e a outra metade no Reino das Fadas, com você. Quero dizer, se você não se importar de me ter por perto.

Ele sorriu com a resposta e parecia um sorriso genuíno, sem sombras nos cantos.

— Como Perséfone?

— O quê? — Kaye se inclinou, aproximando-se dele, e enfiou o braço sob o casaco de Roiben, traçando sua coluna vertebral com os dedos. A respiração dele ficou ofegante.

Roiben deixou a mão cair de leve, hesitante, sobre as asas nos ombros de Kaye. Suspirou como se tivesse prendendo o fôlego.

— É uma lenda grega. Uma lenda humana. O rei do submundo, Hades, se apaixonou por uma garota, Perséfone. Ela também era uma deusa, a filha de Deméter, que controlava as estações e colheitas.

"Hades a raptou e a levou para seu palácio no submundo. Ele a tentou com uma romã cortada, cada semente brilhante como um rubi. Ela sabia que se comesse ou bebesse qualquer coisa naquele lugar, ficaria presa, mas, de algum modo, ele a persuadiu a comer apenas seis sementes. Portanto, ela foi condenada a passar meio ano no submundo, um mês para cada semente."

— Da mesma forma que você está condenado a passar metade do tempo lidando com a Corte Luminosa e a outra metade com a Corte Noturna? — perguntou Kaye.

Roiben soltou uma gargalhada.

— Exatamente.

Kaye olhou para a margem distante, onde fogos de artifício ainda anunciavam o novo ano sobre os dentes serrilhados dos prédios, e depois para onde Corny e os outros brincavam com línguas de sogra e bebiam champanhe barato de taças de plástico.

Ela se desvencilhou dos braços de Roiben e rodopiou na areia da praia. O vento soprava da água, deixando-a com uma sensação de dormência no rosto. Kaye riu e girou mais depressa, engolindo a brisa gelada e salobra e sentindo o leve cheiro de fumaça dos fogos de artifício. Cascalho rangia sob seus pés.

— Você ainda não me contou — disse ele, baixinho.

Ela alongou os braços sobre a cabeça, então parou de súbito na frente de Roiben.

— Contar a você o quê?

Ele abriu um sorriso.

— Como conseguiu completar a missão. Como alegou ser capaz de mentir.

— Ah, é simples. — Kaye se deitou na praia coberta de neve, sem desviar os olhos dele. — Essa sou eu — disse ela, a voz cheia de malícia conforme esticava a mão de dedos longos. — Sou uma fada que pode mentir. Viu? Essa sou eu mentindo.*

* No original, "I'm a faerie that can lie. See? This is me lying.": trocadilho intraduzível do original em inglês, com uma brincadeira entre as palavras "lie" de deitar e "lying" de mentir. (N. da E.)

Vire a página para ler

O Lamento de Lutie-Loo

um novo conto ambientado no reino das fadas

Lutie media o mesmo que uma xícara grande de chá. Ou de um lápis que fora apontado algumas vezes. Ou de um livro que podia ser levado na bolsa.

Era pequena o bastante para se esconder no cabelo de Kaye. Pequena o bastante para não caber direito em roupas de boneca, a não ser que as ajustasse para que ficassem do tamanho de seu braço. Pequena o bastante para ser considerada total e completamente insignificante. Por causa de seu tamanho, desde o momento que nasceu, tropeçando para fora de uma flor ainda levemente salpicada de pólen, Lutie-loo jamais recebera um trabalho *significativo*. Apenas uma tarefa estúpida após a outra.

Quando Silarial a enviou à Corte Unseelie com Spike, Gristle e a Bruxa do Cardo, Lutie pensou que sua sorte estivesse mudando. O modo como a lady havia falado da missão tinha soado tão importante! Mas vigiar Kaye, uma criança que desconhecia a própria magia, mal podia ser considerado tarefa de babá. Certamente não era uma missão.

E, lógico, Kaye acabou se tornando indócil, assim como seu sangue pixie, duas vezes mais esperta, e três vezes mais teimosa. Ela acabara sendo responsável pela morte de Silarial... e pela queda de duas cortes. Mas definitivamente aquilo não era parte do *plano*. E não acontecera em razão de qualquer coisa que Lutie tenha feito.

Agora Lutie era um honrado membro da Corte de Roiben. Não lhe faltava nada e ninguém lhe mandava fazer nada também. Esperava-se apenas que ela se sentasse, bebesse orvalho de pétalas e ignorasse o fato de nenhum membro da nobreza a ver como nada além do que um besouro superdimensionado e ligeiramente mais inteligente. E é obvio que a maioria dos mortais sequer conseguia enxergá-la.

— Só preciso *encontrar* Ethine, e então vou perguntar a ela qual é o problema — disse Kaye. Ela estava sentada em uma banqueta nos fundos do seu café, Lua na Xícara, enfiando cadarços verdes com glitter pelos ilhós de um par de botas. — Acho que entendo por que ela está zangada... mas não foi culpa dele! Ela já deve ter se dado conta disso a essa altura.

Lutie zumbia, solidária, alerta à possibilidade de que talvez encontrar Ethine fosse algo em que pudesse ser útil. Afinal, Lutie sabia falar com as pessoas. Ela sabia extrair informações e, além do mais, não se meteria em tanta confusão quanto Kaye. Aquele seria um bom trabalho para ela.

— Talvez *eu* possa encontrar Ethine. Talvez.

Mas Kaye não estava prestando atenção.

— *Silarial* a *obrigou* a duelar com Roiben, mesmo que Ethine não fizesse ideia de como empunhar uma espada e fosse *morrer* se Roiben reagisse. E se Silarial *tivesse* sido bem-sucedida, e Roiben decidisse se sacrificar, Ethine precisaria *matar o próprio irmão*. Talvez ela o culpasse por isso também. — Kaye enfiou o pé no coturno, batendo a sola contra o piso de cerâmica com a força de sua raiva.

Kaye vivia em Nova York, apesar do ferro e da doença que o acompanhava. Da última vez que visitara Roiben havia redecorado a sala do trono, descartando uma dúzia de objetos horrendos e certamente valorizados pelos Unseelie. Fez isso sob os protestos de seus conselheiros, inclusive livrou-se de muitos tecidos manchados de sangue e de um tapete feito de rabos de rato. Kaye não entendia o conceito de deixar as coisas como estavam. Nunca entendeu. Uma vez, Lutie tinha assistido à Bruxa do Cardo instruir Kaye a não remover um glamour de proteção. Kaye imediatamente fez o que havia sido proibida de fazer.

Lutie a amava, mas Kaye não era uma criatura razoável. Ela certamente não poderia compreender alguém como Ethine, que parecia desejar que todos os problemas simplesmente desaparecessem.

— Ethine é orgulhosa — explicou Lutie. — Orgulhosa, triste e sem graça.

Kaye fez uma careta.

— Se eu só pudesse explicar...

Lutie podia imaginar Kaye à solta no Reino das Fadas, acidentalmente depondo governos e causando uma cena atrás da outra. Lutie tinha certeza de que Roiben não gostaria daquilo, especialmente se deixasse a irmã ainda mais zangada com ele. Mas talvez Lutie pudesse encontrar Ethine e organizar o encontro. Era verdade que uma lady da corte, como Ethine, com certeza não estaria mais interessada nos argumentos de uma fadinha do que nos de uma pixie, mas a nobreza amava formalidades. E um mensageiro tornaria tudo mais formal. Além do mais, se Ethine fosse totalmente contrária a falar com Kaye, pelo menos a pixie iria preparada. Ou seria persuadida a não ir.

Lutie pigarreou, preparando-se para repetir a sua proposta.

— Eu poderia procurá-la.

Kaye lhe lançou um olhar especulativo. Lutie pairou no ar, em uma tentativa de parecer competente. E maior.

— Não — disse Kaye finalmente, balançando a cabeça. — Seria muito incômodo para você.

— Eu posso fazer isso! — insistiu Lutie, mais incisiva do que pretendia.

Kaye parecia surpresa.

— Tenho certeza de que você *poderia*.

— Essa será minha missão — disse Lutie. — Farei feitos ousados!

Kaye ergueu as sobrancelhas verdes.

— Espero que não. Mas se quer mesmo ir, tudo bem. Eu delego essa missão irritante a você. Encontre Ethine e me traga notícias de seu paradeiro, e também possíveis informações sobre o que se enfiou no rabo dela para ela ser uma péssima...

— Sim! — exclamou Lutie, ziguezagueando pelo ar. — Vou encontrar a irmã. Vou organizar tudo!

Kaye lançou a ela um sorrisinho. Ela disse que acreditava que Lutie pudesse fazer aquilo, e Kaye não era capaz de mentir, assim como qualquer outro membro do Povo. A fadinha sentiu uma onda de esperança. Se conseguisse fazer aquilo, não só deixaria Kaye feliz, mas Lorde Roiben também ficaria satisfeito. Talvez o soturno Rei da Corte dos Cupins se animasse e lhe concedesse uma medalha ou uma árvore oca para chamar de sua. E talvez ele a enviasse em uma missão ainda mais importante.

Levou o dia todo para reunir e empacotar as coisas de que achou que precisaria: um comprido alfinete de aço enfiado em uma bainha de couro, para servir de espada; vestidos de boneca e alguns outros itens furtados de uma casa de bonecas, apertados em um saquinho de veludo que ela usava como mochila; além de três grãozinhos de café orgânico de origem única cobertos com chocolate, para dar energia.

Então se deu conta de que não fazia ideia de como encontrar Ethine. Tinha certeza de que podia, mas aquilo não significava que tivesse a mínima noção de como faria aquilo. Então refletiu, ponderou e comeu um dos grãos de café com cobertura de chocolate.

Era muito tarde quando se pegou voando sobre o tronco de uma árvore localizada abaixo da Ponte de Manhattan. Ela tentou encontrar algo positivo no modo como as raízes haviam rompido a calçada antes que os humanos tivessem derrubado a árvore, mas foi difícil.

Lutie deslizou por uma janela e voou para dentro, para o interior da sala de espera do criador de poções e alquimista dos seres encantados solitários de Nova York. Era ali que Ravus, o troll, vivia. Ela o conhecia porque ele já fora parte da corte de Silarial e porque ele tinha uma companheira humana que havia sido uma das colegas de quarto de Kaye. Ao recordar daquilo, também se deu conta de que não tinha certeza de quanto tempo se passara desde então. O que havia acontecido com a garota? Lutie não conseguia lembrar.

Ravus fora exilado da corte de Silarial, ela sabia disso. Ele frequentara a corte quando ela mesma o fizera, embora seus caminhos não tivessem se cruzado. Ele era simplesmente tão *enorme* que sua presença assustava Lutie: ele poderia esmagá-la com facilidade, distraidamente, com um único golpe da mão gigante.

Porém, como era o criador de um pó que dava ao Povo das Fadas resistência aos efeitos do ferro, muitos seres encantados solitários, e até mesmo a nobreza em visita à cidade, o procuravam. Todos usavam o pó, inclusive Lutie. Aquilo fazia com que viver próximo ao ferro fosse suportável. Talvez Ethine tivesse ido atrás dele, ou talvez ele soubesse de algum boato.

Lutie estava esperançosa. E tinha ainda mais esperança de que ele seria generoso e não pediria muito em troca da informação.

Havia uma pequena campainha perto da porta que levava aos aposentos de Ravus. Ela a tocou e aguardou, nervosa, enquanto um tilintar ecoava na escuridão.

Alguns minutos depois, uma grande porta de madeira se abriu, derramando uma fresta de luz para fora, e ouviram-se passos pesados no chão. Ravus apareceu, a pele de um tom de verde que parecia ligeiramente doentio nas sombras. O minúsculo coração de Lutie acelerou como o torvelinho das asas de um beija-flor.

— Seja bem-vinda — disse ele em uma voz grave. — O que você deseja?

— Uma cortesã — revelou Lutie, disparando para o interior da oficina. — A irmã de Lorde Roiben. — Uma comprida mesa de madeira estava repleta de ingredientes: peles de cobra secas, minúsculos ossos esbranquiçados e garrafas de vidro lacradas com cera e de diferentes formatos, exibindo rótulos com a caligrafia floreada do troll. A primeira etiqueta dizia: ÚLTIMA ESPERANÇA DE UM CORAÇÃO.

O cômodo em que entrara tinha o pé-direito muito alto, com um mezanino suspenso sobre Lutie. Ela podia ver uma cama, os lençóis desarrumados e uma perna pálida despontando para fora, nua até a coxa. Muito pálida, pensou Lutie. Seria um cadáver? Lutie subiu um pouco, mesmo sem querer. Então a pessoa na cama se virou, dormindo. Por um segundo, a fadinha ficou aliviada: a palidez era apenas o luar. Mas, um segundo depois, notou a silhueta distorcida da garota, o abdômen como o de uma aranha gigante.

O que ele tinha feito a ela? Seria algum tipo de experimento alquímico?

— Sua cortesã não está escondida entre minhas poções — disse Ravus, com um tom de voz baixo —, mas venha tomar um chá e vou ver o que consigo lembrar.

O troll já havia servido uma xícara para si mesmo, ela se deu conta quando ele a completou. Em seguida, ele pegou um dedal de uma das prateleiras e o encheu com chá do mesmo bule fumegante.

— Tenho alguns biscoitos também, se Val não tiver comido todos.

Val. Valerie. Aquele era o nome da garota. Ela se lembrou então: o cabelo acobreado como uma moeda.

Ravus levou um prato até a mesa, junto com uma xícara, que ele virou para improvisar um banco proporcional a uma fadinha. Lutie se sentou, segurando o dedal como alguém seguraria um balde. O aroma que flutuou até seu nariz era uma deliciosa mistura de flor de sabugueiro e urtiga. Os biscoitos empilhados no prato pareciam salpicados de alecrim, mas Lutie não conseguiu evitar um olhar nervoso em direção ao mezanino.

— Ethine partiu — disse ela, tentando se concentrar na missão.

Ravus assentiu.

— Foi embora em um acesso de raiva, não é mesmo?

— Sim, e Kaye a quer de volta. — Lutie tomou um gole do chá. — Ela acha que Roiben está triste.

Ravus sorriu, exibindo caninos impossivelmente longos.

— O temível Senhor dos Cupins? Nunca o imaginei tão comum.

Lutie zumbiu em um gesto de concordância. Às vezes parecia mesmo, quando Kaye falava de Roiben, que estivesse atribuindo emoções sutis a um belo assassino amante de assassinatos.

— Mas você sabe onde ela está?

— Para falar a verdade, sei — respondeu ele. — Ethine procurou um amigo meu atrás de uma poção para mudar seu cabelo. Ela não queria usar glamour, já que estava a caminho da Grande Corte, onde provavelmente conseguiriam ver através de qualquer magia. E o cabelo prata é inconfundível. Afinal, é igual ao dele.

— A Grande Corte? — guinchou Lutie. Não estava gostando daquilo, nem um pouco.

— Ninguém quer sair furiosa para servir a uma corte inferior — observou Ravus, indulgente.

Lutie terminou o chá, aflita. A Grande Corte de Elfhame, onde reinava o Grande Rei Eldred, vinha colecionando cortes inferiores desde a época da Rainha Mab. Dizia-se que eles o faziam jurar lealdade não à realeza, mas a uma coroa que nunca se quebra. Até então, não tinham marchado contra Roiben, mas ela tinha certeza de que gostariam que ele se tornasse vassalo da Grande Corte para assim incorporar uma grande porção da Costa Leste. Eles eram assustadores.

E aquilo significava que Lutie teria que sobrevoar o mar até as ilhas de Elfhame. Odiava voar grandes distâncias, especialmente sobre a água. Não havia onde pousar quando as asas se cansavam, e pássaros e peixes frequentemente a consideravam um petisco delicioso, até ela lhes mostrar o contrário. Mas aquilo era um obstáculo... e todas as aventuras tinham obstáculos. Ela poderia superá-los, estava certa disso.

Um rangido veio das escadas. A garota — não, agora uma mulher, com o mesmo cabelo acobreado do qual Lutie se lembrava — estava descendo, vestida no que parecia ser uma enorme camiseta de banda sobre o abdômen inchado, e, nos pés, pantufas de pelúcia.

— Tem alguém aí? — perguntou Val.

— É melhor eu ir — guinchou Lutie. Kaye não gostaria de saber o que havia acontecido com a amiga.

— Nós te acordamos? — perguntou Ravus a Val, dando um sorrindo afetuoso. Certamente ele não olharia para ela daquele jeito se fosse o responsável por seu sofrimento.

A mulher balançou a cabeça e bocejou. Uma das mãos tocou a barriga.

— Azia.

E algo naquele gesto fez Lutie enfim perceber o que havia de errado com Valerie. Ou nada de errado, afinal: ela estava *grávida*.

Fadas não se reproduziam com facilidade, não como os mortais. E, embora Lutie tivesse visto mulheres grávidas antes, havia algo um tanto perturbador na ideia de uma mortal gerando uma criança fada. Porém, ainda era constrangedor que ela tivesse pensado tudo aquilo sobre Ravus.

Lutie bateu em retirada.

Em Fisherman's Wharf, Lutie observou a água, se tranquilizando. Sua missão estava dando certo, pensou ela. Assim que chegasse a Elfhame, não seria difícil encontrar Ethine na Grande Corte e depois, independentemente do que ela dissesse, Lutie poderia voltar para casa: missão cumprida! Aquela nem era uma missão tão complicada assim, na verdade. Ela poderia lidar com coisa pior. Com aquele pensamento feliz em mente, ela se esgueirou em direção a uma lojinha que vendia objetos a $1,99, onde afanou uma sela de plástico para um cavalo de brinquedo e um novelo de lã. Depois, ela acordou uma gaivota no susto. O pássaro imediatamente bicou em sua direção. Recuando, a fadinha ergueu as mãos e falou na linguagem dos pássaros:

— Faça o que ordeno: me carregue em suas costas e voe para onde quer que eu mande.

A gaivota parou de atacar, e Lutie prendeu o arreio improvisado em suas costas.

Ela total podia dar conta da tarefa! Tudo estava indo bem demais.

O pássaro disparou em direção às estrelas com um grito escandaloso. Em suas costas, a jornada era rápida e certeira. A gaivota carregava a fada por sobre as ondas, para longe das luzes e do fedor de metal de Manhattan. Não demorou muito para que ela avistasse as três ilhas — Insmoor, Insmire e Insweal — ocultas pela névoa, as montanhas e vales de um verde-esmeralda nunca visto no mundo mortal. À revelia, seu coração deu um pequeno salto. Aquele era um lugar exclusivo do Povo das Fadas, denso e carregado de encantamento. Conforme a gaivota se aproximava, até mesmo o perfume do ar a deixou tonta. Era uma sensação que só presenciara na corte de Silarial: a sensação de voltar para casa.

O pássaro aterrissou em uma das rochas escuras perto da margem. Lutie desceu de suas costas, desafivelou a sela e espantou a criatura. A gaivota olhou em volta, confusa, e em seguida começou a limpar as penas.

— Coisinha estúpida — disse ela, acariciando a cabeça da ave com alguma afeição. Dali, Lutie seguiu em direção ao palácio, se interrompendo apenas para pousar em um galho de árvore e se trocar, colocando um vestido de baile da Barbie, um tomara que caia vermelho e dourado que lhe dava a silhueta de um sininho.

Sentinelas paravam aqueles que se aproximavam do imponente cume, mas, como de costume, ninguém incomodou Lutie. Como uma fadinha, ela voou por sobre a cabeça dos guardas. Eles deram a ela a mesma atenção que um mortal talvez dispensasse a um vagalume.

Do lado de dentro, o saguão oco fervilhava de atividade. Não parecia haver um festim naquela noite, em vez disso, cortesãos estavam espalhados pelo cômodo, alguns se alternando entre grupos. Lutie procurou outras fadinhas e encontrou um grupinho reunido entre um emaranhado de raízes particularmente grossas. Elas usavam sofisticados vestidos de pétalas e pedaços de veludo, o brilho dos corpos responsável pelo efeito cintilante. Lutie de repente se viu ciente do fato de que usava o vestido de uma boneca, mesmo que fosse muito bonito. Não tinha certeza se estava mais para provinciana ou para supermoderna.

— Humm, oi — cumprimentou Lutie.

Uma das outras fadinhas — um menino — se afastou do grupo. Ele a olhou de cima a baixo com certo desprezo, e ela devolveu o olhar desdenhoso.

— Você não é da Grande Corte — disse ele. — De onde vem?

— Oeste daqui — respondeu ela. — Leste de todo o resto. Estou à procura de uma cortesã. — Lutie não era muito habilidosa com glamour, mas sabia desenhar uma imagem no ar. Com um golpe de mão, produziu entre os dois um retrato de Ethine com cabelo escuro. A arte pairou por um instante, em seguida se dissipou.

O menino franziu o cenho.

— E por qual razão eu deveria ajudá-la?

— Fácil. — Lutie vasculhou a mochila e pegou um grão de café confeitado. — Vou trocar a informação por uma rara iguaria do mundo mortal, que vai agradar sua língua e agir em seu sangue, o enchendo de alegria.

Ele parecia cético, mas, depois de um segundo, estendeu a mão em direção ao grão.

— Farei a troca, estranha. A cortesã é conhecida como Ethna, uma das aias da princesa Elowyn. Ela pertence ao Círculo das Cotovias; os integrantes desse grupo amam a música e a arte acima de todas as coisas. Procure por uma mulher com a pele reluzente e encontrará a cortesã por perto. Eu tentaria aquele grupo. — Ele apontou. —Edir está prestes a passar vergonha pela falta de talento.

Lutie estreitou os olhos, em seguida assentiu, satisfeita consigo mesma. Outro obstáculo superado! E tudo graças ao bom planejamento.

O menino fada mordeu a ponta do grão achocolatado. Ao voar para longe, ela viu que mais fadinhas haviam se reunido ao redor do menino, provando a iguaria por conta própria. Uma delas parecia um pouco confusa, tendo nitidamente mordido a cobertura de chocolate e chegado ao grão de café propriamente dito.

Lutie encontrou Ethine próxima ao local indicado pelo garoto, se servindo de uma taça de um vinho lilás, perto de onde estavam declamando poesias. O cabelo pintado de preto estava preso por dois pentes. Ela usava um vestido da cor do azul pálido do céu da manhã, contornado de rosa nas extremidades.

— Com licença — disse Lutie, planando no ar à frente da fada.

Ethine encarou Lutie com surpresa, mas não a reconheceu. Com certeza, não estava acostumada a ser abordada por uma fadinha.

— Sim? — disse ela, em um tom nada animador.

— Sou da Corte dos Cupins, enviada pela consorte de seu irmão. Kaye deseja um encontro com você. — Lutie esperava que aquilo tivesse soado formal o bastante. Certamente, foi uma frase mais comprida do que em geral falava.

— Ninguém me conhece aqui. — A voz de Ethine se tornou um sussurro áspero. — E não desejo ser conhecida.

— Talvez possamos conversar a sós. — Lutie não estava disposta a ser dispensada. Afinal, estava a um passo de sua primeira missão bem-sucedida.

Ethine lançou um olhar para as outras ladies da corte e para a princesa Elowyn.

— Sim, talvez — disse ela, parecendo se dar conta de que discutir com Lutie no meio do palácio só atrairia a atenção que ela estava tentando evitar. — Me siga.

Ethine a guiou pelo salão até um cômodo ao lado, uma saleta carregada com o perfume de terra e flores.

— Então Kaye a enviou?

Lutie assentiu.

— Sim, ela quer conversar. Quer que você faça as pazes com Lorde Roiben.

— *Lorde Roiben* — zombou Ethine, transformando o título no alvo de seu desprezo. Lutie estremeceu de assombro, imaginando se ela seria tão idiota a ponto de dizer algo assim na frente dele. Poucos o fariam e sobreviveriam para contar.

— Ainda está zangada com seu irmão — disse Lutie, e logo depois se arrependeu, quando Ethine se virou para a fuzilar com os olhos.

— Se ele apenas abandonasse o orgulho... — rebateu Ethine. — Sei que ele estava furioso, a Corte Unseelie o tratou mal. Mas ele e Silarial poderiam ter unido as cortes sem um banho de sangue.

Lutie a encarou com perplexidade, mas, por outro lado, ela não entendia muito de política. Nem entendia o porquê de imaginar como as coisas teriam sido se tudo acontecesse de outra forma.

— Vai se encontrar com Kaye? Apenas para conversar.

Ethine balançou a cabeça.

— Não. Sua chegada aqui apenas atrairia atenção... desnecessária. Não desejo ver meu irmão outra vez.

— Talvez ela venha mesmo assim — avisou Lutie. — Se você escolher a hora e o lugar...

— *Diga a ela para não vir* — disse Ethine, aumentando o tom de voz. — Diga que não vou vê-la, não importa o que ela diga e não importa a quem ela diga.

Lutie suspirou. Aquele era o tipo de sucesso que lhe renderia medalhas, elogios e tarefas importantes futuramente. Ela havia encontrado Ethine e obtido uma resposta, mas era uma resposta que ninguém queria.

— Sim — disse Lutie, as asas inclinadas para baixo. — Vou dizer.

Ethine deixou a saleta sem olhar para trás. Depois de um instante, Lutie decidiu segui-la. Tinha de achar outra ave marinha para levá-la para casa, mas talvez antes comesse um pedacinho de bolo de aveia e fofocasse com as fadinhas que havia encontrado. Aquilo a faria se sentir melhor e, além do mais, a prepararia para a viagem. E se sua presença deixasse Ethine um pouco nervosa... bem, aquilo poderia ser bem agradável.

Com aqueles pensamentos em mente, ela voou da saleta. Estava se movendo tão depressa que não notou o homem.

Pelo menos não até que as mãos enluvadas se fechassem ao redor dela. Lutie deu um gritinho agudo. Ela se debateu, mordeu e chutou, mas aquilo apenas fez o aperto se intensificar.

— Peguei você. — Ele tinha uma coroa na cabeça e uma careta no rosto. — Devia se sentir honrada. Não é todo mundo que pode ser prisioneiro do príncipe primogênito de Elfhame. E você vai me ajudar a roubar a coroa do meu pai.

Aquelas palavras sinistras fizeram Lutie se debater ainda mais. Ele lhe lançou um olhar zombeteiro e depois a enfiou em um saco, fechando-o bem. Havia um odor estranho no tecido.

Dentro de minutos, Lutie estava inconsciente.

Ela acordou em uma gaiola feita de ouro trançado. Tinha o formato de uma gaiola de passarinho, mas as barras eram muito mais estreitas e os objetos em seu interior foram nitidamente pensados para uma fadinha. Ela estava deitada sobre uma almofada e ao seu lado havia metade de uma ameixa e uma minúscula taça feita de vidro soprado repleta de um vinho aguado.

Lutie foi até a beirada e olhou para baixo. A gaiola estava pendurada no canto de uma sala e o cômodo parecia cheio de foliões. Era evidente que uma festa estava em andamento.

Ela tinha que sair da gaiola. Aquela era uma ótima oportunidade, quando o barulho era tão intenso que provavelmente ninguém perceberia. Havia uma tranca na porta, amarrada com um fio grosso. Ela começou a trabalhar naquilo, enfiando o braço entre as grades, empurrando o mais forte que podia.

— Olhe — disse uma garota. — A fadinha acordou. Para que seu irmão a quer?

Do lado de fora da gaiola havia dois membros do Povo: um deles, uma garota do Reino Submarino, com as características guelras e aqueles estranhos dentes translúcidos; o outro era supostamente um parente do príncipe que capturara Lutie. Ela teria adivinhado, mesmo se não tivesse escutado as palavras da garota. Ele tinha as mesmas feições, com cabelo retinto e um sorriso zombeteiro que competia com o do irmão. Outro príncipe, portanto.

— Devassidão, aposto — disse o jovem príncipe. — Ele fica entediado com frequência.

A garota franziu o nariz, em uma postura exigente.

— Deixe-me sair — pediu Lutie, embora com pouca esperança. — Por favor.

A garota soltou uma risada melodiosa, mas o garoto se aproximou. Os olhos faiscavam cheios de algo que não agradou Lutie.

— Estamos todos presos em gaiolas, fadinha — argumentou ele. — Como posso libertá-la se não consigo sequer libertar a mim mesmo?

— Suma daqui, Cardan. — Lutie ergueu os olhos e viu que o príncipe mais velho, aquele que a capturou, tinha entrado na sala. O garoto... príncipe Cardan, ela supôs... e a garota recuaram. Ele pegou uma garrafa de vinho da mesa e os outros dois seguiram para a escadaria.

Lutie os observou partir com uma onda de arrependimento enquanto a gaiola era tirada do suporte.

— Finalmente acordou — disse ele. — Permita-me que me apresente. Você pode se referir a mim como príncipe Balekin ou, se preferir, meu senhor.

— Sim, meu senhor — respondeu Lutie, acostumada com a nobreza e com o amor de seus membros por pompa e circunstância.

— Agora vai me dizer seu nome — disse ele. Sem as luvas, espinhos pareciam brotar dos nós dos dedos, espinhos que lhe cingiam os pulsos e desapareciam sob as roupas.

— Lutie — revelou ela.

— Um mero fiapo de nome — disse ele, embora fosse difícil que ele esperasse ouvir o nome completo.

Quando ela não respondeu, ele carregou a gaiola para fora do cômodo, o que a fez balançar, derramando o vinho e quebrando a taça, e arremessando a ameixa de um lado a outro, como se fosse uma pedra. Lutie se segurou na lateral, observando todos os cômodos pelos quais passaram. Ao que tudo indicava, aquela coisa de missão era terrível, e ela era terrível em completar missões.

A festa continuava, com pessoas bebendo e cantando, em estágios variados de nudez. Eventualmente, o príncipe Balekin chegou a uma porta e entrou em um escritório, onde colocou a gaiola com força sobre uma mesa.

— Agora admita, você é da Corte dos Cupins — exigiu ele.

Lutie se assustou.

— Como você...

— Tenho espiões — respondeu ele. — Eles escutaram que você estava em busca de uma cortesã. Ethna, não é? Nunca dei muita atenção a ela antes, mas agora, sim. Em especial, notei que ela tem a raiz do cabelo em um tom bem impressionante de prata.

O coração de Lutie martelava sob o peito. Não era assim que a missão deveria se desenrolar. Ela havia refletido sobre o que aconteceria se não conseguisse completar a tarefa... se não conseguisse encontrar Ethine e tivesse de voltar para casa humilhada. Mas ela jamais havia pensado em causar danos.

— O que você quer? — perguntou Lutie.

— Apenas a confirmação de que eu estava certo. E agora já tenho. — Ele sorriu, arrogante. — Ela está a caminho. Imagino que nós três teremos muito o que discutir.

Lutie bufava na gaiola. Ela chutou a ameixa, mas a fruta quicou de volta, obrigando-a a sair do caminho.

Príncipe Balekin ordenou aos criados que trouxessem uma bandeja com vinho e figos. Ele pediu a outro criado que buscasse Ethna, no círculo de sua irmã; esta chegaria a qualquer minuto.

Quando ela de fato chegou, parecia desorientada. Usava o mesmo vestido de antes, mas com um manto por cima, cujas tentativas de um criado de retirar foram rechaçadas.

— Meu senhor — disse ela, com uma reverência —, seu convite foi muito gentil. E seus mensageiros, muito insistentes, mas... — Ela engoliu as palavras quando notou a gaiola com Lutie dentro. — *Você*. O que está fazendo aqui?

— Você foi um dia chamada de Ethine, membro da Corte das Flores, não é mesmo? — Quis saber o príncipe Balekin, ignorando a pergunta direcionada a Lutie.

— Sim, muito tempo atrás — admitiu ela, tensa.

— Então você é mesmo irmã dele. — Balekin abriu lentamente o tipo de sorriso malicioso que indicava que algo muito ruim estava prestes a acontecer.

— Estamos brigados — revelou Ethine. — A última vez que vi meu irmão, tínhamos cruzado espadas.

O olhar de Balekin desviou para Lutie.

— Verdade — confirmou a fadinha. — Tudo verdade. Ela o odeia.

— Ah, mas ela vai convidá-lo até aqui, mesmo assim. — disse Balekin. — Veja bem, o príncipe Dain usurparia meu lugar de direito como herdeiro do meu pai. Ele trabalhou por esse objetivo, para fazer o Grande Rei Eldred confiar apenas nele. Você sabe que a princesa Elowyn foi tirada da linha de sucessão do mesmo modo.

— A princesa Elowyn não se importa com política — argumentou Ethine.

— Bem, eu me importo! — gritou o príncipe Balekin, fazendo-a recuar um passo, nervosa. Ele ergueu as mãos, em um gesto conciliatório. — E se o poderoso Senhor da Corte dos Cupins concordar em se juntar à Grande Corte, posso provar ao meu pai que sou digno de ser seu herdeiro.

— Se acredita que posso obrigar meu irmão a fazer qualquer coisa, está muito enganado. — Ethine suspirou. — Ele pode vir até aqui por mim, mas não se curvou nem mesmo diante da própria amada. Nem pelo bem dela, nem pelo meu ou pelo do povo que um dia amou mais que tudo no mundo.

Ah, tudo aquilo era sua culpa, pensou Lutie. Se Roiben fosse até ali e fizesse uma barganha pelo bem de Ethine, seria por sua causa. Por causa de seu fracasso. Quando estava na oficina de Ravus, a preocupação de Lutie era que Roiben fosse um belo assassino amante de assassinatos. Agora ela torcia para que aquilo fosse verdade. Se ele tivesse um coração, iria se enfiar em um monte de problemas.

— Escreva e o convide — incitou Balekin. Ele pegou um pedaço de papel e o colocou na escrivaninha, ao lado de um tinteiro e de uma pena com a ponta recém-cortada.

— Sim, e depois eu vou levar a mensagem! — disse Lutie. Talvez se eles a mandassem com o recado, ela poderia procurar Kaye. A pixie conseguiria pensar em um plano.

Balekin balançou a cabeça.

— Você vai ficar em sua gaiola e me dizer tudo o que puder sobre a Corte dos Cupins. Assim que Lady Ethine tiver escrito sua correspondência.

Ethine olhou fixamente para a pena, como se esta fosse uma serpente que pudesse se voltar contra ela a qualquer momento e a picar.

— Não vou escrever para ele. E sua irmã não vai gostar nem um pouco de ver uma das aias dela sendo tão maltratada.

— Sou o príncipe herdeiro de Elfhame, posso fazer o que quiser com você — disse Balekin. — E se Elowyn não gostar, só lamento.

— Deixe que eu escreva — pediu Lutie.

Ele se virou para encará-la com desprezo.

— Você é uma coisinha ansiosa, não é?

— Sim! — respondeu Lutie. — Muito ansiosa. Eu estava em uma importante missão para conseguir marcar um encontro. E agora um encontro será marcado.

Ao ouvir aquilo, Balekin jogou a cabeça para trás e gargalhou.

— Imagino que não seja ruim que você tenha suas próprias prioridades, desde que não se choquem com as minhas.

— Não faça isso — aconselhou Ethine, mas Lutie a ignorou.

Balekin desenrolou o fio que trancava a gaiola da fadinha. Lutie cogitou tentar uma fuga. Ele poderia agarrá-la, mas, se perdesse a oportunidade, seria muito difícil conseguir capturá-la em pleno voo. Ela poderia sair pela janela, e depois fugir de Elfhame.

Entretanto, se deixasse Ethine para trás, Balekin a obrigaria a escrever para Roiben. E talvez até fosse capaz de fazer a mensagem chegar ao lorde mais depressa do que Lutie conseguia voar. E não era exatamente um trabalho bem-feito se você piorava a situação das pessoas que deveria ajudar. Com um suspiro, Lutie permaneceu imóvel enquanto Balekin tirava a ameixa, limpava o suco da fruta e o vinho derramado, e colocava o material de escrita no chão da gaiola.

Kaye era esperta. Agora tudo que Lutie tinha de fazer era ser esperta também.

Ela começou a escrever:

Kaye,

São ótimas notícias! Todos vão adorar saber
o seguinte: encontrei Ethine na Corte de Elfhame;
mas precisei fazer algumas perguntas. Roiben,
o rei, precisa vir encontrá-la. Colocar um ponto final na
sua inimizade parece possível.
Resta apenas ele vir assim que puder. Obviamente, ele
está muito ocupado. Ainda assim, ele deveria vir.
Foi dito: quanto mais cedo, melhor. Sozinho. Conte a
ele assim que puder. Cada dia é mais um dia em que os dois
não se falam.
Sinceramente,

LUTIE

Balekin pegou o bilhete da gaiola quando ela terminou de escrever. Ele bufou, lendo em voz alta.

— Um pouco exagerado, não? — perguntou ele.

Lutie lhe lançou seu melhor olhar de desprezo, e ele balançou a cabeça.

— Vai servir — disse ele, enfim. — Desde que Roiben venha. Se não vier, você sofrerá as consequências. Entendeu?

Ela assentiu, dividida entre alívio e uma onda renovada de preocupação.

— Você vai ficar aqui — disse ele a Ethine. — É praticamente a primeira do Círculo das Cotovias a escapar para o Círculo dos Quíscalos em busca de um pouco de diversão. Vamos, se alegre! Beba com vontade, afogue as mágoas.

Ethine o olhou escandalizada, mas o deixou escoltá-la para fora do cômodo, fazendo com que Lutie ficasse sozinha. Ela pegou a almofada úmida de um canto e se jogou sobre ela. Tentou considerar aquilo como qualquer outro obstáculo imposto entre ela e o sucesso da missão, mas não funcionou. Estava muito preocupada. Kaye entenderia sua mensagem? Era esperta, mas ela se lembraria de ser esperta justamente naquele momento? Era difícil pensar em qualquer outra coisa.

O tempo foi passando. Criados humanos enfeitiçados apareceram, primeiro para pendurar a gaiola no saguão, depois, em horários peculiares, para jogar migalhas de qualquer comida que estava sendo servida em outro local. Ela recebeu bocados de gordura e cartilagem, pontas ressecadas de queijo e uvas murchas. Lutie comeu tudo e também bebeu a água morna e parada. Quem poderia dizer quando eles a esqueceriam por completo?

Ela viu o jovem príncipe Cardan discutir com a garota do Reino Submarino.

— Traidora, não pense que não será traída quando chegar sua vez — ele disse a ela. — E não pense que não sentirei prazer quando eu assistir a isso. Talvez mais prazer do que seu companheiro já teve.

Quando a garota se afastou, ele notou Lutie observando.

— Sabe o que meu irmão geralmente faz com fadinhas? Ele as aprisiona sob uma redoma de vidro para usar sua luz até que morram. Porque elas só servem para isso.

Lutie se encolheu contra as grades do lado oposto da gaiola.

— Ele não será Grande Rei — disse ela, porque sabia que isso era tudo o que Balekin queria.

O príncipe Cardan soltou uma gargalhada.

— Acha que Dain seria melhor? Ou eu, que as profecias taxaram de monstro?

Lutie continuou encolhida nas grades até ele ir embora, odiando a Grande Corte e todos ali.

Em outra ocasião, viu Ethine cambaleando, muito bêbada para se manter de pé, o corpo batendo em uma parede enquanto caminhava. Lutie a chamou, mas ela pareceu não ouvir.

Então um dos criados tirou a gaiola de Lutie do gancho e a levou até uma saleta onde Lorde Roiben estava sentado, tomando uma xícara de chá. Estava todo vestido de preto, o cabelo sedoso caindo sobre os ombros como uma cascata, como mercúrio de um termômetro quebrado. Balekin estava parado ali perto, ao lado de Ethine, que parecia cansada e usava um vestido bordado com ramos de lavanda. O cabelo estava prateado outra vez, e curto.

Lutie sentiu um peso no peito. Kaye não estava ali. Kaye não iria salvá-la.

— Lutie — disse Roiben, espiando o interior da gaiola com seus cinzentos olhos invernais. — Recebi sua mensagem.

Lutie assentiu, desolada. Ele viera o mais rápido possível, exatamente como ela havia pedido, mas não sabia no que estava se metendo. Ainda assim, ela não conseguia se arrepender ao vê-lo começar a desenrolar a tranca da gaiola. Preferia não continuar prisioneira por nem mais um segundo sequer.

— O que está fazendo? — perguntou Balekin, se aproximando.

Mas Roiben não parou de desenrolar o fio, e, um instante depois, Lutie estava livre, voando o mais alto possível, agarrada a uma moldura decorativa no teto. Não queria ficar ao alcance de Balekin ou de seus criados sinistros.

Ou de qualquer um deles, a propósito.

— Eu a libertei — respondeu Roiben, calmamente. — O que mais você poderia esperar que eu fizesse, já que ela é minha súdita? Você não devia tê-la prendido assim.

Balekin o encarou. Talvez julgasse que uma fadinha passaria despercebida a Roiben. Talvez a reputação sanguinária de Roiben desse ao príncipe algum motivo para acreditar que o Senhor da Corte dos Cupins apreciasse a crueldade.

Roiben prosseguiu:

— É muita gentileza sua permitir que eu reveja minha irmã. Mas falarei com ela em particular.

Balekin assentiu com um meio sorriso, pois aquilo fazia parte do plano. Ele impulsionou Ethine na direção de Roiben, com um gesto encorajador.

— Espero que, independentemente do resultado, você considere jurar lealdade à Grande Corte. Tenho certeza de que Ethine falará bem de sua temporada aqui. Ela já fez seus votos, veja bem.

Lutie se sobressaltou. Não havia levado em consideração essa possibilidade, embora fosse óbvio que, ao viver na Grande Corte, como uma cortesã no círculo íntimo da princesa, Ethine seria obrigada a fazer um juramento de lealdade. Mas, ao mesmo tempo, aquilo significava que Roiben não tinha direito de protegê-la, mesmo que soubesse que ela estava correndo perigo.

— Eu vejo — disse Roiben.

Balekin saiu, fechando a porta atrás de si. Lutie tinha certeza de que ele os espiaria de algum modo, mas não fazia ideia de como, e não queria arriscar ser aprisionada outra vez enquanto investigava.

— Não queria que eu viesse, não é? — perguntou Roiben quando Balekin se foi. — Você parece infeliz. Imagino que esteja fazendo isso por ele.

— Por assim dizer — respondeu Ethine. Lutie imaginou que ela provavelmente queria dizer que não teve escolha.

— Sente-se ao meu lado — pediu Roiben. — Diga o que posso fazer para consertar as coisas entre nós.

— Você destruiu tudo o que eu amava — disse Ethine. — Não existe Corte das Flores sem Silarial. Talathain se perdeu e, o pior de tudo, você parecia irreconhecível envolvido em sua crueldade. Achei que o conhecesse, mas estava enganada. E não tenho certeza se tampouco conhecia Silarial.

— Você não vai querer ouvir isso — começou Roiben —, mas certa vez senti o mesmo. Quando me dei conta de que ela tinha consciência do que eu enfrentaria, que ela não se importava o bastante...

— Mas não havia como ela saber! — protestou Ethine.

— Ela sabia. — Roiben soltou um longo suspiro. — Para começar, elas eram irmãs, e entre as duas havia mais semelhanças do que diferenças. Gosto de pensar que doeu um pouco abrir mão de mim. Mas ela ganhou Nephamael na barganha, e ele era mais leal a ela do que qualquer um dos dois fingia ser. E bem mais ardiloso. Com ele ao seu lado, Silarial derrubou a Corte Unseelie. Se Kaye não o tivesse envenenado, imagino que ele teria passado a coroa para sua senhora. Ela quase teve as duas cortes.

Ethine pressionou os lábios em uma linha fina.

— Poderia ter sido você a lhe passar a coroa. Poderia ter se curvado e a presenteado com a Corte Unseelie, como a joia mais valiosa de sua coroa. Ela o teria feito seu consorte. Talvez até tivessem se casado e reinado juntos.

Os cantos dos olhos de Roiben franziram.

— Você já disse isso antes. Mas é difícil ser amado apenas por seu dote.

— Não brinque! — exclamou Ethine.

— Então me deixe ser o mais sincero possível. Eu amava outra. Eu amo outra. Está entendendo? Não foi apenas orgulho, raiva ou qualquer dessas outras coisas de que me acusa, embora tenha sentido todas em sua plenitude. Eu não teria sido consorte de Silarial, nem teria lhe cedido a Corte Unseelie. Nem se eu tivesse me curvado e me humilhado. Nem se ela tivesse implorado.

Aquilo sobressaltou Ethine. Ela encarou Roiben como se mais uma vez ele lhe fosse alguém completamente estranho.

— Mas não pode estar falando sério...

— Estou falando sério. Eu amo Kaye com todo o meu coração. E, goste ou não, essa é a verdade mais verdadeira que já falei. Silarial não era a pessoa que você acreditava que fosse, e está furiosa comigo por ter descoberto. O único ponto positivo de me curvar seria permitir a você que mantivesse os olhos fechados.

Lutie imaginou que Ethine protestaria, mas ela não o fez.

— Eu a magoei no duelo — disse ele. —, mas não é essa a razão pela qual está zangada, é? A morte de Silarial é o real motivo pelo qual não consegue me perdoar.

— Você quer me lembrar de que fui eu quem a matou — disse Ethine. — Como se eu fosse capaz de esquecer.

— Não quero lembrá-la de nada. Não fui eu quem a procurou. É Kaye que não consegue deixar as coisas para lá.

Lutie pensou que palavras mais verdadeiras jamais foram ditas.

— E ainda assim você diz que a ama — protestou Ethine.

— Sim, eu amo Kaye. E também a conheço. — Roiben deu um sorriso leve. — Assim como conheço e amo você.

— Está zangado comigo? — perguntou ela, quase em um sussurro. — Por afastar Silarial para sempre?

Ele balançou a cabeça, fechando os olhos, como se não pudesse suportar encará-la enquanto respondia:

— Fiquei aliviado de ter sido poupado da escolha que fez.

Por um instante, eles ficaram sentados em silêncio. Depois de um tempo, Ethine buscou a mão do irmão e ele correspondeu ao gesto, então levou as mãos entrelaçadas ao coração.

Finalmente, Roiben disse:

— Então, irmã. O que devo fazer aqui? Este é seu povo agora.

— Sei o que vai dizer sobre se curvar — disse Ethine. — Mesmo que seja pelo meu bem. Não vamos repetir o passado.

— O que acontece se eu não jurar lealdade à Grande Corte? — perguntou ele. — Permita-me ser mais específico: o que farão a você?

— Não sei — respondeu Ethine, a voz tão baixa que Lutie a compreendeu mais pelo movimento dos lábios do que por qualquer outra coisa.

Roiben soltou a mão da irmã e se levantou.

— Príncipe Balekin — chamou ele. — Já me reuni com minha irmã. Agora vamos ao xis da questão. Venha. Vou barganhar com você.

Levou um momento, mas as portas se abriram e Balekin entrou. Estava tentando parecer confiante, mas algo em seu jeito transparecia preocupação. E devia estar preocupado, realmente. Lutie havia visto Roiben lutar. Ele tinha vindo sozinho, exatamente como ela pedira naquele estúpido bilhete, mas já o vira trucidar mais sentinelas do que Balekin tinha a seu serviço.

É evidente que matar o príncipe mais velho de Elfhame provavelmente resultaria em guerra.

— Então — começou Balekin. — Que barganha propõe?

— Ah, você quer jogar. Vou responder que desejo levar minha irmã para casa comigo. Você vai me lembrar que o lugar dela é aqui e que é o príncipe dela. Talvez acrescente algumas coisas sinistras, destinadas a insinuar que não será um bom guardião. Como se eu não pudesse ver que você a tratou mal.

— Foi-lhe oferecido cada prazer de minha casa — protestou Balekin.

— E agora estou aqui para abrir a tranca da gaiola dela — argumentou Roiben. — Deixe-me adivinhar. Você quer a lealdade da Corte dos Cupins.

Ethine se levantou do sofá.

— Espere, Roiben! — Ela pousou a mão no braço do irmão em um gesto de advertência.

Lutie prendeu o fôlego. O que ela havia feito? Não apenas tinha arruinado a missão, como também roubado a soberania da Corte dos Cupins. Kaye nunca a perdoaria. Ah, aquilo era muito, muito ruim.

Roiben se virou para Ethine.

— Você acredita que foi o orgulho que me impediu de me curvar, mas essa nunca foi a razão. — Então ele encarou Balekin. — Abre mão de qualquer direito sobre ela se eu concordar que a Corte dos Cupins jure lealdade à Grande Corte?

Balekin franziu o cenho, como se tentasse descobrir como havia perdido o controle da situação.

— Sim...

— Feito — disse Roiben, a voz entrecortada. Ele ergueu o olhar. — Lutie, talvez você prefira viajar no bolso do meu casaco. O forro é aveludado.

— Espere! — protestou Balekin. — Devemos ir até meu pai e contar a ele as novidades. Você deve me acompanhar, fazer o juramento e revelar a ele meu papel. É meu triunfo.

— Então vamos — disse Roiben, oferecendo o braço à irmã. Ela pousou a mão sobre a dele e os dois atravessaram a propriedade de Balekin, passando pelos guardas e pelas portas. Balekin pediu seus cavalos.

Lutie lamentava já ter pensado em Roiben como um belo assassino amante de assassinatos. Ela disparou, grata por ele não querer esmagá-la. Estava ainda mais grata por ele não querer deixá-la para trás.

— É tudo culpa sua — disse Ethine a Lutie.

— Eu sei — admitiu a fadinha, melancolicamente.

— Besteira — disse Roiben. — Lutie-loo me enviou uma mensagem muito inteligente. Sabe o que é um acróstico? Os mortais adoram. As crianças costumam usar para escrever poemas codificados na escola, a partir das letras de seus nomes.

— Do que está falando? — perguntou Balekin. — Eu mesmo li a carta.

— Sim, você pode muito bem ter feito isso, já que imagino que a forçou a escrevê-la. Mas não notou a primeira letra de cada uma das frases? — perguntou Roiben. — S-O-M-O-S-R-E-F-E-N-S. Somos reféns. Como eu disse, inteligente.

— Mas se sabia... então por que veio sozinho? — gritou Ethine. — Por que se colocar sob o poder dele?

Roiben abriu um sorriso sincero e ligeiramente arrogante.

— Não vim. Dulcamara e Ellebere estão comigo. E não vou visitar o Grande Rei Eldred com você, príncipe Balekin. Sabe, eu já estive lá. Com seu irmão Dain. Já dei a ele minha lealdade... caso se torne o Grande Rei, concordei em jurar minha lealdade a ele, e apenas a ele.

— Não. — Balekin arregalou os olhos. — Como? — Os dedos tatearam o casaco, como se à procura de uma lâmina.

Porém, enquanto o fazia, os cavaleiros de Roiben saíram das sombras. Dulcamara, com suas asas esqueléticas, o cabelo cor de rubi e o sorriso feroz; Ellebere, com a armadura de inseto. E, atrás deles, cavaleiros de Elfhame.

— Irmão — disse um homem que poderia apenas ser o príncipe Dain.

Roiben não queria ouvir o que eles iriam dizer um ao outro. Ele e Ethine foram até Dulcamara e minutos depois estavam no céu, montados em corcéis feitos de fumaça, atravessando a escuridão. O forro de veludo ao redor de Lutie era macio, o tecido aquecido pelo calor corporal de quem o vestia. Ela ergueu os olhos do bolso de Roiben e viu as estrelas passando sobre sua cabeça.

De volta a Nova York, Kaye estava organizando uma festa em miniatura para Lutie. Havia coberto dois tijolos para fazer uma mesa de banquete, colocando-os sobre a própria mesa de jantar, apinhada de comida. Havia um cupcake, colocado sobre um espelho de bolsa; uma asa de frango agridoce coberta de gergelim sobre um pires infantil lascado — para Lutie, aquilo era tão grande quanto um peru inteiro —, além de uma recém-descascada lichia recheada com três framboesas e um mirtilo. E então, ao redor daquilo, comida para todos.

— Parabéns! — disse Kaye. — Você escapou da Grande Corte e impediu um golpe. Muito bem para sua primeira missão.

A pixie tinha convidado Ravus e Val, de quem, no fim das contas, a gravidez não era um segredo para Kaye. Corny e Luis também estavam presentes, e Roiben, que parecia surpreso com a própria felicidade. Nada de Ethine, mas tudo bem. Aparentemente, ela estava a caminho da parte da Corte dos Cupins que um dia fora a Corte das Flores. Talvez à procura de Talathain. Talvez apenas de volta às tarefas de cortesã. Lutie estava contente por ela não estar ali, tornando tudo constrangedor.

— Vai me pedir um favor? — perguntou Roiben.

Lutie se levantou. Ela se lembrou do que o terrível príncipe lhe contou quando estava na gaiola, sobre fadinhas não servirem para nada. E se lembrou de como a missão havia sido difícil, na verdade, mais difícil do que imaginara.

— Quero outra missão — disse ela.

Os olhos do lorde faiscaram com diversão, e a fadinha temeu que ele fosse rir dela. Lutie prendeu o fôlego.

— Não pedi que atribuísse a si mesma uma punição — disse Lorde Roiben da Corte dos Cupins —, mas quem sou eu para negar tão generoso pedido? Considere feito.

Sobre a autora

Holly Black é a autora best-seller do New York Times de mais de trinta livros de fantasia para jovens adultos e crianças. Ela foi finalista dos Prêmios Eisner e Lodestar, assim como vencedora dos prêmios Mythopoeic, Nebula e da medalha Newbery. Seus livros já foram traduzidos para 32 idiomas e adaptados para o cinema. Holly vive em Massachusetts com o marido e o filho em uma casa com uma biblioteca secreta. Seu site é blackholly.com.

Este livro foi composto na tipografia
ITC Galliard Std, em corpo 11/14,3
e impresso na Lis Gráfica.